JN024841

リトラ
「はう……枝がヴァルハラしてきます」
「無視するなー。我はエライんだぞー」

「ネクロさま、悪いコトしましょ？」
オーディン
ネクロ
ヘル
「お前なぁ……本当に戦乙女《ヴァルキリー》かよ？」

リトラ
英霊をスカウトできず助けてしまうお人好しでポンコツすぎる戦乙女《ヴァルキリー》（尻でか）。
ネクロ
殴って癒す治癒術士。ひょんなことから英雄（おっさん）から不死者（少年）へ転生ジョブチェンジ！
ヘル
冥界の女神。悪いことを考えることが好きなセクシーお姉さん（ボン・キュ・ボン）。
オーディン
戦乙女《ヴァルキリー》たちを統率する、えらーい主神（ツルペタ幼女）。ペットはギンちゃん・ムニちゃんという鳥。

英雄のヴァルハラがひどすぎる件

Valkyrie harassment of the hero is too terrible.

原雷火
イラスト ハル犬
author: hara raika
illustration: haruken

DESIGN：木村デザイン・ラボ

プロローグ

天界と冥界《めいかい》に挟《はさ》まれ大樹《たいじゅ》の地ミッドガルズ——

神族と巨人族の住むこの世界で、人間は最弱の種族だった。

弱き人間は祈り神族に救いを求めた。神族は願いを聞き入れ信仰を代償に、人間は神族が持つ魔術の叡智《えいち》を得たのである。

神族の庇護《ひご》の下《もと》、文明を築き上げた人間はミッドガルズに満ちていく。

が、神族と敵対する巨人族は人間の繁栄《はんえい》を許さず、獣《けもの》に巨人の血と肉と呪《のろ》いを分け与え魔物へと変貌《へんぼう》させた。

魔物は波のように押し寄せ、数多《あまた》の村や町を蹂躙《じゅうりん》していく。

増えすぎた人間を神族だけでは守りきれなくなったその時——

ミッドガルズ各地で旗が揚《あ》がった。その旗の下に集う人間の中から英雄が生まれ始めたのだ。

若く熱い血潮を流し、どれだけの犠牲《ぎせい》を払おうとも人間の勢いは止まらない。

幾千幾万の魔物が打ち倒された。戦い死した英雄たちはその功績を認められ天界の扉をくぐる。

英霊《えいれい》——エインヘリアルとなって主神に仕える栄誉を得たのである。

生き残った英雄たちも国を興《おこ》し王となり、人々を治める。

こうしてミッドガルズにかつての平和が戻る……はずだった。

神族すら予期せぬ英雄を生み出した人間は、その弱さ故《ゆえ》に絶えず変化を繰り返す。

剣を向ける相手がいなくなった時、戦いは人間と人間、争いは国と国のものへと変容していった。

もはや神族といえども流れを止める手立てはない。

その奔流《ほんりゅう》は神族の敵対者たる巨人族によってかさを増した。

エインヘリアルの影から生まれし存在――英雄の資質を持ちながら、その力を己《おのれ》の欲望を満たすために使う者たちが暗躍跋扈《あんやくばっこ》しつつあった。

闘争こそ人間が望んだ結果なのだ。

人間が神族の手を離れつつある今、永く続いた神話の時代は終焉《しゅうえん》へと向かおうとしている。

神族と巨人族の最終戦争によって。

1．治癒術士は限界突破《キャパオーバー》

「国が違っても人間同士だろうに。いつになったらこんなくだらない戦争は終わるんだ」

薄暗いテントで目を覚ますと、つい言葉が漏《も》れた。

とある国に戦争ばっかりしてるクソみたいな王がいる。名はハデルという。

自国の兵だけでは飽き足らず各地から傭兵《ようへい》を募《つの》るほどの戦争狂だ。このハデル王が元凶《げんきょう》となって、今や世界――ミッドガルズは戦争が常態化しつつあった。

冒険者になって二十年。たまに野盗の相手もするが普段はもっぱら魔物狩りが専門のオレである。

そんな冒険者らしい暮らしから、この一年ほど遠ざかっていた。所属する冒険者ギルドから派遣されて、今は前線にもほど近い野営地勤務だ。

「ネクロさん！　全員整列完了しました！」

日が昇ったばかりの早朝。オレが仮眠をとるテントに青年の声が響いた。

連日魔力切れで回復しきらない身体《からだ》を必死に起こす。若い頃はなんてこともなかったが、四十を目前にして身体の無理が利《き》かなくなった。

テント内には片手に収まるくらいの空瓶《あきびん》がダース単位で四散している。

眠い目をこすりあくびをしながら道具袋を探《さぐ》った。無作為に一本、魔法薬を取り出す。これは飲むまいと心に決めていた黒い小瓶だった。これも運命か。黒い瓶の封を切って喉《のど》に流し込む。

苦い。まずい。この世の草という草の苦渋《くじゅう》をコトコト煮詰めて、一滴一滴丁寧に抽出《ちゅうしゅつ》したような純粋な苦みがした。自分で調合しておいて言うのもなんだが、人間が口に入れて良いもんじゃない。

その上、良薬とも言いがたかった。むしろ毒物だ。一般的な魔力回復系の魔法薬と比較して、この黒ポーションは十倍の効果を持つ。代わりに二十倍の身体的負荷がかかった。幸せと不幸は等価ではない。

飲み干すと心臓が早鐘《はやがね》を打った。頭の中がクリアになる。底を突いたままの魔力が全身に満たされていった。休息や普通の魔法薬ではここまで回復できない。特別な一本として調合した甲斐《かい》はあったな。

荒くなる息を沈めるようにゆっくり深呼吸を繰り返していると――

「ネクロさん入りますね……って！　その黒い瓶は……いつもの魔法薬じゃありませんよね？」

「いつもよりちょっと強めだな」

魔法薬に耐性の無い人間が飲めば十中八九、中毒死する程度の代物《しろもの》だ。

「本当にちょっとなんですか？」

心配そうに青年がオレの顔をのぞき込む。

「専門家のオレが言うんだからちょっとはちょっとだ。相変わらず朝っぱらから騒がしいな?」

「すみません……ええと、不死隊のみんなが待ってます!」

「つたく、なにが不死隊だ。人間は刺されても斬《き》られても死ぬんだよ!」

「本当なら死んでたはずのところを、ネクロさんに救われてみんな生き死地に赴《おもむ》いて大暴れしてますよ! オタヴァ連邦にはソル王国の傭兵が、巨人族の血を飲んだんじゃないかなんて噂《うわさ》も広まってるみたいですし。まさにネクロさんはこの野営地の巨人族ですね!」

「巨人族ってのは化け物の親玉だろ。一緒にするな。こちとら人間だ」

青年の声はトーンダウンするどころか、ますます勢いを増した。

「化け物みたいに規格外でネクロさんはすごいってことです!」

「褒《ほ》めてないだろそれ」

「活躍は軍令部を通してハデル陛下《へいか》の耳にもきっと届いていますよ! 勲章とかもらえるかもしれませんね? ああ、でもこの戦線を押し返すまで叙勲式《じょくんしき》にも出られないか……」

オレの代わりしょぼくれるヤツがあるか。

通常の魔法薬を満載した道具袋を肩にかけ、青年と共に仮設診療所の看板が建てられたテントを出る。

「今日もがんばりましょう! というか、がんばってるのはネクロさんで、自分はほとんどなにもできてませんけど」

「助かってるよ。オマエはよくやってる。だから、あんまり自分の価値を自分で下げるようなこと言うなって」

「は、はい！」

青年はオレに向けて敬礼した。昔の自分を見ているような真っ直ぐさだ。

オタヴァ連邦との第二次合戦で死にかけたのを治療して以来、頼んでもいないのに勝手に助手みたいなことをするようになって久しい。

「今朝は何人だ？」

「重軽傷者合わせて２２３名。戦死者２名。行方不明者《ゆくえふめいしゃ》５名です」

負傷者二百人越えか。黒ポーションを使ったのは正解だったようだ。

「毎度のこと治せない死者と行方不明者を報告されても困るんだが」

「これを報告しない日が来ると信じてます！　目指せ死者行方不明者ゼロですよ！」

「はぁ？　何言ってんだオマエ。戦争だぞ？　殺し合いしてんのにその目標は無理があるんじゃやないか？」

若い兵士は仔犬《こいぬ》のような人なつこい顔で瞳《ひとみ》をキラキラさせた。

「ネクロさんが加入してから、みんな『死なきゃなんとかなる』っていうのが心の支えになって、帰還率はうなぎ登り！　死者数もどんどん減ってますから！」

戦争で死人を出さない唯一の方法は、戦争をしないことだ。一方で、人間が国を興して以降、国同士の争いが無かった試しがない。

「次は本気で戦死者無しを目指しましょうよ!」

「そもそも戦争が無ければ戦死者は出ないんだ。戦争なんて止めちまえばいいんだよ」

「それだと誰も戦功を上げられませんよ?」

「功を焦って死んじまったら元も子もないからな」

「なんとか両立できないですかね?」

「とにかく……まずは欠員出さずに全員雁首揃《がんくびそろ》えて戻ってこい。死にかけの仲間がいたら冥府から引っ張って連れてきやがれ。全員まとめて治してやるから」

言いながら少しふらついた。時折フッと力が抜けて倒れそうになる。

「だ、大丈夫ですか?」

「少し立ちくらみがしただけだ。オマエは心配しすぎなんだよ」

「不死隊のみんなよりネクロさんが先に過労死しそうですよね。いつかぶっ倒れるんじゃないかって心配で心配で」

幸い、まだこいつの前では倒れていなかった。無茶《むちゃ》は承知だ。他に治療ができるやつもいないのだから、気遣《きづか》いだけ受け取っておこう。

「余計なお世話だ。バカどもには自分の心配だけしてろと言っておけ。治療前に死なれたら寝覚めが悪い」

「承知しました。けどバカどもはさすがにひどくないですか？」

兵士の青年は苦笑い混じりで敬礼した。

「口が悪いのは生まれつきだ。ハア……オマエが初級レベルでいいから治癒術《ちゆじゅつ》を使えれば……」

一度教えて駄目だったことを思い出す。いかんな。上から下の人間に言うことじゃない。と、思った時には手遅れだ。

「僕には魔術の才能がありませんし、初級レベルじゃ焼け石に水ですよね。やっぱりネクロさんじゃないと。だから僕はサポートを全力でがんばります」

オマエは出来た人間だよまったく。と、青年は思い出したように続けた。

「忘れるところでした！　これいつもの問診票です。リストの順番に並んでもらってますんで」

「偉いぞ。助手としては１００点だ」

「いやぁ自分なんて本当にまだまだですよ」

青年兵はオレにリストを渡すと嬉《うれ》しそうに鼻の穴を膨《ふく》らませた。謙遜《けんそん》してても表情に本心がダダ漏れだぞ。

問診票にざっと目を通す。負傷の位置が記載され重傷順になっているのはありがたい。

今や前線はどこも治癒術士不足だ。

このネルトリンゲン戦線も例に漏れない。毎日どころか、ひどい時には朝夕晩と診療所に行列ができる。

すべてはソル王国が全方位にケンカを売るという狂犬ぶりを発揮しているためである。勝てば勝つほど戦火を広げ、魔物も敵国もねじ伏せてミッドガルズを統一する勢いだ。

オレが派遣されたのは冒険者上がりの傭兵とソル王国軍の混成部隊である。

オタヴァ連邦の逆侵攻に遭い、それでも戦線を維持できたのは……傭兵連中が両軍の想定を超える活躍をしたためだ。当初は捨て石として補充された傭兵たちが、今や金剛石《ダイヤモンド》の輝きで戦線を押し返しつつあった。

ここのバカどもときたら急所を外《はず》すのだけは上手《うま》くなりやがる。

ため息交じりにリストから視線を外した。前を向く。

得物《えもの》も防具もてんでバラバラな二百人そこらの傭兵軍団が、仮設診療所テントの前で長蛇《ちょうだ》の列を成していた。

挨拶《あいさつ》代わりに軽く手を振ると、負傷兵どもは「うおおおおお！　待ってたぜネクロおおおお！」と、野太い喝采《かっさい》を浴びせてくる。

「「「「ネ　ク　ロ！　ネ　ク　ロ！　ネ　ク　ロ　ッ!!」」」」

黄色い声援ならぬ茶色い絶叫だ。いつの間にか名前を斉唱されるのが恒例行事になっていた。

恥ずかしいので正直、止めてくれと思う。まあ、言って止めるような連中でもないのだが。

オレが前線に出ない理由。それはオレが治癒術士だから。

野営地の仮設診療所で来る日も来る日も、負傷兵を治癒魔術で癒《い》やす日々。

ギルドで受けた百日間の契約が、超過日数は両手両足の指では足らず、もう数えるのを止めて久しかった。

今でこそこうして出待ちされているが、着任した当時はひどいものだった。脳筋どもときたら治療してやっても文句ばかり。


「なぜ治した⁉　戦士の誉れは戦場で勇敢に戦い死ぬことだ！」

「死して英霊となりヴァルハラに迎え入れられるのだ！」

「常に安全な場所にいる治癒術士の貴様には理解できんだろうがな！」


英霊――エインヘリアル信仰は戦士の誉《ほま》れだそうな。

アホくさいことをのたまう連中の多いこと多いこと。勇敢《ゆうかん》に戦って死んだ人間は主神の元に召されてヴァルハラに住み、神族と巨人族の最終戦争が起こるまで武人としての技を磨き続けるのだそうな。

ここで治療していると、嫌《いや》でもそういったおとぎ話を患者たちから聞かされて、耳のタコが今では立派なクラーケンにまで成長した。

戦いで死んだ人間を悼《いた》み弔《とむら》う気持ちはわかる。だが、勇敢に戦って死ぬこと自体を目的としている連中は正直、腹立たしい。だからそういった輩《やから》に向けたオレの治療は、とても荒っぽい。


「今日も頼むぜ!! 戦士の誉れは友を守り自分も守ることだからな!」

「英霊になるにはまだまだ俺は戦い足りぬ! ヴァルハラに迎え入れられるにふさわしい強さを極めるためにも、この傷を癒やし再び戦場に赴かねばならん!」

「この野営地だけは絶対に死守してやるぞネクロ! だから貴様は安心して仕事に励んでくれ! 貴様こそがこの野営地の真の英雄だ!」


なにが英雄の霊だよ。人間なんて生きてなんぼだろうに。

オレのいる野営地にさえたどりつけば、死なない限り傷が癒えいくらでも戦線に復帰できる。手足くらいなら生えてくるなんて噂が広まって、他の野営地からも戦士だの傭兵だのが集まるようになっていた。

そいつらが戦闘で経験を積みに積み、気づけば東方オタヴァ連邦との最前線はソル王国最強の精鋭部隊とまで言われている。

助手の青年兵がオレに熱視線を送ってきた。

「お願いしますネクロさん！」

「わかった。全員歯ぁ食いしばれよ」

右手を握って拳《こぶし》を作り魔力をため込む。オレの治療法は他の治癒術士と比べると一風変わっていた。

本日最初の患者が鼻息荒く頬《ほお》を赤らめる。胸に大きな裂傷。応急処置で止血済みだが、すぐに戦線に戻れる傷ではない。

「い、痛くしないでくれ」

「男が半泣き懇願《こんがん》しても手加減なんてされると思うなよ」

牛でも真っ二つにできそうな大斧《おおおの》を背にかついだ筋骨隆々《きんこつりゅうりゅう》の大男は、涙目になり恥じらうようにオレに懇願した。内股《うちまた》になってもじもじする仕草《しぐさ》は少女のものだ。ギャップがありすぎてむしろ怖いぞう。

さてと……今日も仕事を始めるとしよう。オレは握った拳をゆっくり開いて振りかぶった。

「痛いの痛いの飛んでいけやコラァ！」

斧オッサンの頬を平手で殴《なぐ》り抜ける。いわゆるビンタというものだ。首がもげるほどの勢いでオッサンの巨体が吹き飛んだ。

「――――ッ!?」

声にならない悲鳴を上げて地面に崩れおちる。

赤く腫《は》れ上がった頬を両手でかばうようにして、オッサンは呼吸を荒げた。

「ありがとうございます！　ありがとうございます！」

同時に治癒魔術が発動しオッサンの胸の傷が綺麗《きれい》に閉じて痕《あと》すら残らない。

助手兵士が鼻の穴を膨らませた。

「出たっ！　ネクロさんのツンデレビンタ治癒魔術！　前々から思ってたんですけど、なんで普通に治癒してあげないんですか？　僕の時はまだ普通でしたよね？　呪文《じゅもん》とか唱えてましたし」

「あれはオマエに助かりたいとか死にたくないっていう、治癒される意思があったからな。治癒を拒絶するような連中には、こうして力尽くで直接ぶち込まなきゃならんのだ」

主神信者向け強制執行だ。言葉で説き伏せるよりよっぽど早かった。

「ドSですねネクロさん？」

「死なない程度に殴るぞ若者」

「もうみんなネクロさんの治癒なら喜んで受けるのに、やめてもいいんじゃないですか？」

オレのビンタで吹き飛んだ斧オッサンが立ち上がると、助手兵士に告げる。

「おい若造！　俺らはもうこのビンタなしじゃ回復された気がしないんだ。ネクロのビンタには母ちゃんに怒られた時みたいなあったかさがあるんだよ」

「気持ち悪いこと言うんじゃねぇ！　とっとと持ち場に戻れッ!!」

大男をシッシと手で払う。そんなオレに助手兵士は「やっぱ優しいんですねネクロさんって」と生暖かい眼差《まなざ》しだ。

恥ずかしいからやめろ。本当にしばくぞ。

「次ッ！」

「押忍《オス》！　お願いしやす！」

気合いたっぷりのスキンヘッド格闘家だが、右腕が骨折し応急的に添え木が当てられていた。

ビンタ一発で完治させつつ毛根を活性化させた。

「そいつはおまけだ」

「うおおおおッ！　一度は死んだはずの自分の毛根が！　こんどこそ守ってみせるっす！」

「毛根の前に命を先に守る意識をしろ。いいから次も死なずに戻ってこいよ」

「押忍！　あざっす！」

スキンヘッドグラップラーを角刈《かくが》り格闘家にクラスチェンジさせて次の負傷者へ。

流れるように二十人を平手打ち……もとい治癒したところで小瓶の魔法薬を飲む。黒ポーションの効能とは比べるべくもないが、無いよりはマシだ。次の二十人を治癒する。飲む。治癒する。飲むを繰り返す。

中にはビンタより拳が良いとか、蹴《け》りが良いとか靴底で踏んで欲しいとかお尻《しり》を叩《たた》いて欲しいとか、もっと言葉責めしてくれなどと、ふざけたリクエストがあるのだが面倒なので個別対応はしない。

事情を知らない人間にはただの気合い入れにしか見えないだろう。我ながらシュールな光景だと思う。

百人ほど治療したところで、別の戦線に出ていた斥候《せっこう》の小隊が野営地に戻ってきた。列を無視して担架《たんか》が仮設診療所テント前に運び込まれる。

急患もしばしばだ。並んだ負傷者たちから文句は一切《いっさい》出ない。前線に出る人間にとって明日は我が身だからな。

濃い顔つきをした太眉男《ふとまゆおとこ》だ。ここらでは見ない顔だった。最近配属されたのだろう。男は担架に寝かせられたまま、オレを恨《うら》めしそうに睨《にら》みつけた。

応急処置のために巻かれた胸の包帯から出血が止まらない。長くはないな。いや、よくここまで耐えたもんだ。

「死なせろ……おれは勇敢に戦った……なあ……俺はエインヘリアルに……なれるよな？　なれなきゃなんのために……戦ったのか……わから……ねぇ……」

死にかけのくせにイラつかせてくれるなよエインヘリアル信奉者め。オレは太眉男の傍《かたわ》らにしゃがみこんで訊く。

「オマエを待ってるやつはいるのか？」

「なぜ……そんなことを？」

「いるのかいないのかどっちだッ！　とっとと答えろ！」

「いる……去年息子が生まれた……だがもう治癒魔術でどうこうできるものでは……グフッ」

吐血《とけつ》しながら涙をつーっと流す。泣くってことはこの世に未練たらたらじゃねぇか。

「息子がいるのか。そのガキはオマエの顔も知らずに生きるんだな」

「ううっ……」

「まだ赤ん坊で物心もついてないだろ。オマエに名前を呼ばれた記憶も残ってない。オマエに抱き上げられた感触も、頭を撫《な》でられたことも愛されたということも……オマエが死んだらガキには何も残らないじゃねぇかよ。それでいいのか？」

「英雄になるには……仕方ない……だろう……」

「歯ぁ食いしばれ。これ以上喋《しゃべ》ると本当に死ぬから黙っとけ」

オレは魔法薬の小瓶を三本取り出しまとめて中身を飲み干した。ドクンッ！　と心臓が大きく波打つように鼓動する。冷や汗で背中がびっしょり濡れた。息が切れる。だが、こんなバカを治すにはこれでも足りないくらいだ。

バカは死ななきゃ治らないなんて、アレは嘘《うそ》だ。生きているからこそ人間は変わることができる。

強力な治癒魔術を心の中で詠唱《えいしょう》し、握った右の拳に込める。

頭の中に電流が流れたような衝撃《しょうげき》が走った。プスプスと脳が焼き切れるような感触だ。ヤバイな……何か切れちゃならん回路が切れかけているようだ。

だからといって止めるわけにはいかなかった。

魔力を限界まで高め集束すると、ゆっくり拳を開いた。

ズンと重たい。今日一番の……いや、これまでの人生の中でも五指に入る魔力の練り上がりだ。四十歳を前にして何らかの境地にたどり着けた気がした。

「くらい……やがれッ！」

平手で太眉男の頰を全力で叩く。首がゴキッと九十度横に傾いた。

激しい魔力の光がほとばしり、男の身体に吸い込まれた。見る間に出血は止まり顔色も優れてきたな。

目をぱちくりさせながら男が立ち上がる。その場で軽く屈伸したり跳ねたり手足の感覚を確かめるように回してみせる。

すべて良好のようだな。きょとんとした顔で太眉男はオレを見つめた。

「子供に必要なのは英雄じゃ無く父親だ」

太眉男は深々と頭を下げる。それ以上、言葉は無かった。

傭兵たちの治療が一段落つくと、助手兵士がどこからかコーヒーを調達してきた。

マグカップを差し出される。

受け取ろうと手を伸ばすが、焦点が合わずにオレの手は虚空《こくう》を撫でた。一瞬、足下《あしもと》がぐらついてつんのめりかける。

「大丈夫ですか？　ちょっとおかしいですよ？　いつもより飛ばしすぎっていうか……気合いが入りすぎみたいな感じですし」

「気合いを入れて治療してるんだから当然だろ」

助手兵士は困ったように眉尻を下げる。

「本当にお疲れ様でしたネクロさん。でもあまり無茶しないでくださいね」

改めてマグカップを受け取り口をつける。疲れているせいか味も香りもしなかった。それでも熱い液体が身体に染みこむようで心地よい。

「仕事だからな。ギルドから出る給料分を働いただけだ」

「まったまたぁ。スキンヘッドの人をふさふさにするなんて、逆給料泥棒もいいところじゃないですか」

「あれはまあサービスしすぎたかもしれん」

「息子さんがいる太眉の人、無事に故郷に戻れるといいですね」

カップを包むように持つ。じんわりと温かい。まるで命を手に抱いているようだった。ゆっくりと長く息を吐く。明けない夜は無いが、この戦争が終わる気配はまだ無かった。

「いつまでこんなことが続くんだろうな」

オレの問いかけに「それは偉い人たちが決めることですから」と、諦《あきら》めたような顔で助手兵士は返す。

「偉いヤツ……か」

ハデル王が侵攻を止めれば本当に終わるのだろうか。誰ならこの国の出血を止められる？　オレにできることといえば前線で負傷兵を治すことだけだ。

ぼんやり考えている間に、助手兵士がコーヒーを飲み干していた。

「オルロー平原の野戦から部隊が戻ったら、また忙しくなりそうですね」

「ああ……そうだな。猫の手も借りたいくらいだ」

負担は日を追うごとに増す。真綿《まわた》で首を締《し》めつけられるように。

「上官の人たちが治癒術士の増員を申請してるそうですけど、現状で対応できてるからという理由で承認が下りないみたいで……これじゃあネクロさんの負担ばっかり大きくなるじゃありませんか」

どこもキツいなら戦線を拡大するんじゃねぇよ。国王をぶん殴りたい気分だ。が……それももう叶《かな》わぬ願いかもしれない。

「オマエには世話になった。感謝してるよ」

「なんのなんのです。他にできそうなことがあったら言って下さい」

言いながら助手兵士は改まった顔つきになった。

「あの、前から疑問だったんですけど、どうしてネクロさんはそこまでできるんですか？」

やり過ぎだっていうのは頭では理解している。普通なら黒ポーションなんて劇薬には頼らない。それでも――

「自分が選んだ仕事だからな」

オレは首から紐《ひも》を通して提げている陶片《とうへん》を見せる。ルーンの刻まれたギルドタグは冒険者の身分証明書みたいなものだ。冒険者の誇りなんてものは持ち合わせていないが、だからといって投げ出して良い仕事ではない。

オレがいなければ誰があのバカどもを治療するんだよ。死んじまったらおしまいだ。

助手兵士は首を傾《かし》げた。

「身の危険を切り売りする冒険者よりも、どこかの町で治療院を開いたり、お金持ちの商人や貴族のお抱《かか》え治癒術士になれば楽に稼《かせ》げると思うんですけど」

「助けたかった人がいたんだ……」

自然と口を突いて言葉が出る。察してか青年は気まずそうだ。

「もしかして誰か大切な人を……亡くされたんですか？」

いつも上から目線で両親の代わりに面倒をみてくれた。普段は笑わないが、たまに見せる優しい笑顔が太陽みたいな……どこにでもいる普通の姉貴だった。

「たった独《ひと》りの家族が……姉貴がいたんだ」

「お姉さんですか」

オレは小さく頷《うなず》いた。三十年が経ってもまぶたを閉じれば姉貴の顔が思い浮かぶ。事切れた後の恐怖に引きつった表情だ。

「オレが十にも満たないガキの頃、住んでいた村が魔物の群れに襲われてな」

「す、すみません。そんなこととは知らずに」

「気にするなって。とっくの昔に思い出になっちまったさ」

少し黙り込んでから青年はオレに訊《き》く。

「どうしてネクロさんは無事だったんですか？」

「薪拾《まきひろ》いに森へ入って迷子になったんだよ。戻るのが遅かったオレだけが助かった。神も英雄も冒険者も村を助けちゃくれなかったんだ」

あの日、美しい白鳥を追いかけて森の奥の泉まで行かなければ、今頃オレはここにいなかっただろう。

助手兵士はうつむいてしまった。

「よくある話だ」

気落ちしたかと思いきや、青年は決心でもしたように頷くとガバッと顔を上げた。

「ならなおのことネクロさんは立派だと思います！　助けられる誰かがいないなら、自分がそうなろうとするなんて！」

自分の腕の長さがせいぜいという現実を知れば、救いたいという想いも願いも儚《はかな》い抵抗だと、身をもって解らせられる。それでも――

「そんな風に思ってた頃もあったな……」

「というか今まさに救っているじゃありませんか!? ネクロさんがなんと言おうと僕は感動したんです。命の恩人でもありますし」

瞳を丸くするとますますコイツは童顔になる。若い頃の自分よりもよっぽど素直だな。

「大げさなヤツめ」

青年は自身の胸に手を当てた。

「今は兵卒ですけど、この戦線を無事に生き残ることができたら兵站科《へいたんか》に転属願いを出して、後方支援に就《つ》こうと思うんです。ネクロさんみたいにはなれませんが、せめて補給を滞《とどこお》らせずしっかり務めます！」

兵士なんて華々しい勲功に目がくらみがちな連中ばかりだ。なのに補給の仕事をやりたがるとは奇特なヤツめ。

「そういえばオマエさ。名前なんだっけ？」

「あれ!? 覚えてくれてなかったんですか？ ジョシュアですよ」

オレは「そうか」と頷くとコーヒーを一気に飲み干した。先ほど感じた熱さがない。ぬるくなるにしたって早すぎだ。頬を撫でる風を感じられない。今までこんなことはなかった。

かすかに……嫌な予感がした。

「聞け……ジョルジュ」

「ジョシュアですってば！　どうしちゃったんです？　急に神妙な顔つきになっちゃって」

言ってくれるな。どうせオレってヤツは普段は絵に描いたような不良中年だよ。だが、今だけはコイツにきちんと耳を傾けて欲しい。これが最後になるかもしれないのだ。

「補給部隊は地味で不人気だ。だが無くてはならない重要な仕事だ。治癒術士を癒やすのはこの一杯のコーヒーだからな。しっかり励《はげ》めよジョージア」

「は、はいッ！　って、だからジョシュアですってば！」

「オマエには人の懐《ふところ》に飛び込む才能がある。そういうヤツは得てして出世するんだ。オマエなら偉くなってこの戦争を終わらせられるさ」

「えっ！　本当ですか!?　がんばります！　やってやりますとも！」

人を信じすぎるお人好しなところは玉に瑕《きず》だけどな。

空になったカップをジョシュアに突っ返す。

「おかわりいりますか？　ひとっ走りもらってきますね！　戻ったらもっとお話を聞かせてください。部隊撤収の日まで、ネクロさんから学べることは全部学ばせてほしいんです！」

仔犬のようにジョシュアは部隊長のキャンプへと駆けていった。なるほどコーヒーはそこで手に入れてきたんだな。補給部隊らしいじゃないか。遠のく青年の背にそっと告げる。

「全部……か。それは約束はしかねるな。できることならオレも教えてやりたかったよ……ジョシュア」

息が詰まる。呼吸が乱れる。鼓動はますます早鐘を打った。

「ハア……ハア……グッ……ふぅ……」

出るのは息ばかりだ。言葉を声に乗せるのも苦しい。

天を仰《あお》ぐと青空に白い筋が無数に流れていくのが見えた。背に翼《つばさ》を持つ主神の眷属《けんぞく》――戦《ヴァ》乙女《ルキリー》たちだ。隊列を組んで南へと飛び去っていく。

ちょうどオルロー平原の方角だった。戦いが終わったのだろう。何人生き残れたんだろうな。

翼を背にした聖女たちは英雄の魂《たましい》を導く主神の使いだ。争いに巻き込まれ非業《ひごう》の死を遂げた少女が転生した姿とも言われているが、確かめようもないただの噂話だった。

姉貴も転生して戦乙女になってたりは……さすがにないか。しっかりしているようで不器用だったから、上手く飛べずに墜落《ついらく》するかもしれない。

先行する戦乙女の隊列から遅れること十数秒――

戦乙女が一人。ひときわ大きな白い翼をバタバタさせて空で溺れていた。

なにやってるんだアレは。曲芸飛行の練習にしたって空中を右往左往しすぎじゃないか？

あんな不格好な飛び方をする戦乙女は初めてだ。飛んでいるより墜《お》ちているという方が正しいくらいだ。

つい注視して、苦しさを忘れてしまった。

青い髪は背を覆《おお》うほど長い。頻繁《ひんぱん》に上昇と下降を繰り返し、先行する戦乙女たちとの距離がますます開く。

少女は前にその場で白い翼を大きく開いて、深呼吸でもするようにホバリングする。が、だんだんと高度が落ちていく。

そんな戦乙女と一瞬――目が合った気がした。

「あああああッ！　見ないでください！　恥ずかしいです！　やれば出来る子なんです私って！　ああ、人間にこんな姿を見られるなんて戦乙女の威厳《いげん》があああああ！」

天高くから少女の凛《りん》と通った声がオレの頭上に降り注いだ。

威厳を気にするにはいささか手遅れじゃなかろうか。

目を細めて手を振ると、戦乙女は「違うんです誤解です本当はすごいんです！」と、激しく翼を羽ばたかせた。なんとか高度を上げようと必死である。

野営地の兵士たちも次々に、彼女を指さしたり首を傾げたり。中にはドッと笑う連中もいる。

「み、見世物じゃないですからあああああ！」

墓穴を掘ってる場合じゃないだろう。ほら、がんばれがんばれ。

「ふおあああああ！　がんばれ私！　負けるな私いいいいッ！」

戦乙女の乱高下がようやく収まった。

へろへろになりながら再び宙を舞い、落ちこぼれの戦乙女が遠くの空へと飛んでいく。

それにしても驚いたな。神の眷属にも落ちこぼれがいるなんて。

あの戦乙女には悪いと思うが、そっと声を出す。

「なにやってんだありゃ？　……でもまぁ最後に少しだけ愉快なものを見られたな」

絞り出すような声は小さく荒野を吹く風に消えた。

「……そうか……もうダメか。とっくに……限界だったんだな……オレ……」

いつもなら、そろそろ魔法薬の在庫が心配になる頃だ。調合の手順を決めておかなければならない。当然の如く睡眠時間が削られそうだ。ジョシュアに必要な物資の発注リスト作りを手伝ってもらうのも欠かせなかった。

きっともう、どれもできないのだろう。せめて無様《ぶざま》に亡骸《なきがら》を晒《さら》さぬように自分のテントに戻りたい。

中は小瓶が散乱したままだ。片づけておけば良かったと後悔した。

一歩踏み出そうとする……が、足が動かない。力が入らない。

空が……灰色だ。

瞬《まばた》きする間に世界が全部モノトーンに染まった。

下半身の感覚が消失する。身体が傾《かたむ》く。地面に引かれるままにあらがえない。

水の中にいるみたいに、なにもかもがゆっくりしていた。

転倒する。顔面で大地を受け止める。その痛みすら感じることができぬままに。

口から何かが溢《あふ》れていくのがおぼろげにわかる。色も温度も感触も失った世界では、自分が血を吐《は》いたことすら実感が湧《わ》かない。

遠くでマグカップを放り投げジョシュアがオレの名前を叫んでいた。

「ネクロさん冗談ですよね！　ちょっ！　なにやってるんですかこんなところでいきなり寝ないでくださ……ネクロさん？　ネクロさん!?　ネクロさんってばッ!!　なんで血なんて吐いてるんですか!?　早く治癒魔術を自分に施《ほどこ》してくださいってば！」

それはもうこの一ヶ月、自分の身体を持たせるためにやり続けてきたことなんだ。

駆け寄ったジョシュアが涙をためてオレの身体を揺さぶった。

「いやですよこんなの！　もっとたくさん教えてもらって、少しでもネクロさんの役に立ちたいって思ったのに……どうして……どうしてッ!?」

風の音も青年の声も途中で途切れて消える。

泣くなと言ってやりたいのに声が出ない。頭を撫でてやろうかと思ったが、自分の力で身じろぎすらできない。

苦しい。止めどなく血が溢れ出る。呼吸が止まり意識が薄らいでいく。

なあジョシュア。オレを仰向けにしてくれ。

灰色に染まっていても、空が見たいんだ。

目の前が暗くなる。もう空も地面も区別がつかない。

……姉貴。オレ……救えたかな？

「救えたとも。そして……これからも救ってもらうぞ」

少し舌《した》っ足《た》らずな少女の声が応《こた》えた気がした。

死ぬ間際《まぎわ》に人間は過去の走馬灯《そうまとう》を見るというのだが、オレに見えたのは光り輝く小さな人の影だ。

神を信じないオレの前にも神は現れるとでもいうんだろうか？

2．鶴の一声《トップダウン》の採用枠

頬にひんやり冷たい感触が広がった。重いまぶたを開く。

ゆっくりと身体を起こした。すぐには立ち上がらず座り込んだまま周囲を見渡す。

「どこだよ……ここは」

野営地でも仮設診療所のテント前でもない。

光射す真っ直ぐな回廊だ。

磨《みが》き上げられた純白の大理石が敷き詰められ、白亜《はくあ》の柱と柱の隙間から光が差し込み、外には雲海《うんかい》が広がっていた。

床は鏡のようにツルツルだ。そこに映った自分の顔に違和感を覚えた。手入れする暇もなく生えっぱなしだった無精髭《ぶしょうひげ》が消えて、つるりとした剝《む》き卵のような顎《あご》をしている。

目には生気が宿り目尻のしわもさっぱり消えていた。

「なんか……若返ってないか……オレ？」

顔の作りはそのままに、くたびれた感じが排されて生まれ変わったかのような顔つきだ。

訳がわからない。が、このまま自分の顔をまじまじ見ていてもらちがあかないな。

視線を上げる。回廊の先に観音開きの扉が見える。

オレはどうしてこんな場所にいるんだ？

耳を澄ませば水の流れる音や小鳥の歌う声が、かすかに聞こえた。

深呼吸する。空気は清浄で息苦しさとは無縁だった。

立ち上がる。

振り返れば白い壁がそびえ立つ行き止まりが、前方三十メートルのところにあった。

どこともつながってない回廊なんて意味ないだろ。建築設計者出てこい案件である。

などと思ったところで……白壁がガラガラと崩れ落ちた。大理石の床も柱も剥離《はくり》するようにバラバラになり、雲海に落ちて消える。

何の前触れも無く始まった崩壊《ほうかい》が狙《ねら》い澄《す》ましたようにオレの足下に迫った。

「うおわあああああああああ！　動けよオレの足いいいいいい！」

床を蹴《け》って走る。すぐ後ろにまで崩《くず》れ落ちる音が近づいてきていた。出口とおぼしき正面の扉まであと二十メートル。踏み出した先の床が落ちないことを祈って駆け抜け、近づき、扉に手をかけ開く。身体を投げ出すように中へと飛び込んだ。

「ハァ……ハァ……死ぬかと思った」

振り返ると扉は一人でに消える。まるで夢の中だ。

飛び込んだ室内も相変わらず白亜の宮殿然としていた。

「死ぬかと思ったとは皮肉だのうネクロよ」

凛と響く声に気づいて前を向く。

目の前に玉座《ぎょくざ》があった。金髪ロリ美幼女が座っている。

声の主はコイツのようだ。

「誰だよオマエ?」

「なにッ!? 見て解らぬというのかッ!?」

驚かれたことに驚きだよ。

幼女は必要最低限の薄布をまとい、マントをしている姿は控えめに言って露出狂である。だが、そのシルエットには見覚えがあった。事切れる寸前に見た幻影の人影だ。

彼女が座る玉座の背もたれの両端に、カラスが二羽とまっていた。片方は黒。もう片方は純白だった。白いカラスなんて珍しい。初めて見たな。

訳もわからぬままオレが白いカラスに見とれていると、幼女がムッと口をとがらせた。

すらっとした足を組み、肘掛《ひじか》けに腕を乗せ頬杖をつきながらため息を一つ。

なんだか不機嫌《ふきげん》そうだ。

彼女は左目に眼帯をしていた。右の碧眼《へきがん》がこちらを値踏みするように見つめる。

薄桜色《うすざくらいろ》をした唇がゆっくり開いた。

「我はオーディン。主神である」

「はぁ? 嘘つくの下手《へた》くそか?」

不死隊の連中から聞かされたオーディン像とは似ても似つかぬ幼女ぶりである。共通しているのは眼帯にマントくらいなものだ。

「嘘ではないぞ？　どこからどうみても主神そのものではないか？」

「ガキんちょが偉そうになに言ってんだ？」

自然と声が出た。死ぬ間際の息苦しさがまるで嘘のようだ。幼女はフンッと鼻を鳴らす。

「そういう貴様も未成年ではないか？」

自分の顔にぺたぺたと触れてみる。かさついた肌がみずみずしさを取り戻していた。先ほど磨かれた床に映った姿と相まって、幼女の言葉につい頷いてしまう。

「確かに……って、どうしてこうなった!?」

幼女がにんまりと口元を緩ませた。

「我に導かれし者は最高の状態となるのだ。貴様は才能と魔力と肉体が充実していた十八歳に若返ったというわけだ」

自称主神オーディンはやれやれと肩を軽く上下にさせた。

まさかと思ったが、死ぬ寸前の苦しさが消えて、こうして普通に話もできていることを考えるとそうなったのだと考えざるを得ない。

念のため自分の頬をつねってみる。なんてことはなく普通に痛かった。

「ずいぶん古典的な手法だのう」

「うるせぇよ！　つーか……さっきの床が落ちる回廊もオマエの仕業《しわざ》か？　だったらしばくぞ！　つーかなんで若返ってんだよ!?」

「むしろ感謝するがいい。なかなか来ぬから背中を押してやっただけではないか？　しばこうなどとはもってのほかだ」

自称主神はにんまりと口元を緩《ゆる》ませた。悪い夢でも見ているんだろうか。

「おいガキんちょ。ここはどこだ？」

改めてぐるりと周囲を見渡す。玉座の広間は金銀財宝をちりばめたような装飾で、絢爛豪華《けんらんごうか》なること地上のものとは思えない。

吹き抜けになった軒先の庭園には泉が湧き出し、滝が落ちて虹をきらめかせていた。

小鳥が歌い花々は咲き乱れる。

「ここは天界アスガルド。貴様は死んだ。だが悲しむことはない。生にはいつか必ず終わりが来る」

「死んだってオマエ……ああ……やっぱり死んだのか」

そっと視線を自分の右手に視線を落とす。握って開いてを数回繰り返した。生きていた時と変わらない。

肉体があることが意外だった。世間一般で言われている死後の世界――魂が大樹に還《かえ》るというのとは違っているようだ。

「ずいぶんと落ち着いているではないか？」

幼女は口角を上げて不敵な笑みを浮かべた。そのまま続ける。

「貴様が生前に積んだ善行は英霊資格を得て余りある。我が直々《じきじき》に召喚《しょうかん》するなど実に千年ぶりの快挙だぞ。光栄に思うが良い」

幼女は自信満々に板状の胸を張る。見た目に反した神様らしい上から目線の物言いだ。正直、イラッとする。頼んでもいないのに快挙じゃねぇよ。なにより英霊って言葉がオレは大嫌《だいきら》いだ。

「何が英霊だよ。その言葉に騙《だま》されて何人死んだかわかってんのか？」

「騙してはおらぬ。現に貴様のように英雄たる資格を持つ者を迎え入れておるではないか」

「なりたいのになれなかった連中は資格が無かったから諦めろっていうのか？」

敵意と抗議を込めて睨みつける。が、主神と名乗るだけあってか動じない。意にも介さず幼女はゆっくり頷いた。

「当然だ。しかしながら戦場で命を失った者たちの慰めにはなっているだろう。天界に迎え入れられるかもしれないと、希望を持って死を受け入れられるのだからな」

神が詭弁《きべん》を弄《ろう》するのかよ。だが……認めたくないという一方で幼女の言葉には一理ある。自分は精一杯やったのだと思って死ねた人間も多かったのかもしれない。

それでもオレは主神だの英霊だのは大嫌いだ。生き残ろうという意思さえ摘んでしまいかねない考え方を治癒術士のオレが認めるわけにはいかなかった。

じゃあ、なぜオレはこの場所に呼ばれたんだ？

「仮にオマエがオーディンだとして、主神様がいったい何の用だ？」

「貴様には英霊……エインヘリアルになってもらおうと思うのだ」

何を言い出すのかと思えば、よりにもよってエインヘリアルだと⁉　ふざけるのも大概《たいがい》にしろ。

「はあ？　エインヘリアルってのは前線で戦って死んだ戦士がなるもんだろ。オレは治癒術士だ！」

幼女は人差し指をピンと伸ばして「チッチッチ」と左右に振った。

「戦って敵を倒すばかりが英雄ではない。救った人数で言えば貴様は大英雄と言って差し支えなかろう。命すらなげうち救い続けた貴様を大英雄と言わずしてなんとする？」

玉座を宿《やど》り木《ぎ》にしていた白黒カラスが交互に「カー」と鳴いた。

いきなり大英雄ときたか。死んだだけでずいぶん持ち上げられたものだ。幼女は目を細める。

「どうだ？　主神たる我に大英雄と称《たた》えられて嬉しくはないか？」

「別に喜んでないぞ」

と返してはみたものの、実は褒められるのに割と弱い。おだてられて気をよくした結果、利用されるのもしばしばだった。いや、それでも大英雄なんて響きは性に合わないが。

主神はゆっくり腰を上げた。玉座から立ってもさほど全高が変わらない。

幼女が上目遣《うわめづか》いでオレをじっと見つめる。

「その割に顔が赤いぞ。死んでもツンデレは治らぬようだ」

「うるせーよ。言っとくがオレは神が嫌いだ。特に魔術と予言と戦争を司《つかさど》る主神様とやらがな。オマエが煽《あお》ったおかげで戦士兵士が『死ぬのは誉《ほま》れ』とか勘違いしてんだぞ」

プロパガンダで煽りまくったオマエこそ人間の敵じゃなかろうか。

こんなヤツにたぶらかされたおかげで、前線の連中をぶん殴ってでも治療しなきゃならなくなったんだ。面倒を増やしやがって。何が主神だふざけるな。

眼帯幼女は腕組みをすると「ふむ」と小さく頷いた。

「戦いがなければ貴様は類《たぐ》い希《まれ》なる治癒術士の才能を発揮できぬではないか？　人を救うことで人に頼られ求められるのは至上の幸福だったであろう。治癒術は尊敬という甘美《かんび》な美酒を味わい、人の命を己《おのれ》の天秤《てんびん》にかけて神のごとく振る舞えるのだからな」

治癒術士にそういった一面があることは自分でもわかってる。

「否定はせんがオレがやりたいことをやったまでだ！」

返答に幼女は腕組みすると満足げに頷いた。

「正直でよろしい。貴様の今後の働きには期待しておるぞ」

「働きってオマエ……勝手に決めるんじゃねぇよ！　死んでまで働けっていうのかッ!?」

幼女がスッとオレの顔を指さした。

「貴様は激レアな回復担当のエインヘリアルだからな。連日の訓練で傷つき疲弊《ひへい》している他の戦士系エインヘリアルたちの治癒を頼む。生前の行列の十倍はこなしてもらう予定だ。たっぷりと経験を積んでもらうぞ」

「バカじゃやねぇの！　ここまでの会話の流れを理解できてんのか？　オレはオマエが大嫌いなんだよ！　そんなヤツの言うことなんぞ聞いてられるかッ‼」

「死にたてほやほやの小童《こわっぱ》が好き勝手に抜かしおってからに」

幼女が小さな肩をプルプルと震えさせた。

死んだと思ったら生前の十倍の仕事をさせられるなんて、こっちこそキレそうだ。

オレの肩が怒りに震える。幼女がこちらの顔を指さした。睨み合い視線で火花を散らしながら、奇しくも同時に口が開く。

「「さっきから下手《したて》に出てりゃケンカ売ってんのかこらあああああ‼」」

戦いは同レベルの者で以下略。

幼女と猫のケンカよろしく「ふしゃー！」っと吠《ほ》え合《あ》うとは、人生死んでからもなにがあるかわからない。

オレと主神のヒートアップにあてられたのか、玉座の背もたれを止まり木にしている二羽のカラスが「カーカー！」と騒ぎだした。

いや、白いカラスがバッ！　と翼を広げ、黒いカラスが「カー！」と鳴く。

バッ！　カー！　バッ！　カー！　バッ！　カー！　バッ！　カー！

二羽がじっとオレを見据《みす》えた。

カラスなのにドヤ顔なのが手に取るようにわかる。二羽まとめて焼き鳥にしてやろうか。

「テメエらも売ってんな？　死者に鞭《むち》打つ神の国め！　とっとと滅《ほろ》びろ」

オレが中指を突き立てるとオーディンが仔犬のように吠え返した。

「貴様が我を滅するなどとは笑止千万！」

「やってやろうじゃねぇかこっちはもう死んでるんだ！　怖いもんなんかねぇからな！」

「主神たる我に従えええええ！　大人《おとな》だろおおおお！」

「オッサンから十代後半に若返らせたヤツが都合の良いこと言ってんじゃねぇよ！」

だいたい、そういうオマエは創世の頃から存在し続けている神だろうに。人間の大人よりずっと大人であるべきだ。

オーディンの右の瞳にぶわっと涙が浮かんだ。

「神で眼帯幼女で見た目だけはいいからって、泣いて頼めばなんでも許されるとか思ってんじゃねぇぞ」

「ううう！　生前貴様がモテなかったのもそういうところだからな！　性格だからな！　彼女

いない歴＝年齢の小童のくせにぃ！」

「あああああああ！　神様なのにすっごいひどいこと言った！　こちとら修行に忙しくて恋なんてしてる時間なんて無かったんだよ！　気づいたら四十手前だったんだふざけんな！　テメェ尊敬されない神ランキング第一位おめでとうございますだぞ！」

年齢の話もオッサンの事もいい。許そう。だが童貞《どうてい》だけはたとえ神だろうと、触れてはならぬ禁忌《きんき》だろうが。

「き、貴様がもっと我を尊敬せぬのが悪いのではないかあああ！　尊神精神の欠片《かけら》もないやつめ！　そんな人間は不死者になってしまうぞおおお！　うううおおおああああああああああん!!」

フシ……なにになるって？

ともあれ幼女主神はギャン泣きだ。コイツに威厳があるのか無いのかわからなくなってきた。

ともあれ子供を泣かすのはよくないが相手は神である。泣いた方が悪い。

「はい泣いたオレの勝ち。オマエ弱いねぇざーこざーこ雑魚主神」

「ふひぃいいいいいい！　ころす！　もうころすううう！」

「死んでる人間をどうやって殺すって？」

「二人だけの最終戦争だ！　グングニルをもてぇい！」

グングニルとはたしか主神が操《あやつ》る伝説の槍《やり》の名だ。聞いた話じゃ威力《いりょく》は絶大にして必中。もし呼び出せたのなら本物のオーディンと認めてやらなくもない。

「もてぇいじゃねぇだろ。グングニルってのは投げれば必中呼べばその手に戻ってくる名槍《めいそう》だよな？」

「はっ……そうだった。貴様よく主神のことを勉強しておるではないか。ま、まさか我の隠れファンなのか？　このツンデレさんめ！　意外と可愛《かわい》いところがあるのう」

なぜ先ほどからオレはツンデレ扱いされるのか、これがわからない。

「勘違いすんなよ。治療してる時に死にかけ傭兵どもが念仏みたいに唱えてるんで、うっかり覚えちまっただけだ。ほら呼んでみろよ？　ガキ主神のグングニルがどんだけしょぼいか楽しみだ」

「ぐぬぬ！　ぬかせ小童！　カモン！　グングニル！」

少女が白くか細い腕を天に掲《かか》げると——

ズガンッ！

と、宮殿の天井に大穴を空けて槍が彼女とオレとの間に降ってきた。

ああ、お空綺麗。

視線を空から戻す。槍の着弾地点がクレーター化していた。磨き上げられた鏡のように、スカートの中身まで映してしまいそうな大理石の床を一撃粉砕《いちげきふんさい》かよ。

呼び出しただけでこの威力とは……本物か？

少女は「ちょっとズレた。こっちこっち」と手招きする。美しい魔槍はひとりでに抜けると少女の手にスッと収まった。

槍の全長が幼女よりもはるかに長いので、ずいぶんとアンバランスで取り回しにくそうである。

「じゃあ刺すぞ？　良いな小童」

「じゃあじゃねぇよ。なんのついでだよ」

「我をオーディンと信じなかった罪とロリコン罪で処す」

「後者の罪の自覚はないんだが!?　というかもうすでに死んでるんだがッ!?」

「罪状は前者だけでも充分だろうに！　殺れ……」

オーディンが槍の柄からそっと手を離すと、グングニルはギュンと空気を裂いてオレの眼前に迫った。

槍というよりリードを手放された猛犬だ。

切っ先とにらみ合い棒立ちのオレに幼女は腕組みをして頷く。

「ふむ。臆することなしか」

単に速すぎて反応できんかっただけなんだが。

「まあな。死んでるし」

グングニルの切っ先がオレの鼻先からゆっくり引いていく。槍はひとりでに玉座の脇に立てかけられた。

「なあ主神様……どうしてオレなんだ？　オレよりもたくさんの人間を癒やし、立派に務めを果たして死んだ治癒術士は他にもいるだろ？」

幼女の表情が引き締まった。

「彼らは戦場から遠すぎた。我が理想を叶《かな》えられるのは貴様だけなのだ」

つい今し方までのキャンついた空気が凛として引き締まる。不思議とこちらの背筋まで伸びた。一拍おいて呼吸を整えてから訊《き》く。

「神様にも叶えたい夢みたいなものがあるのか？」

コクリと幼女は頷いた。真剣な眼差しがじっとオレの顔を見据える。

「貴様の理解を得るためには、本来の我を知ってもらう必要がある。他のエインヘリアルには見せてはいない真の姿を見せる時が来たようだ」

少女は虚空をぎゅっと握る。まるで周囲の風景が映ったカーテンでも摑《つか》んだかのように空間が歪《ゆが》んだ。

「そぉい！　っと」

かけられた布を外すように主神が空間を歪めると――

荘厳《そうごん》な神殿の風景が一転、小部屋に変わった。

ベッドと机と、なにやら面妖《めんよう》な箱のようなものが机の脇に置かれている。

窓の外には雲海が広がり、出入り口は一つだけ。

ベッドはピンクのふりふりで動物を模したモフモフっとしたぬいぐるみが、クッションよろしく山盛りである。

机にはルーン文字が並んだ板が置かれ、天板の上にはなにやら長方形の四角い石版が立っていた。

ルーン文字の板が色とりどりに発光して物々しい。

オーディンの座っていた玉座も荘厳なものから、黒い籐《とう》（？）を編んで作ったような背もたれのカスカスっとしたものへと変わっていた。

材質が木も金属でも石でもない、なんとも不思議な椅子である。

そのままなのはオーディン本人とカラス二匹とグングニルだけ。

グングニルの空けた天井の穴も床のクレーターも幻《まぼろし》のごとく消えていた。

「なんの冗談だこれは。宮殿はどこいった？」

「さっきまでのが幻で、こっちが本来の我が愛《いと》しき引きこもり部屋だ。宮殿スキンの幻術《げんじゅつ》はエインヘリアルとの謁見《えっけん》にしか使わぬからな」

オレは目が覚めてからずっとオーディンの幻術に囚《とら》われていたらしい。

椅子に座って少女はくるくると回る。なんとこの椅子、座面が水平方向に回るだけでなく、背もたれが後ろに適度に倒れたり足に小さな車輪がついていて自在に動くのだ。

光るルーン文字の板といい、神の力によるものだろうか。

「ふっふーん♪　これらの魔導器は最新のものでな。ラタトクスネットワークも光の速さなのだ。低遅延《ていちえん》で対戦遊戯《たいせんゆうぎ》ができるのだぞ。うらやましかろう？」

「光ってて派手だなぁくらいで、何がどうすごいのかわからんのだが。これを自慢したかったのか？」

「それもある」

幼女はエヘンと胸を張った。

「それもあるって言うやつの十割が『も』の方がメインな件について」

「う、う、うるさい！　神の心を見透かすな不届き者め！　困ったやつ……だが選ばれし者ネクロよ。貴様には今後、天界において大事な役割を担ってもらおうと思うのだ」

大事な役割だと？　そんなものを押しつけるんじゃやねぇよ。ふつふつと怒りが再沸騰《さいふっとう》した。

「だからやらねぇって言ってるだろ。うさんくさい主神なんかと一緒にいられるか！　オレは土にでも大樹にでも還らせてもらう」

出入り口の扉のドアノブに手をかける。これ以上付き合ってられるか。

「待て待て待て待て待て待て！　そう急《せ》くな。我の許しなく自らの意思でその扉から出てはならぬ。不死者になりたいのか貴様は？」

ずいぶんと焦ってるな。そんなに外に出られるのが困るのだろうか。不死者ってのが何かは解らないにせよ、コイツにとって都合が悪いことには違いない。

「うるせぇオレに指図《さしず》すんじゃねぇよ神様ごときが」

「聞けネクロよ。一度しか言わぬぞ！　我は貴様が欲しい。他の者には渡したくないのだ！」

「欲しいってオマエ……」

人間は現金なもので、好きだの欲しいだのと言われるとコロッと転んでしまいそうになる。

落ち着け冷静になれ。生きていた頃も、同じような口説《くど》き文句で前線近くに送り込まれたんだ。

「万民を救えるのは貴様のような男なのだ。我が夢の……共犯者と書いて友となれ」

まるで悪いことのように言うオーディンだが、ふざけた素振りは欠片もない。

このちびっ子主神がそこまで叶えたい夢とはいったいなんなのだろうか。

「オマエの……主神様の夢ってなんだよ？」

「世界の平和的な存続だ。そのために貴様の力が必要なのだ」

「戦争を司る神とは思えないんだが？」

幼女の瞳の奥が悲しげに揺らぐ。

「この先、神と巨人族との間でミッドガルズどころか九界を巻き込んだ最終戦争が起こる……かもしれれぬのだ。我にちょっかいを出してくる粘着陰湿巨人族《ねんちゃくいんしつ》がおってな」

幼女らしからぬ愁《うれ》いを帯びた表情だ。

「そいつと戦争になるっていうのか？」

「うむ。我は遊戯の戦争は良いがガチ戦争は好まぬ。とはいえ世界に混沌《こんとん》を広めようとする粘着巨人族に手をこまねいてはおれぬ。エインヘリアルを集め競わせ切磋琢磨《せっさたくま》させておるのも、不測の事態への備えなのだ。神であれエインヘリアルであれ最終戦争ともなれば死ぬこともあるからな」

戦の神が戦争を望まないというのはにわかに信じがたかった。ともかくわからないことだらけだ。

「神が死ぬってのも眉唾《まゆつば》だが、一度死んだエインヘリアルが死ぬってどういうことだよ？」

「大樹の循環《じゅんかん》より外れるのだ。待つのは魂すら残らぬ消滅《しょうめつ》……完全なる無でしかない」

多少舌《した》っ足《た》らずな幼女の言葉が重く感じられた。

「神様にも悩みがあるんだな」

眉尻を下げていたオーディンの表情が晴れの日のように明るくなった。

「おお、解ってくれるかネクロよ。やはり貴様は我が見込んだ男だ」

「持ち上げるなよ。残念だがオマエの夢の手伝いなんてできないぞ。オレは自分の限界もわからずに死んじまった、ただの治癒術士だ」

「非力な人間の身では足りなかった……つまり、世界を守れるだけの力があれば手伝ってくれるのだな？」

「何言ってんだガキんちょ?」

ゆっくり三回呼吸を整えて、どことなく緊張した面持《おもも》ちでオーディンはオレに告げた。

「決めたぞネクロよ! 貴様を神にしてやる」

「してやるってオマエ……正気か!?」

そもそも人間を神にすることが可能なのか? 困惑するオレを置いてけぼりにするように主神は語った。

「人間を神にするのもまた一興《いっきょう》。そうだな……貴様のような男が現れるのをずっと待っていたのかもしれぬ。いずれは我に代わって主神となれネクロよ」

「はぁ? だからなに言ってやがるんだ?」

「我もやっと肩の荷が下ろせそうだ」

幼女は椅子《いす》からぴょんっと降りると胸を張りオレを見上げた。どう返答していいのか迷っていると、彼女はたたみかけるように言葉を続けた。

「素質も才能も折り紙つきだ。我も貴様が立派な主神になるまでは手を貸してやるから! どのような神となり世界を導くかは貴様の自由だぞ」

オーディンは瞳を夢を語る者特有のキラキラとした輝きに溢れていた。

コイツはオレを本気で神様にしようっていうのか? 世界を導く自由っていうのはつまり、オレの望む通りになんでも願いが叶うってことだろうか。

そんな危なっかしい権限を人間に譲渡《じょうと》するんじゃねぇよ迷惑だ。

「オレが私利私欲に走って世界を無茶苦茶《むちゃくちゃ》にしたらどうすんだよ?」

「貴様がそれを出来ぬ事はこの面会を通じてよくわかったぞ。主神たる我に臆《おく》することなく対等に言葉を交わしたことも評価しておる」

「今は良くても権力を握ったら変わっちまうかもしれんぞ?」

そういった人間をこれまで何人も見てきた。勝手に信用しやがって。オレだって例外じゃないんだ。

「もし貴様が神ではなく巨人族のようになったなら、我に見る目が無かったまでのことだ」

どうしてオレにそこまで期待するのだこの幼女主神は。

「オマエの目は完全に節穴《ふしあな》だな」

「謙遜か？　不安か？　神などいらぬという人間が、いざ神になるのがそんなに怖いのか?」

「自信の有無の問題じゃねぇよ！　さてはオレに主神の責務を全部おっかぶせて隠居しようって魂胆《こんたん》なんだろ?」

幼女の右眉がピクンと動いた。

「よく理解できているではないか。代わりに貴様の妻になってやろう。神であれば対等な相手が必要だ。となると我をおいて他に伴侶《はんりょ》となるものはおらぬ」

なんなんだコイツは。人間のオレを神にするなんてそれだけでも無茶苦茶なのに、妻ってオマエ……度しがたいほどの強引さだ。引いたら一方的に婚姻《こんいん》させられかねない。

「だ、誰がオマエのような幼女なんぞ好きになるか！　冗談じゃねぇッ！」

「我は本気で愛する準備ができておるぞ。万民を救いたかった男など、そうそうおらぬからな」

目を細め幼女は両腕を広げた。小さな身体で目一杯オレを受け入れようというのだ。

だいたいだな……こいつが言うほど立派なもんじゃない。

オレは結果的に人助けをしてきたが、結局のところ治癒術士の才能があったからだ。

料理の才能があれば料理人になっていただろう。

持てる力の最適解。有効利用。最善策。万民救済なんて無理な話だ。

自分にできることを自分のできる範囲内でやってきた。

訂正、範囲内ってのは違うな。許容量を超えて死んだんだし。

けど、そうするしかなかった。世間の荒波に流れ流され漂着《ひょうちゃく》し、世話になったイエータの町の冒険者ギルド。そこのギルド長に泣きながら頭を下げられて、あの時はオレもどうかしていたと思うけど、前線支援の依頼を契約しちまったんだ。

動かないオレに主神は広げた腕を降ろすと悲しげにうつむいた。

「しょうがない。そこまで言うなら貴様の本当の望みを叶えてやる」

やっと諦めてオレを眠らせてくれるのか。神にしてやるなんて無茶ぶりもいいところだ。

「ふぅ……ようやく理解したか」

「しゃがんで身をかがめてはくれぬか？　ギンちゃんムニちゃんには聞かせられぬ内密の話があるのだ」

ぐるりと見回しても小部屋にいるのはオレとオーディンだけだ。

「ギンちゃんムニちゃん？　誰だそりゃ？」

幼女が椅子の背もたれを止まり木にしている二羽の白黒カラスを指さした。

「優秀だが融通《ゆうずう》の利《き》かぬ部下達でな」

会話の流れに合わせてオレをバカにしてきたコイツらは、ただのカラスではなかったようだ。そんな連中に聞かれて困る話とはなんだ？

視線をカラスたちに向ける。二羽とも不思議そうに首を傾げてオレをにらみ返してきた。メンチ切ってんじゃねぇよやんのかコラ？

にらみ合いを止めるように間に入り、オーディンの隻眼《せきがん》がオレに懇願《こんがん》した。

「これが我の最後の願いだ。どうか聞き届けてくれネクロよ」

「本つっつっつっつっつ当に最後だろうな？」

幼女はコクコクと二度、頷いた。

しぶしぶ跪《ひざまず》く。視線が同じ高さになると、オーディンはオレの顔に抱きついてきた。耳元で囁《ささや》く。

「どうじゃ主神の抱擁《ほうよう》は？」

「見た目に違《たが》わぬ不毛の大平原だな」

「このフラットなボディの良さが解らぬとは無粋《ぶすい》なやつめ」

「うっせーよ。言いたいことがあるなら早く言え」

「実はな……」

チュッ……と、音を立ててオレの頬にぷにっとした柔らかい粘膜《ねんまく》が触れた。

不意打ちが過ぎる。

「なにしやがる!?」

「喜べ。神の力を授けてやったぞ。生きようとする意思こそ魔力の源泉だ。これで貴様もエインヘリアルの中でも特別な存在となった。万民を救う神に近しき力を持ったことを誇るが良い」

うおおおお力が漲《みなぎ》るううう……わけでもなく、何が変わったのかよくわからない。なにが生きようとする意思だ。

オレはそっと幼女の脇の下に両手をすべりこませ、よいせっと持ち上げると彼女を玉座に着席させた。

「じゃ、オレはそろそろおいとまするんで」

と、言ったところでどこに行くのか見当もつかない。扉を抜ければ魂が大樹に導かれるのだろうか。

「ま、待て待て！　ああえええっと……そうだ！　神の力の使い方に興味はないか？　例えば貴様の姉にも会えるやもしれぬぞ？　生前に幾度となく姉の事を気にかけておっただろう？　ギンちゃんとムニちゃんから報告が上がっておったぞ」

白黒カラスが声を揃《そろ》えてカーと鳴く。

「姉貴を知ってるのかッ!?　姉貴がここに来たのかッ!?　姉貴はどこだッ!?」

オーディンの肩を掴む。幼女の顔に「しまった」と書いてある。

「焦るでない。落ち着けネクロよ。少なくともここにはおらぬ」

「ならなんで姉貴の話なんてしたんだ？」

オレを引き留めるためだったなら、残念ながら……効果てきめんだ。

「貴様の姉が非業《ひごう》の死を遂げたのは、もうかれこれ三十年も前のことだ。魂は大樹を通じて別の命として蘇《よみがえ》っておるだろう」

「今、どこで何をしてるのか調べられないのか？」

「会ってどうする？　貴様の姉はもはや別の人生を歩んでおるのやもしれぬのだぞ？」

右の拳をぎゅっと握り込む。

「一目でいいんだ」

もし願いが叶うなら、姉貴に会って謝《あやま》りたかった。あの日、一緒にいられなくてごめん……と。守れる力なんてなかったけど、守ってやれなくてごめん……と。

だが、死んだらまた会えるなんて都合の良い話はここには無かったようだ。

目の前に一枚の扉があった。ここから出てどこにいく？　道が続いているかすらわからない。

それでもとどまるよりはいくらかマシだ。

「死んでまで働かされて、そのうち自分が嫌っているもんに無理矢理させられるなんてやってられるかやって」

背後から声が呼び止める。

「ネクロよ！　我の誘いを受けよ！　神となれ！　そして我とともに歩むのだ！　でなければ貴様は……貴様ほどの強い魂はッ！」

「悪いがオレは……やっぱり神になんてなれねぇよ」

ドアノブに手をかけ扉を開け放った瞬間——

目の前が真っ暗に閉ざされた。完全なる闇《やみ》だ。振り返るとそこには何も無い。

五秒前まで騒がしかった世界が沈黙した。

今度こそ本当に死ぬんだな。肩の荷が下りた気分だった。

3．死んで屍《しかばね》コンプライアンス無し

瞬きと同時に視界に風景が飛び込んだ。

闇の中に放り出された浮遊感は消えて、しっかりと地に足をついていることに気づく。

辺《あた》りに広がる紫色の霧。澱《よど》んだ空気は腐敗臭《ふはいしゅう》にまみれ、そこかしこでゴポゴポと毒の沼が湧き上がる。

一目見てわかる地獄感。

神の手を叩き払ったオレは、地獄だか奈落《ならく》だか黄泉《よみ》へと落とされたのかもしれない。

呆《ほう》けたように立ち尽くしていると、どこからか黒い霧が集まってきてオレの目の前で人の姿を形取った。

「今度はなんだ？　もう何が出てこようが驚かんぞ」

脱皮でもするように人型の黒い皮膜がずるりと抜け落ちる。黒髪ロング巨乳のタイトドレス美女が中から姿を現した。

つばの大きな帽子に肘まで包む黒いシルクの手袋をしており、漆黒《しっこく》のドレスは身体のラインに吸いつくような薄布で素肌よりもなまめかしい。

妖艶《ようえん》という言葉を擬人化《ぎじんか》したような貴婦人が、地獄の底でなにをしているのだろう。

「ウェルカムトゥ死者の国～！　来た来たきましたわぁ♪　ネクロさまぁ？」

こちらに両手を投げ出すようにして、ヒップラインのくっきりとした尻と腰を左右に振りながら女はにっこり微笑んだ。

それにしても、また変なのが出てきやがったものだに。

突き出した手をそっと両の頬に添えると、身をくねらせて美女はうっとり顔をする。

「そっちはオレを知ってるみたいだな」

「ええ存じ上げておりましてよ。ついつい興奮のあまり自己紹介が遅れましたわね。わたくしのうっかりさん」

自分で自分の頭を軽く小突くと女は恭《うやうや》しく一礼した。前屈《まえかが》みになった途端、彼女の胸元がたっぷんと揺れる。

「わたくしはヘル。この死者の国ヘルヘイムで女王をしていますの。人間の基準で言えばそう……神族と敵対する巨人族ですわ。巨人族と対面するのは初めてかしら？」

オレは小さく頷いて返す。巨人というからには見上げるくらいデカいのかと思っていたが、大きいのは胸と尻だけだ。とはいえ美女に見えても魔物の元締めである。

「人間は巨人族と遭遇《そうぐう》することはあっても、再会することはない……って言われてるんだがな」

出会った人間はもれなく殺されるらしい。

「あらぁん♪　気に入った人間は、たっぷりかわいがったあとに逃がして恐怖の語《かた》り部《べ》にしてさしあげましてよ。それ以外はお察しくださいませ」

「悪趣味だな。で、その恐ろしい巨人族様がなんのご用件で？」

美女の赤い唇がにいっと緩んだ。

「生前は治癒術士だというのに、わたくしたちの眷属をずいぶんと殺してくれたみたいですわね？　治癒術士という肩書きですけれど、ネクロさまってとってもお強いんですもの。うふふ♪」

治癒魔術で自分を回復できるのをいいことに、結構無茶な修行をしてきたからな。今思えば身の丈に合わない荒行《あらぎょう》も寿命を縮めていたんだろう。

すべては魔法薬精製のためだ。山や森で原料となる薬草を採取するにも弱いんじゃ話にならない。

先んじて魔物の巣を潰《つぶ》して回ったのも今では良い思い出だった。こちらがせっせと作業しているところに奇襲を仕かけてくる連中が悪いのである。

「倒された魔物の分の意趣返《いしゅがえ》しか？」

んふっと艶《つや》っぽい吐息《といき》で間をつなぎ、美女はゆっくり歩み寄る。豊満な身体をオレの身体に密着させて蛇《へび》のように腕を首に巻きつけた。胸のたゆんとした弾力が背中に押し当てられると、死んだ身であろうと男としては身動きがとれない。

蛇に絡《から》まれた……もとい睨まれたカエルである。

「仕返しなんていたしませんわ」

絹の手袋が優しく頬を撫でる。ぞわぞわとした感触に肉体がビクンと反応してしまった。

「じゃあ絡んでくんなよ」

物理的にも絡まってくるんじゃねぇよ。さっきから柔らかいものを押し当てやがって。

「そうはまいりませんの。わたくしの復讐《ふくしゅう》に是非、ネクロさまには協力していただきたくて」

女の手がオレの胸板をゆっくりと滑るように撫でてから、そっと離れる。妖しい百合《ゆり》の花のような残り香が鼻孔をかすめた。

「オマエもオレを働かせたいのか」

美女は口元を手で隠すように「うふふ」と笑う。エロいのに品の良さがあるのが始末に負えない。

「ネクロさま……気づいていらっしゃらないようですけれど、とっても素敵な銀髪に赤い瞳でしてよ」

「は?」

先ほど若返らされたと思ったら今度は銀髪? 赤い瞳? 何を言ってるんだこの美痴女《びちじょ》は。

「鏡をご用意いたしますわね」

虚空から手鏡を取り出すとヘルはオレの顔を映した。

顔かたちは変わっていないが、髪は白髪というには光沢のある白銀色で、瞳の色が燃えるような赤だった。元の黒髪黒目はどこに行ったんだ?

「死ぬと色が抜けてこうなるのか？」

ヘルはそっと首を左右に振る。

「じゃあ地獄に堕ちたから？」

「ここが死者の国というのは正解ですけれど、誰もが変わるのではありません。ほんの一握りの選ばれし者のみの特権ですの」

死んでからのオレの評価はうなぎ登りだ。どうしてこうなる？

困惑するオレのお気持ちなど意に介さず美女は嬉しそうに目を細めた。

「ぱんぱかぱ～ん♪　おめでとうございます。あなたは栄えある不死者となられたのです」

丁寧な口ぶりで美女は笑顔を弾けさせた。ええと、ふし……不死者か。

そういえばオーディンも、エインヘリアルにならなかったら不死者がどうとか言ってやがったな。

オレの手を両手で包むように握ってヘルは続けた。

「わたくし、チビで生意気でぺったんこの眼帯小娘が本当にむかついてしかたありませんの！ネクロさまも上から目線にうんざりでしたでしょう？」

「小娘……って、ああ、オーディンか」

神族と対立する巨人族が恨《うら》む小娘といえば主神様だろう。というか他に知らん。

「名前を口にするのもおぞましいですわ。けど、もう安心。よく来てくださいましたわね。わたくしは不死者ネクロさまを歓迎いたしましてよ」

なんだろうか。またしてもすごく嫌な予感しかしない。

「テメェはオレに何をさせようっていうんだ?」

女が半歩近づき握ったオレの手を豊満な彼女の胸元にぴたりとあてる。手の甲ごしにツルツルとしたドレスの布地の感触と、はち切れんばかりのみずみずしい弾力が伝わってきた。

「ネクロさまには不死者として自由に、己の欲望のまま振る舞ってだきたいのです。破壊も殺《さつ》戮《りく》も支配も蹂躙《じゅうりん》も思うままに。もし望むのであれば、わたくしがお相手してさしあげましてよ? あなたとの間に生まれた子が、たくさんの人間を殺すのも楽しみですし」

美女はぬめった舌で唇を潤《うるお》すように舐《な》める。眼光は獲物《えもの》を狙う肉食獣のそれだ。

オーディンがマシに思えるヤバさじゃねぇか。

「もうオレのことは放っておいてくれ」

ヘルはゆっくり首を左右に振る。

「そうは参りませんの。あの女から寝取ったエインヘリアルが不死者堕ちして地上を混乱にもたらすなんて、考えただけで……んふぅ……軽くイッてしまいそうですわね」

むっちりとした大きな尻を振り腰をくねらせる。

変態じゃねぇか。美人で巨乳なら大抵《たいてい》許されるけど変態が隠しきれてねぇよ。はみ出しすぎだよ。

「だいたいさっきから聞いてりゃ説明不足も甚《はなは》だしいぞ。不死者ってなんだよ？」

「神を拒んだ英霊のリサイクル？　神の敵対者にして自由を謳歌《おうか》する存在ですわ！」

「はぁ？　人の魂をなんだと思ってんだ」

「神への叛逆《はんぎゃく》を選んだのはネクロさまでしてよ？　まずは階位を贈りますわね」

断りも無くヘルが胸に埋めるようにオレの手の甲をむぎゅっと押しつけ、離す。

「はい出来上がり♪」

美痴女に解放された手の甲を確認すると数字が三つ浮かび上がった。

「なんだこの数字は？」

「証《あかし》ですわ。これから不死者として地上に舞い戻り、その魂の力を神のためでもなく他者のためでもなく己のために使い、欲望の限りを尽くしてくださいませ」

「舞い戻りって……生き返れるのか？」

一瞬ブルリと心が震えた。いやいやいや今更現世に未練なんてないだろ。けど……。

「ええ。それも嫌というのなら、死者の国の亡者となって自分自身がなにものだったかも忘れ、無意味な労働を続ける道もありますけれど。あまりオススメはできませんわね」

ヘルの瞳が金色に光ると、周囲に漂う紫色の霧がゆっくりと引いていった。

見渡すと亡者とおぼしき者たちが、穴を掘っては埋め直したり、巨大な石臼《いしうす》のような石柱についたハンドルをぐるぐる回したり、石を積んでは崩したりを繰り返す光景が広がった。

あ〜だのう〜だのうめき声がかすかに聞こえる。とてもじゃないが、やりがいのある仕事には見えない。

「あのデカい石柱みたいな石臼は粉を挽《ひ》いてるんだよな？」

「うふふ♪　ただ回るだけのおもちゃですわ。何も生み出さない無意味な行動を繰り返す。彼らの魂は地の底に囚われ大樹に還ることもなく永遠に救われませんわ」

拒否すればオレも仲間入りか。

天を仰いだ。紫色の霧がかかって蓋《ふた》をしているようだ。ここに青い空は存在しない。

今更オーディンの誘いを受けておけば……なんて思うか馬鹿野郎。やりがい搾取《さくしゅ》を押しつけられるのも、なにも生み出さない世界も両極端が過ぎるだろうに。

死んでみてわかったことが一つ。人間の世界の人生って意外と悪くなかったんだな。空を飛べるような自由はなくとも、選択することはできたのだから。誰かの手のひらの上だったとしても……最後にオレが選んだという心は他の誰にも変えられない。

生き返って地上に戻れる……か。

ヘルは満足気に口元を緩ませた。

「最初は最底辺の６６６位ですけれど、あなたが地上でカルマを得るほど階位が上昇し、これが１位となった暁《あかつき》には、わたくしがなんでも願いを叶えてさしあげますわ」

「なんだよそのカルマって？」

「平たく言えば悪いことですわね。人間を殺したり財貨を奪《うば》ったり……それだけで世界には混沌が増していきますの？　不死者はカルマを積み上げ世界を混沌に導く存在でしてよ」

コイツの目的は不死者を増やしてミッドガルズを無茶苦茶にすることのようだ。オーディンが望む世界の存続とは相容《あいい》れない。すでに戦争で世界は疲弊しているのに、それで飽き足らないのかよ。

だいたい――

「なんでも願いを叶えられる存在なら、オレになにかさせずに自分の願いを果たせばいいだろ。こっちを利用して騙す気満々じゃねぇか」

女の姿が黒い霧に包まれ消えたかと思うと、背後に気配がぬうっと浮かび上がる。後ろからオレを抱きしめて耳元でヘルは囁いた。

「伝え方がよくありませんでしたわね。わたくしのできることならなんなりと……これでよろしいかしら？」

これみよがしにぐいぐいぷにぷにと乳を当ててるんじゃねぇよ！

「じゃあ死ねって言ったら死ぬんだな？」

「ええ、もちろんですわ。ネクロさまが1位になられるほどのカルマ……それがミッドガルズに満ちあふれる喜びに、わたくしは打ち震えながら絶頂死してしまうでしょう」

頬と頬を密着させてスリスリするな変質者。

さっきもこの距離感で不意打ちを食らったんだ。

と、思った瞬間――ヘルの唇がオレの頬に吸いつくように密着した。

天国も地獄も痴女しか勝たん。

ねっとりとしたナメクジの這うような感覚に背筋がぶるっとなる。

「おいこら舌で頬をつつくな！　エロ女」

「あぁん？　わたくしのはしたない舌使いを実況した上にエロ女と言葉で羞恥心《しゅうちしん》を煽るなんて、ネクロさまのい　じ　わ　る？」

生暖かい吐息を交えつつ美女は耳打ちする。

「オレが悪いみたいに言うんじゃねぇよ！　あと耳元に息を吹きかけるなゾクゾクしちゃうだろうがッ！」

ヘルはそっと離れていった。オレは振り返り身構える。が、無駄な抵抗な気がしてならない。警戒しているつもりでも、いつの間にか接近を許してしまうオレのバカバカバカ。

葛藤《かっとう》するオレにヘルは言う。

「儀式は済みましたわ。あとはミッドガルズに戻るだけ。不死者には敵も多いですし、くれぐれも戦乙女にお気をつけあそばせ」

「なんで急に戦乙女が出てくるんだよ？」

「あの小娘の下僕どもの仕事はエインヘリアル探しだけではありませんの。不死者討伐《とうばつ》も任務に含まれていますわ。槍で心臓を貫《つらぬ》かれれば死すら生ぬるい魂の消滅が待っていましてよ」

そんなおっかない連中だったのか戦乙女って。人間の味方は巨人族や魔物の天敵ということだ。

進むも留まるも地獄かもしれんな。

「つまりヘルよ。確認するが、オマエはオレを生き返らせて悪いことをさせたいんだよな?」

痴女はその場で軽く跳ねながら頷く。大ぶりな水蜜桃《すいみつとう》というか小玉スイカほどの肉球が薄布越しにぶるんぶるんと大暴れだ。

「ええええそうですわ！　悪いことなどと肩肘張って難しく考えず、ネクロさまが好きなことをなされればよろしくてよ？　英雄だった人間ほど素晴らしい力を持った不死者になりますの。ほら自由〜♪　はい自由〜♪　わたくしは、あの女みたいに命令なんていたしませんわ。次の人生こそ、ネクロさまはその有り余る溢れんばかりの才能を、自分自身のためだけに使うべきでしてよ?」

淀みなく噛《か》まずにスラスラと言葉がなめらかに出るものだ。が、感心してばかりもいられない。

「こちとら生前はバリバリの治癒術士だぞ？　命を救っちまったおかげでエインヘリアルにさせられたんだ。他人を支配だの蹂躙だのとはならんだろうに」

ヘルは指を一本立てるとオレの口元にそっと近づけた。

「本当に嫌でしたら早々に戦乙女に倒されてしまうのも自由でしてよ。そうなれば、ここにも戻ってはこられませんけれど。戦乙女の槍に貫かれた魂は消滅し、ネクロさまの願う真の安息と平穏が訪れるでしょう」

ヘルはオレの口を閉じさせた指をそっと引き戻すと、ぺろぺろ舐め始めた。

「んふ？　間接的な接触でも興奮してしまいますわね。高潔なる魂の味がしますわ。しかもとんでもない魔力量ですこと。まるで誰かから分け与えられたような……これが汚れに汚れて戻ってくるのがとっても楽しみ♪　熟成された悪意の塊《かたまり》が濃厚に匂い立つ立派な不死者になってくださいませ」

「やめろやド変態！　自由ってのは他人から与えられるものでも、ましてや押しつけられるものでもないんだ」

「やる気を出していただけませんのね」

「今更生き返ってどうするってんだよアアアン？」

オラついてすごんで威嚇《いかく》したところで相手は腐っても巨人族。

ヘルは「きゃっ！　怖いですわ恐ろしいですわ！　さすが新進気鋭の不死者の覇気《はき》ですわね」とおどけてみせた。

こいつオーディンとは別の意味でイラッとするな。

美痴女は眉尻を下げてオレに言う。

「ではやる気を出してもらうため、特別に一つネタバレをしてさしあげましょう」

「ネタバレだと？」

「かの国の戦争狂と呼ばれる人間の王は不死者ですの」

ソル王国の狂王ハデルのことか？　王が不死者ってどういうことだ？

「はあっ⁉　一国の王が……まさか……」

「ハデルがかつては優しい王だったというのはご存じかしら？　多大な犠牲を払って、現在の王は不死者になったのです」

オレはヘルの肩に掴みかかった。

「おいコラまてぇい！　そんなわけないだろ⁉　髪の色や目の色……それに若返りでもしたら、周囲の人間にすぐにバレるだろうが⁉」

「不死者は他の人間はもちろんのこと、戦乙女や他の不死者さえも欺《あざむ》くために、人間に化けるのが得意ですのよ」

「つまり……どういうことだ？」

「髪の色と目の色を偽装する魔術を使えばバレることはありませんし、応用して顔を変え他者になりすまし入れ替わることさえできますの」

一度ハデルは死んで復活し、不死者の力を得て狂王になったとでもいうのだろうか。いや、ヘルの言い方だと他の不死者が入れ替わった可能性もある。

しかし王を殺して成り代わることなどできるのだろうか？

ここでいくら考えても確かめようがない。

「じゃあ、今のハデル王は不死者としてカルマを稼ぐため、世界を相手に戦争してるっていうのか？」

「きっと世界を壊してでも叶えたい夢があるのでしょうね」

「そんなことのために……たくさんの人間が傷つき死んでいったのかよッ!?」

つい、ヘルの両肩を握る手に力が入る。

「あぁんそんなに積極的になられると、わたくしキュンとしてしまいますからぁ。もっと強く握りしめてくださいませ？」

とっさに女の細い肩から手を離して距離をとる。突き放した反動で胸がぶるんぶるんと凶悪に揺れた。くそッ！　身体だけはいい女め。

こいつの言葉を鵜呑《うの》みにはできないが、狂王ハデルもかつては名君だったという話は有名だ。まっとうだったが故に、現状が狂った王なのである。

君子豹変《くんしひょうへん》。裏で別人とすり替わったのでは？　という噂もまことしやかに囁かれていた。

「では、濃密ボディータッチで計量した肉体の再構築の準備も整いましたし……そろそろお時間ですわね。どうか地上をカルマで満たすことをご検討くださいませ」

再び紫色の霧が濃くなり視界を埋め尽くす。昏睡魔術《こんすいまじゅつ》を受けた時のように、意識が一瞬で闇に呑まれて途切れた。

4. 不死者の貴方《あなた》に全面協力《フルコミット》します

目を開く前に血の臭《にお》いが鼻についた。

恐る恐るまぶたを上げる。

先ほどまでがあの世の地獄なら、今、オレが立っているのはこの世の地獄……戦場だった。

が、すでに戦いは終わった後のようだ。

軍同士が平野でぶつかりあったらしく、そこかしこに死体が転がっている。

まだ日は高い。戦利品を剝ぐ連中の姿は見受けられなかった。

夜になれば魔物たちの晩餐会《ばんさんかい》が始まるだろう。

さて、本当に生き返ったようだがこれからどうしたものか。

ふと視線を落とせば、右手の甲に６６６の数字がアザのように浮かんでいる。

「夢じゃなかったんだなぁ」

そっと顎を撫でる。つるっとした剝き卵のような感触だ。肉体が若返ったまま復活したらしい。

日差しのまぶしさも血の混ざった風の臭いも、感じ方は生前と同じだった。

視線を上げる。

見上げた空は透《す》き通《とお》った青さで太陽が南の空高く……って、おいおいおいおい！

空から少女が落ちてきた。

「どいてどいてどいてくださあああい！」

空と同じ髪色の戦乙女が叫ぶ。オレはとっさに両腕を天に掲げた。

考えるより先に身体が反射的に動いたのだ。

「ぶつかったら潰れちゃいますううう！」

少女の身体を受け止める。正面から抱き合う格好だ。

そのまま吹っ飛ばされるように後ろに倒れ込む。顎を引いて後頭部を強打せずには済んだが、背中から地面に打ちつけられて肺の裏から衝撃が走った。

背骨かあばら骨が逝《い》ったかもしれない。普通に致命傷だ。

痛覚もあるのだが、最初の衝撃からすぐに痛みが引いていった。まだ治癒魔術を使っていないのに……不死者ってのは人間よりも肉体が頑強《がんきょう》なのだろうか。

「あっ……えっと……あっ……」

オレの腰の上に馬乗りになった青い髪の少女は、きょとんとした顔で固まっていた。

大きな白い翼を背中でばっさばっさとさせている。どうやら怪我《けが》らしい怪我はしていなさそうだ。

彼女は身体にぴたりと張りつくような白地の薄布に身を包み、大きな鉢金《はちがね》をつけていた。

背中には翼がふわりと広がり、着地の衝撃で綿毛のように白い羽毛がひらひらと雪のごとく舞った。

もしかしてコイツあの時の……。いつも見上げていた戦乙女に触れられる距離にまで近づいたのは初めてだ。

透き通るような白い肌とアイスブルーの瞳。胸はやや慎《つつ》ましやかながらも女性らしいくびれのある体つきをしている。

美しい。この世の造形物とは思えぬほどに。

視線を落とすと、鼠径部《そけいぶ》がくっきりと浮き出た股間《こかん》は白い薄布一枚だけである。

それがオレの下半身にぴたりと沿うようにくっついていた。

有《あ》り体《てい》に言えばこの体勢は騎乗位《きじょうい》に該当《がいとう》するのである。少女は端麗な容姿よりも予想外に下半身の肉づきがよく、太ももはムチムチで臀部《でんぶ》がどっしりとしていた。

美しい顔を崩し呆けたままの少女に訊く。

「おい大丈夫か？　怪我してないか？」

「へぁ？」

少女は翼をパタパタと開閉しつつ周囲をキョロキョロ確認し、地面に仰向けで寝転ぶオレに視線を落とす。

「きゃあああああ！」

ここでまた声を上げるとは判断が遅い。

腰を浮かせたり落としたり尻を振りつつジタバタしながら悲鳴を上げ続けた。やめろ腰を動かすな。

主神の使いも露出好きの変態なのか？

「下手に動くな！」

「上手《じょうず》に動けばいいんですか!?　ま、まだ恋もキスも交換日記もしたことないのに、事故とはいえ男の人の上に馬乗りになってまたがるなんて……ううっ！　あんまりです！」

少女は耳の先まで赤くなると涙目だ。

どうやら天界に住まう主神幼女や死者の国の変態痴女王とは違い、恥じらいの感情はあるらしい。

ならば文句を言うより先にやることがあるだろうに。

「ともかく退《ど》けよ。重たいんだが……」

下半身が物理的に重たい女のようである。

「ふ、太ってないです！　全然太ってないですからちょっと筋肉質なだけで戦乙女としては標準的な体型ですし、お尻が少し大きいくらいで……って、何言わせるんですかまったく！」

空から落ちてきた戦乙女はずいぶんと口が達者だった。

「落ち着け落ち着け。オマエは重たくないから。むしろ頭の方が軽そうだな」

「えっ本当ですか？　見た目ほど重い女の子じゃないんですよ私って」

いや褒めてねぇよ。あと重い女の使い方間違ってるからな。

戦乙女に高潔さを感じていたのは、一方的なオレの思い込みだ。

少女は頬を膨らませながら「こっちも下敷きにしたのは悪かったですけど。というかなんで待避しないで受け止めようとしたんですか？　無謀《むぼう》すぎます！」と、やっと立ち上がった。

すらりとしたシルエットと背中のボリューミーな白い翼。後光を背負えば神々《こうごう》しい。

少女は眉尻を下げて困り顔になりながらも、オレにそっと手を差し伸べた。

「そちらこそ怪我してませんか？　うっかり死んでたりしたら大変です」

彼女の手をとって立ち上がる。

「心配すんな。これくらいじゃ死ななゴフッ！」

咳《せき》と一緒に吐血する。

「いきなり血を吐いてるんですけど!?」

「安心しろ赤ゲロだ」

「いやいや血ですってそれ！　死んじゃいますってば！」

「オレはこの程度で死ぬほどヤワじゃないらしいんでな」

背中の痛みは時間とともに完全に消えていた。改めて治癒魔術を自身に施す必要はなさそうだ。

不死者の身体は存外頑丈だ。勝手に治るのかもしれない。戦乙女は不思議そうに首を傾げる。

「らしい？　だなんて自分の身体なのに他人事《ひとごと》みたいですよ？」

自分がどう変わったのかなんて、さっぱりわからんのだから仕方なかろう。

「まあいろいろとあるんだよ」

言葉を濁す。少女は安堵《あんど》の息混じりで返した。

「こんなところにいたら危険ですよ？　ええと……」

「自己紹介がまだだったな。オレはネクロだ」

「は、初めまして！　私はリトラと申します」

戦乙女――リトラは背筋をピンとただしてから一礼した。身のこなしはキリッとしているが、最初の挨拶が騎乗位だったのが運の尽き。

今更立派に取り繕《と つくろ》っても手遅れ感が否《いな》めない。

「もしかしたら初めましてじゃないかもな」

オレが死んでから生き返るまでの体感時間は大体一時間程度だ。今朝、野営地の上空でジタバタやっていた「飛ぶのが不器用な青い髪の戦乙女」はこいつだ。

リトラは「ぷっ」と吹き出して横を向いた。

「前にあったことがある……ってナンパの常套句《じょうとうく》ですよね？　戦乙女を引っかけようとするなんてびっくりです」

「オマエにとっては初めてでも、オレには二度目なんだよ」

とはいえ彼女を見かけた時のオレは黒髪黒目の四十手前のオッサンだったし、向こうからすれば野営地にいたたくさんの人間のうちの一人でしかない。わからなくて当たり前か。

「任務以外でこうやって人間と普通にお話するのも初めてですし、ありえませんよ？」

「わかった。会ったというのは撤回しよう。見てたんだ。今朝方、オマエは編隊から遅れて墜落しそうになってただろ？　オレがいた野営地の上空で一人で騒いでたよな？」

「そ、そそそそんなことないですよー。他の戦乙女との見間違いじゃないですかねー」

棒読みな弁明のあとに口笛を吹いて目をそらす戦乙女のクズぅ。他に青い髪の戦乙女がいるかもしれないが、身振り手振り口ぶりでコイツだと確信した。

あのあとちゃんとこうして現場には到着できたんだな。最後の最後でオレめがけて墜落したけど。

ということは、現在地はオルロー平原か。野営地からかなり南になる。結構遠くに復活させられたものだ。

「隠そうとするなんて、やっぱ落ちこぼれって恥ずかしいんだな」

「だ、だから落ちてないですって！」

「たった今、空から墜落してきたじゃねぇか？」

「ううぅ……飛ぶのが苦手な戦乙女だっているんですぅ……他のことは一通りできますから！

こう見えてもキャリアバリバリのスーパーエリート戦乙女ですしぃ」

実力を伴わない有能アピール、格好がつかないぜ？

いや、もしかしたら本当にすごいのかもしれないが。オーディンにヘルときて、オレは人外どもに対してすっかり疑《うたぐ》り深くなっちまった。

「ほぅほぅスーパーエリート様ときたか。そりゃあすごいな」

「そうですよ？　すごいんです。もっと褒めてください」

「偉いぞすごいぞー。何したのかは知らんけど」

「うっ……具体的な実績についてはですねぇ……あのぉ」

少女は膝頭《ひざがしら》をくっつけてお尻をもぞもぞムズムズさせる。

「たしか戦乙女は人間の英霊を主神の元に導くんだよな？　なぁリトラ……オマエは何人くらい送ってやったんだ？　百人か？　二百人か？　それとも千人以上とか？」

もしかしたらオレが治療した戻らぬ傭兵たちのうち、何人かはコイツに導かれてエインヘリアルになったのかもしれない。

戦乙女がやっていることは死者の魂を天界に導いて働かせるというものだ。妙に人懐こくて面白い女だが、エリートを自称するあたり結局コイツもあちら側なのだ。

少女は頭を抱えるとしゃがみ込んだ。

「ええと……そのぉ……」

「オマエは優秀な戦乙女なんだろ？　まさか十人未満なんてことはないだろうなぁ？」

「ぜ……ゼロ人です……けどぉ」

「ん？　今なんて言った？　聞き取れなかったのでもう一度大きな声でハキハキと頼むわ」

「通算成績でゼロですが何か問題ありますかぁ!?」

ガバッと立ち上がると少女は威嚇するように、背中の翼をばっさばっさと広げて逆切れした。

オーディンといいキレ易《やす》すぎるだろ天界関係者。

しかし通算ゼロ人って働いてないようなもんだろ。

「オマエ戦乙女に向いてないんじゃないか？」

「今のヴァルハラですよ！　完全にヴァルハラです！」

「ヴァルハラはエインヘリアルが行く場所だろ？　オマエは何を言ってるんだ」

「そっちのヴァルハラじゃありませんヴァルキリーハラスメントですよ！　ヴァルキリーとしての仕事の成果が上がらないことで圧をかけるのは違反です！　天界コンプライアンス部案件なんですから！」

「オレはオマエの上司じゃねぇし圧なんてかけてないんだが」

事実確認をしただけだ。声を上げつつも少女は肩身を狭くして、しゅんとしぼんでしまった。

「英霊を導くのは簡単じゃないんです。エインヘリアルに選ばれる人間はすっごく稀ですし、なぜかいつも戦場に到着するのがちょっぴり遅れちゃうんです」

他の戦乙女が撤収済みの頃にようやく到着する重役出勤は、今日だけではない模様。

リトラはぎゅっと拳を握って脇を締める。谷間には二通りあって、彼女の場合かろうじて「Y」の字を作ることができた。少しばかり盛り上がりにかける胸元だが、それなりの膨らみがそれなりに強調される。

ちなみに死者の国のヘルは少し寄せただけで「I」の字を描くのが容易に想像できた。オーディン至っては言わずもがな。格差はどこにでもあるらしい。

「オマエも大変なんだな」

「わかってくれるんですか!? そうなんです。到着したらだいたい終わった後だし、偶然死にかけの英雄を見つけても、いっつもピンチを見てられなくて手が出ちゃって……」

「手が出る?」

少女は虚空から美麗な白い槍を引き抜いた。バトンのようにくるくると器用に回す。

「人間同士の戦ではどちらかに加勢はしませんけど、魔物に襲われてる冒険者がピンチだと……う、うっかり治安維持《ちあんいじ》の名目で戦闘に参加しちゃうんです！」

「それで本来死ぬはずだった英霊になりそうな戦士だの冒険者だのが生き残って、エインヘリアルにならないのか。オマエ……お人好しが過ぎないか?」

少女はムッと口をとがらせた。

「ええそうですよそうですとも我ながら損な性格してますすよ！　私は優秀で落ちこぼれの戦乙

女ですからねッ!!　おかげでオーディン様から次に同じようなことをしたら、花形部署のエインヘリアルスカウト課から転属させるって言われてるんです私のキャリアがピンチなんですううう！」

大きな瞳いっぱいに涙を溜めて戦乙女リトラはキレ散らかす。めっちゃ早口で。

フッ……また天界関係者を泣かせてしまったか。偉そうなやつを泣かせるのって……嫌いじゃない。

「本当にバカだな」

「バカって言った！　ひどいです初対面の相手にあんまりです！　バカハラですよ！」

ただの悪口にまでハラスメントをつけて用語っぽくするのやめろって。

「落ち着けって。しかし戦乙女が自分のことよりも、目の前で苦しんでる人間を見捨てられないなんてな。それで何人の命を救ったんだ？」

「たくさんありすぎていちいち憶《おぼ》えてませんよ」

さらりと結構すごいことを言いやがった。そうか……憶えてられないほど人間を救ってくれたのか。あちら側だと思っていたが、神の眷属にも良いやつはいたのだ。

「そうか……バカって言って悪かった。オマエはバカみたいにすごいやつだ。人間を代表して……ありがとうございます」

もうオレは人間じゃないかもしれないが、ゆっくり頭を下げる。

「はへぇ!?　な、なんで!?　急にどうしちゃったんですか？　手のひらくるくるですか？」

「感謝したいからしてるんだよ。勇敢な戦乙女のおかげで助かった人間たちが、無事に仲間や家族の元へと帰ることができました。アナタの行いは戦乙女らしくはなかったかもしれませんが、その優しさと正義の心に救われました。ここに改めて感謝の意を表します」

下げた頭を上げる。少女はズビズビと鼻を鳴らして涙目だ。

「うえぇぇ褒めてくれる人間なんて初めてなんですけどぉぉぉぉ！　こちらこそありがとうございますうううう！」

嗚咽《おえつ》混じりで絶叫するなり、少女は槍を地に刺すとオレに抱きついてきた。鼻水やら涙やらよだれやらで濡れた顔をオレの胸にこすりつけてくる。

「うわ汚ねぇ！　なにしやがる！」

「だってぇぇ！　だってぇぇ！　後輩の戦乙女にも営業成績で抜かれて先輩たちには置いてけぼりで、オーディン様にも怒られてギン様ムニ様に物理的につつかれて……つらかったんです苦しかったんですうぅ！」

よしよしと彼女の頭を撫でる。

「そうかそうか。大変だったな。もう大丈夫だ。オマエはすごい。人間の守護者だ。窮地《きゅうち》に手を差し伸べてくれる最高にカッコイイ戦乙女だと思うぞ」

「見ず知らずの私なんかに、人間がなんで優しくしてくれるんですかあああぁ」

先ほど主神に生前の功績を称えられて、少しだけ気持ちがスッキリしたので借りを返したようなもんだ。それにがんばってるやつは応援したい。

「オレも似たようなことがあったんだ。これからもがんばれよ」

少女はオレの胸に顔を押しつけるようにして首を左右に振った。

「無理です。次はありません。このままだとスカウト課からおやつ係に転属させられちゃうんですぅ」

「はぁ？　おやつ係ってなんだよ？」

少女はハァハァと肩で息をしながら顔を上げた。視線が合うとリトラは一瞬目を丸くして、だんだんと伏し目がちになる。

オレの顔になにかついてるんだろうか。

「おやつ係っていうのはミッドガルズの美味《おい》しいものやお菓子を手に入れて、オーディン様に献上するパシリですよパシリ！　信じられませんよね？　おやつ買ってこい美味しいやつな！ですよ？　せめて甘いのかしょっぱいのかくらい提示してくれればいいのに！　どっち訊こうとすると察しろとか無茶苦茶です！」

「すでに何度かやらされてるみたいだな。不思議と結構得意そうに見えるんだが？」

「またヴァルハラですよ！　戦乙女を印象だけで評価するのやめてください！」

少女はオレから逃げるように離れて脇を締め、両手をきゅっと握って訴《うった》え続ける。

「で、それでもなんとか聞き出したんです。オレンジみたいな味のするチョコがいいって言うから柑橘《かんきつ》の皮が入ったチョコを買っていったら、本当にオレンジ入れてどうする⁉ って、キレられたんですううう！」

理不尽の模範解答かよ。ご愁傷様《しゅうしょうさま》。というか割と健闘してるぞおやつ係。適材適所なのではなかろうか。

「そこまで言うならヴァルハラで訴えればいいんじゃないか？」

「下《した》っ端《ぱ》でぺーぺーの戦乙女がオーディン様を訴えるとか自殺行為なんですけどぉ」

コンプラなんちゃら部というのは有名無実化しているらしい。

主神は気まぐれとわがままで戦乙女を酷使《こくし》している。眼帯幼女の誘いを蹴った自《みずか》らの慧眼《けいがん》を誇りたい。

さて、主神の蛮行《ばんこう》にかける言葉もないのだがどうしたもんか——

「戦乙女って自由に空を飛んでるんで悩みなんて無さそうだと思ってたんだが、いろいろと思ったようにはいかないものなんだな」

鼻くそをほじりつつ言うと「ばっちいですよネクロさん！」と、彼女はほっぺたを膨らませた。

人の服で鼻水を処理した女が何をのたまうか。

少女の翼がしゅんっと小さくたたまれた。

「だからもう失敗はできなくて……けど、緊張すると余計に上手く飛べなくなって……戦場に到着するのが遅れてどこにも英雄の魂はみつからなくて……それで……」

「うっかり落ちてきたってわけか」

自信を失って空もまともに飛べない戦乙女。人間を助けた結果がコレってのは気の毒だ。

リトラはしょんぼり肩を落とす。

「もうだめです。おやつ係としてオーディン様にいびり倒される運命なんです。おやつ係は基本的には天界待機で、命じられない限りミッドガルズに来られませんし」

「内勤の方が楽そうだし別におやつ係でいいじゃねぇか？」

「そうしたらこれまでみたいに人間を救えません！　せめて天界のルールと手の届く範囲内で人間を救いたいんです！」

リトラは胸に手を添え凛とした声を戦場跡に響かせる。

少女のまっすぐな眼差しがオレを射貫《いぬ》くように見つめ続けた。上から目線の物言いでもコイツのことは正直、嫌いになれない。

ふと、死者の国でヘルに言われたことを思い出す。二度目の人生は不死者として自由に生きて良い……と。この熱血上昇志向ポンコツ泣き虫ケツデカ戦乙女に、オレは何かしてやれないだろうか。

「なあリトラ。オマエがおやつ係にならないために何が必要か教えてくれ。免除される条件があるからがんばってるんだろ？」

「し、知ってどうするんですか？」

「どうすることもできんかもしれん。が、言うだけ言ってみろ。損にはならん」

眉尻を下げながら少女は腕組みをした。

「エインヘリアルを一人導けば大丈夫……かも」

コイツ個人は良いやつかもしれないが、やはり死んだ人間を利用しようというのが気にくわない。

「だいたいなんでオーディンはエインヘリアルなんてものを集めてるんだ？」

リトラの青い瞳にグッと力がこもった。

「この世界の均衡《きんこう》を守るためです。オーディン様の戦力が大きいほど巨人族は天界を攻めづらくなりますから。膠着状態《こうちゃくじょうたい》という形で現状を維持しているんです」

「平和を守るためなら死んだヤツになにしてもいいのかよ？」

少女は悲しげに眉尻を下げた。

「本当なら死んで終わりです。けど、英雄が力と意思をもったままエインヘリアルになれば、その力で人々の営みを守ることができるはずです」

「死んで終わりじゃない……だと？」

「はい！　それってとってもすごいことだと思うんです」

純真さに瞳を輝かせてリトラはゆっくり頷いた。

エインヘリアルを集めることでオーディンはヘルを始めとした巨人族に睨みを利かせているということらしい。世界を守るために必要な犠牲を「英雄」と脚色していることは腹立たしい。

腹立たしくはあるのだが――

「なありトラ。もしオーディンがなにもしなかったら世界はどうなってたんだ？」

「世界に魔物が溢れた旧時代に逆戻りです。人間の平均寿命は今の三分の一で人間同士で戦争してる場合じゃなくなっていたと思います」

最悪に思える今が、実はまだマシだったようだ。オーディンのヤツ……あんなんでもちゃんと仕事をしてたんだな。エインヘリアルも含めて少しだけ見直してやらんこともない。

が、今更オレも力を貸してやれば良かったなんて思わんぞ。エインヘリアル信仰アレルギーなオレへの説明をきちんと果たさなかった主神側に問題ありだ。

問題はリトラの困窮している現状だ。ゆっくり呼吸を整えてからオレは辺りを見回した。

「だから日々戦乙女が飛び回ってるんだな。しかし、この規模の合戦のあととなると、小競《こぜ》り合いはあるかもしれんがしばらく両軍動かないだろう。英霊探しは難しいんじゃないか？」

周囲に広がる荒れ果てた戦場に、もはや英霊は残っていなさそうだ。戦争がなければ英雄も生まれない。

「そうなんです。だからもう無理なんですってばぁ」

少女はその場にしゃがみ込んで膝を抱えてしまった。このまま風が吹けばどこまでもコロコロと転がっていってしまいそうだ。

「他に手はないのか？　なんでもいいから」

顔を上げて少女はじっとオレの顔を見つめる。

「だ、だったら思い切って言いますけど、階位が百番台の不死者を一人倒せばおやつ係は免除です！　スカウト課でも不死者討伐は評価アップになるんで！　もし二桁《ふたけた》番台の不死者なら編隊長に出世モノですよ」

「なるほど不死者ねぇ」

少女は勢いよく立ち上がり、ピンッと人差し指を立てて解説を続けた。

「ちなみに不死者っていうのは悪の魂をもって死者の国から復活した咎人《とがにん》なんです」

「ふむふむ。咎人か。まあだいたい事情は把握した」

相づちを打ちつつオレは死者の国でのヘルの言葉を胸の中で反芻《はんすう》する。

戦乙女には気をつけろ……と。

「不死者は人間に姿を変えて潜《ひそ》んでいます。偽装変装はお手の物。その正体を現した時でなければ、戦乙女は直接干渉できません。もし間違って無関係な人間にチェストしようものなら、私は不良品として処分されてしまいます」

「不良品ってオマエ……」

「戦乙女はたくさんいますから。かけがえのないものではなく替えが利くものなんです。だからこそ優秀でなければいけません」

少女は寂しげに微笑んだ。自然と右の拳を握り込み肩が震える。

「そんな言い方はやめろよ」

「は、はい？　あの……怒ってますかネクロさん？」

「ああそうだ。怒ってる。いいかリトラ……オマエはオマエしかいないんだ。間違っても自分を不良品だなんて言うもんじゃやねぇよ」

「ネクロさん……」

リトラは大きな瞳をまん丸くすると、ゆっくり頷いた。頬を赤らめ彼女は言う。

「あ、あの、ありがとうございます。そんな風に言ってくれたのネクロさんが初めてです」

「別にオマエのためじゃないからな。天界のやり方が気にくわないだけだ」

「ツンデレですね！」

少女は嬉しそうに笑顔を弾けさせた。無邪気なら何を言っても良いというものじゃない。

「しばかれたいのか？」

「あっ！　ダメですよ。戦乙女は自衛のためにしか人間と戦えませんし、相手を殺したりはできないんですから。ネクロさんにしばかれたら反撃できません！　だから人間とも不要な交流はしないようにしているんです」

慎ましやかな胸を張り彼女は真面目に断言する。

「不要な交流は避ける……か。戦乙女ってのはオレが思っていた以上に不自由なんだな」

「制約があればこそ発揮できる力ですから。この槍で不死者の心臓を貫くことで倒せちゃうんですよ！」

リトラは地面に刺した槍を再び手にして天に掲げた。

「そいつはおっかな……すごいな。で、オマエはどうやって不死者と普通の人間を見分けるんだ？」

少女は自身の細く白い顎を親指と人差し指で軽くつまむようにした。

「不死者の身体のどこかには階位を示す数字が刻まれています。ただ、稀に似たような入れ墨をする人間もいるので、これだけでは判別できません」

「ふむふむ他には？」

「人里から離れた森の奥や迷宮の底に拠点を構えるタイプもいますが、人間に偽装する魔術を使って社会に溶け込むことが確認されています」

「偽装を見破る魔術はないのか？」

リトラはコクコクと二度、頷いた。

「だから大変なんです。化けてると人間と変わりません。ですから証拠を集めて追い詰めることで彼らの本性をあぶり出すんです」

「まどろっこしいことせんでも、怪しいヤツを片っ端から殴ってみればいいんじゃないか？」

「そんなことをしたら私がお尋ね者になっちゃいますよ！」

ルール無用の相手にルールを守って勝たなきゃならんとは、正義の味方も大変だ。少女は鼻息荒く続けた。

「言い逃れできなくなった不死者は正体を現します。不死者それぞれが持つ固有魔術を使って反撃ないし逃走を試みるんです」

少女の眼差しがじっとオレの顔を見据えながら続けた。

「本来持っている力を使うために不死者は偽装魔術を解きます。すると白っぽい銀髪に赤い瞳に変わって……えっ？　ええっ？　ええええっ!?」

二度見、三度見、四度見してリトラは硬直する。

「どうしたリトラ？　オレの顔になにかついてるのか？」

右手の甲を彼女に向ける。そこには６６６という数字が刻まれていた。

「ふ、ふ、ふ、不死者あああああああ！」

ポンコツ乙。ここまで幾度となく目が合っていただろうに。いやそれ以前の問題だ。出会ってすぐに気づかないあたり、残念ながらおやつ係が彼女の順当な評価に思えた。

「さて、どうする？　オレを倒して出世街道の第一歩を踏み出すか？」

少女は身構え槍の切っ先をこちらに向けた。

継ぎ目の無い白い柄はすらりと長く、白色の刃は鏡のように磨き上げられている。シンプルな外観ながら優麗で、人間の手で生み出されたものではない神聖さが感じられた。

そんな美しい槍の先端がプルプルと細かく震えている。

「ど、どどどうしてネクロさんが不死者なんですか!?　とっても良い人間なのに！　さっきの感涙返してください！　感謝の気持ちとか、あと……ちょっと素敵って思っちゃった乙女の純情をどうしてくれるんです!?　落とし前案件ですよ?.」

「どうしてって言われても仕方ねぇだろ。いろいろあってこうなっちまったんだから」

「生前に悪いことしましたか!?　したんですよね!?　大罪を犯したんですよね!?」

涙目になって少女は一歩踏み込み、切っ先をオレの喉元《のどもと》に突きつける。

「さてどうだかな?.」

主神の誘いを蹴ったのが罪だとしても、死後の話だ。

少なくとも生前のオレは町の守備隊に捕まって、牢《ろう》につながれるようなことはしていない。まあ、酒場でくだを巻く迷惑なごろつきや海賊《かいぞく》なんかはよくぶっ飛ばしてたけど。それとて正当防衛だ。

この変わり者の戦乙女はオレをじっと見据えたままだった。

「なににやけてるんですか!?　いくら私が落ちこぼれでも六百番台の階位なら、た、倒せますよ！　それくらいの訓練は積んできてるんです！」

「実際に倒したことはあるのか？」

「あればおやつ係になんてされかけてません！　けど……私だって戦乙女ですから。この槍で心臓を貫けばネクロさんを倒せてしまうんですよッ⁉」

喉元に突きつけられた槍の先端が激しく上下左右にブレる。

なぜ心臓に狙いを定めないんだろうか。まるでオレを倒すのが嫌みたいな口ぶりだ。何を迷う。

少女は柳眉《りゅうび》を八の字にして困り顔だった。

「どうした？　オレを倒さないのかよ？」

「それは……そのぉ……」

彼女は言いにくそうに視線を外す。戦いにおいてフェイント以外で相手から注意をそらすのはいかがなものか。つまり、これは戦いではない。

「六百番台じゃ出世の足しにはならないんでがっかりでもしたか？」

「そ、そんな滅相《めっそう》もない！　話に聞いていた不死者とは全然違うから、お、驚いているんです！」

「じゃあ落ち着くまで待ってやる。戦うか逃げるかじっくり考えてくれ」

「うううつ……それより事情があるなら説明してください！　私にはどうしてもネクロさんが悪い人には思えないんです！」

青いサファイアのような瞳に強い意志が感じられた。

コイツはオレを信じたがっている。オレもコイツを……リトラを信じたくなった。

それでも彼女には戦乙女として使命を全《まっと》うする義務がある。

オレは槍の柄を握ると切っ先を心臓の位置に固定した。これでダメならそのときは自分に見る目がなかったのだと諦めよう。

「ほら、やれよ？　切っ先がブレないように手伝ってやるから」

「えっ？　ちょっとネクロさん危ないですよ？」

少女が目に見えて焦り出す。

「槍を向けてるやつの台詞《せりふ》じゃねぇぞ」

「だけど……こんなのおかしいですよ！」

「どこにおかしいことがある。不死者を倒すのも戦乙女の使命なんだろ？」

「そうですけどネクロさんは不死者らしくないんです」

「オマエを騙してるのかもしれないぞ？」

「不死者ならもうとっくに逃げるか戦乙女を殺そうとしてるはずです。自分の胸に戦乙女の槍を向けさせるなんて理解できません。正体も隠さずに……どうして不死者らしくしないんですか？　教えてください。これは命令です」

オレはため息交じりに返す。

「命令とはやれやれだな。お高くとまってるあたり、あの主神幼女と一緒じゃねぇか」

「えっ⁉　な、なんでオーディン様のことをご存じなんですか⁉」

人間の世界で一般的に知られているオーディンと実物には乖離《かいり》がある。本物を知る者はミッドガルズでは存外少ないのかもしれない。

「死んですぐに会ったんだ」

「まさか……死後に直接召喚されたんですか⁉　それってすごいことですよ⁉　生前、よっぽどの善行と戦功を重ねてないと……あ、あのネクロさんは生前何をなさっていたのでしょうか？」

槍を構えたまま少女はしおらしくなる。背中の翼がパタパタと犬の尻尾《しっぽ》のように揺れていた。

「野営地で負傷者を治癒魔術で治しまくってたら、いつのまにか自分の限界を超えちまっててな。ぶっ倒れて死んだ。と思ったらオーディンの元に召されたんだ」

リトラの眼差しから警戒や緊張が抜けて、優しいものに変わった。槍から力が抜けたので離すと、少女は切っ先をそっと引いて持ち直し地面に突き立てる。

「自らの命を削ってまでたくさんの人を救ったんですね。口は悪いけど聖人じゃないですか。オーディン様に直接迎え入れられるのも納得です……って、なんでエインヘリアルになってないんですか？」

「エインヘリアルの労働条件が劣悪なので契約を蹴ったんだ。そうしたら死者の国に堕とされてヘルとかいう変態巨人族に不死者にされた」

「ええっ……そんな人間がいるなんて……変人ですか？」

「オレは至ってまともだぞ。だいたい過労死した人間を働かせようって方がおかしいだろ」

「確かに！」

リトラはブンブンと首を縦に振る。常日頃からオーディンのわがままに悩まされ続けてきたとはいえ、秒速で同意しすぎだろうに。素直すぎるところが彼女の成績査定に出てしまっての、おやつ係候補というのもあるかもしれない。

少女の翼が背中で小さく折りたたまれた。地に刺した槍も空気に溶けるように雲散霧消《うんさんむしょう》する。

「ネクロさんのお話はにわかに信じられるものではありませんでした。けど、総合的に判断した結果……ネクロさんを倒すことを見送ることにします。どうか他の戦乙女に見つかる前に早く逃げてください」

「見逃すっていうのかよ？　そんなお人好しで戦乙女が務まるのか？」

「務まらないから降格圏内なんです。けど、信じちゃいましたし……私は私を励ましてくれた人に消えてほしくないですから」

リトラの笑顔は寂しげだ。オレの身を案じてそこまで悲しそうな顔をするんじゃやねぇよ。まったく。コイツと話してると調子が狂うな。基本的には主神の眷属らしく上から目線なのだが、不思議と嫌な感じはしなかった。むしろオレがコイツを助けてやりたいくらいだ。

そうか――

もしかしたら、オレはこの落ちこぼれかけた戦乙女を助けるために生まれ変わったのかもしれない。

バカは死んでも直らないというが、まさにオレのためにあるような言葉じゃないか。

不死者になって思うままに振る舞えと言ったのは死者の国の女王ヘルである。

「もしオマエさえ良ければオレが他の不死者退治を手伝ってやらんこともないぞ」

「は、はいいいいっ？　ご自身が何者かご存じですよね？　不死者が不死者を倒すなんてありなんですか？」

目を丸くして少女は首を傾げる。

「不死者が不死者の味方になるとは限るまい」

リトラは一度は閉じた翼をそわそわパタパタとさせた。もう一押しだ。

「オレが隠れてる不死者の正体を暴き出してリトラが倒す。悪い話じゃないだろ？」

「そ、そんなことしていいんですか？」

「オレを不死者にした張本人が欲望のまま自由に振る舞えって言ったからな」

「張本人ってやっぱりヘル様ですよね」

「ヘル様ってオマエが敬《うやま》っていいのか？　巨人族は敵なんだろ？」

「神族でも巨人族でも格というものがありますから。縦社会なんです」

うつむくと少女は上目遣いでじっとオレを見据えた。

「私はええと……もしネクロさんが味方になってくれたら心強いですけど」

「じゃあ決まりだな」

オレが手を差し伸べると戦乙女は恐る恐る動けずにいる。

彼女の手をこっちから摑んで握った。

瞬間――少女の顔が耳まで赤くなる。

「勧誘《かんゆう》が強引なんですけどぉ!?　ど、どうなっても知らないですからね？」

態度とは裏腹に背中の翼が全開でパタパタと羽ばたきまくり、彼女のかかとが地面を離れ浮き上がる。

「おいおいこのまま飛んでいくつもりかよ？」

「ハッ!?　す、すみませんついうっかり。気持ちが高ぶったり浮かれると物理的にも浮くもので」

戦乙女あるある……なのかそれ？

彼女が風船のように飛んでいかないよう、握った手に力を込めてゆっくりと地上に降ろした。

「契約成立だな！　じゃあさっそく不死者を倒しに行こうぜ。これからよろしくなリトラ」

「こ、ここここちらこそですネクロさん……って！　ちょっと待ってください！　行こうと言われても、どこに不死者が潜んでいるのかわからないんですよ？」

「一人、心当たりがあるんだ」

もう一度、戦場をぐるりと見渡してからリトラに告げる。

「この戦争を引き起こした狂王ハデルは不死者らしい」

「はいいいいいい!? 人間の王がですか？ 証拠はあるんですか!?」

少女は声をひっくり返す。

「証拠は無いがヘルから聞いた話だ。あの変態女を信じればってことだけどな」

「えええぇ……オーディン様にお仕えする身としては、信じていいかどうか判断できかねるんですけどぉ」

オレも死者の国の女王の言葉を鵜呑みにするのは危険だと思う。

「だから確かめに行くんだ。なんで王国がこんな戦争をしてるのかオレは知りたい」

「あの、もしかしてネクロさんは戦争を止めたいんですか？」

「当たり前だろ。兵士だの傭兵だのを治癒しなくて良い世の中になるなら、それに超したことはないし」

「でもネクロさんは不死者なんですよ？ 人間じゃないのに人間の味方をするなんていいんですか？」

なぜか言い出しっぺのオレよりもリトラの方がハラハラし始めた。

「うるせぇ！ エインヘリアルになろうが不死者だろうがオレはオレだッ!!」

「えぇーッ!?」

「そういうオマエだって戦乙女だけど人間の味方をしてるだろうに」

「それはオーディン様の眷属だからです」

「いいや違う。オマエはオマエの意思で人を救ったんだ。オーディンの命令だけなら死にかけた英雄を見殺しにするはずだろ？」

「私の……意思……」

少女の肩がプルリと震える。

「救うと決めたオマエ自身の気持ちは誰のものでもなく、オマエ自身のものだ。他に代わりなんていないかけがえのないリトラという戦乙女のものなんだよ！」

背中の翼をふわりと広げ少女は天を仰いだ。

「そうですね……そうでした……そうだったんです。私は……ううん……私も世界を……人間を救いたいですネクロさん！」

不死者と戦乙女。相反する立場だが意見は一致したようだ。

「行き先が同じなら一人より二人の方が何かと便利だろ」

「これってきっと険《けわ》しい道のりです。普通の人間じゃ王様に会うことすらできませんし」

「できないからやらないっていうなら、なにも変わらないし変えられねぇよ」

リトラは自身の胸元にそっと手を添えて深く頷く。

「わかりました。ネクロさんの提案……同行することに私も賛同します」

広げた背中の翼がゆっくりとたたまれた。と、同時に少女は首を傾げる。

「ところで王様に会えたとして、その後はどうするんですか?」

「一発ぶん殴る。正体を現したらオマエの出番だ」

「もし情報が間違ってたらどうするんですか?」

オレは口元を緩ませ腕組みすると頷いた。

「そんときゃリトラが国王襲撃犯の極悪不死者としてオレを処せばいいんじゃないか」

「け、けど……それじゃあネクロさんが……嫌ですよせっかくこうして仲良くなれたのに」

リトラは膝頭を擦《こす》りつけるようにもじもじし始める。

「仲良くってオマエなぁ」

共闘する仲間のつもりだったんだが、少し温度差があるようだ。まあ見た目こそ年齢的に近しいが、こちらは元が四十手前のオッサンだ。かみ合わないところがあっても仕方ないか。

少女はオレに詰め寄った。

「ちゃんと私の話を訊いてくれたのはネクロさんが初めてなんです! 私を私と認めてくれて、自分がやりたかったことに気づかせてくれたんです! 私の初めてを奪った責任をとって、最後まできちんと生きてください。私はネクロさんを倒したくないですから!」

必死の抗議につい押し負けてしまった。

「わかった。オマエに倒されないよう前向きに検討してやるよ」

腕を組むと戦乙女は満足気にうんうん頷いて、ピタリととまる。

「けど、そもそもどうやって疑惑の王様に会うんですか？」

「オマエが空からオレを王城の上に投下すればいいんじゃないか」

「王様襲撃のお手伝いはできませんし、そもそも今ちょっと一身上の都合により飛行を控えさせていただいてますし」

なぜ飛べないと素直に言えないのだろうか。変なところでプライドの高いオーディンの眷属め。

「王城に投下ってのは冗談だ。まあ謁見するなら……手っ取り早いのは戦争で叙勲されるようなめまぐるしい活躍をするか、剣闘士になってチャンピオンを獲《と》るかってあたりが現実的だな。戦争狂のハデル王は武功を好むらしいし」

リトラがきょとんとした顔をした。

「意外です。てっきり行き当たりばったりかと思ってたんですけど、ちゃんと作戦があるんですね？」

保証はない。人間世界の事には疎《うと》そうな戦乙女を不安にさせないよう、作戦の現実性については黙っておこう。

「まあ、まずはなんにせよ王都だ。オレ独りじゃ無理かもしれんがリトラと力を合わせれば、案外早く道は開けると思うぞ」

戦乙女の表情が引き締まる。

「本気でやるんですね。世界平和」

「オレはこの戦争がなんのためのものか知りたいんだ。その理由によっては止めたい。世界平和のためじゃないが、結果的には同じだ」

もちろん戦争をする真の理由を知れば、オレもまた考えを改めるかもしれない。オーディンのエインヘリアル集めを嫌っていたオレも、それが世界を守るためにやむなしと知った今では、生前ほど否定はできなくなっていた。

人間は変わる種族なのだ。

「行こうぜリトラ。いやむしろオレについてこい。戦乙女として一旗揚げさせてやるから。目指すは内海を渡った西方の王都ソラリスだ」

歩き出すオレを少女は背後から羽交《はが》い締《じ》めにした。背中に当たる胸の感触は、大変奥ゆかしいものだ。

「ちょっ！　ちょーっと待ってくださいさすがにまずいですよ！」

「なんだよビビってんのかぁ？」

「ビビってません。ぜんぜんビビってません……けど、ネクロさんがその姿のまま歩き回るのは危険なんです！　もし私以外の戦乙女に見つかったら、開始五秒で即チェストですよ？」

彼女の腕を振り払い振り向きざまにその顔をビシッと指さした。

「他の戦乙女にはオマエが事情を説明しろ。こう見えて比較的安全な不死者ですって」

「比較的ってことは危険人物という自己認識がありますよね？　何か手を打ってください。不死者なら偽装や隠蔽《いんぺい》の魔術はお手の物のはずです」

オレは腰に手を当ててふんぞり返る。

「ハーッハッハッハッハ！　何を隠そうオレは自分の姿を偽装する魔術なんて知らんのだ。ヘルからも教わってないしな」

仮に教わっていたとしても使えるかというと疑問である。オレの魔術適性は前世から治癒に特化されていた。こればかりは才能だ。

「ううぅ……だから丸出しだったのかぁ……せめて手の数字は隠してください」

少女は虚空からハンカチを取り出すとオレの右手を包むように巻く。可愛くリボン結びされてしまった。

「はい。ひとまずこれでよしっと。応急処置ですから手袋があるといいかもですね。あと、フードや帽子を被るとか色眼鏡《いろめがね》をかけるとか隠す努力はしましょう」

「偉そうに言うがオマエの方こそオレより目立つんだからな」

背中の翼が丸出しでは目立って仕方ない。

「私は誰かさんと違って人間の姿になれますけど？」

言うが早いか少女の背中の翼がパッと舞い散るように空気に溶けた。姿も身体にぴったり張りついたようなものから、マントを羽織った軽装の剣士系一般冒険者に早変わりだ。

腰に細身の曲刀《きょくとう》を下げ、胸元には登録冒険者の証——ルーンの刻まれたギルドタグが揺れていた。

曲刀は黒い鞘《さや》にぴたりと収められており、鍔《つば》には花のような細工が施されていた。武器というより美術品のようだ。

「すごいなオマエ。人間に化けられるのか」

胸を張り鼻の下を人差し指で軽くこすってリトラは笑う。

「へっへーんですよ。こうなると槍も使えず戦闘力は大幅ダウンですけどね」

「つーかそもそもなんで人間に化ける必要があるんだ？」

腰に手を当て少女は頬を膨らませる。

「戦乙女が町のお店にお菓子を買いにきたら人間が驚きますから」

人間と接触する場合も姿を変えて戦乙女と気づかれないよう配慮していると言いたげだ。

「あーだからパシリなんだな」

「そうそう私っておやつ係にうってつけの人材……って、それだけじゃないですから！」

ノリツッコミもこなせるとは驚きだな。少女は続ける。

「人間社会に溶け込んだ不死者を調査するには、神性を封じておいた方がなにかと便利なんです。不死者に戦乙女と気づかれたら潜入捜査《せんにゅうそうさ》になりませんし」

拳を握り脇を締めムフー！　と鼻息も荒い。

「とりあえず戦乙女バレは回避できそうでなにより。これで一安心だ」

「私の心配してる場合じゃないです。不死者丸出しのネクロさんこそ危険なんですけど？」

青い瞳が心配そうにオレの顔をのぞき込む。

「オレはこのままでいいんだ」

「良く無いですよ！　不死者だってバレちゃうじゃないですか」

「案ずるより産むが易し。下手に隠すより堂々としている方が、案外大丈夫だったりもするぞ。誰かさんも気づかなかったし」

リトラは視線をあさっての方角に向けた。

「へー、あー、ふーん、誰ですかねその美少女戦乙女はー」

棒読みである。そんな彼女に真面目に告げる。

「なあリトラ。ふざけてなんていないんだ。真剣に考えている。全部本気だ」

「こ、告白ですかッ!?」

オレが説明する前に食い気味で何をおっしゃる。青い髪なのに頭の中身はピンクのお花畑ですか。

「真面目に聞いてくれ。これからオマエと旅をする間に、誰かが不死者に傷つけられている場面に出くわすかもしれない。潜んでいる不死者がオレを見れば必ず何か違和感のある反応を示すはずだ」

「反応って、まさか自分を囮《おとり》にするつもりですかネクロさん？」

ようやく意図を理解したか。少女は驚きよりも憂《うれ》うような眼差しをオレに向けている。

「心配するなって。不死者になって身体の再生力がついたのに加えて、オレには治癒魔術がある。そう簡単にはやられないさ」

試しに軽く治癒魔術を自身に施してみせた。まあ、傷ついているわけでもないのでなにも起こらないが、不死者になったからといって肉体が治癒魔術を受けつけず、ましてやダメージを負うようなこともない。

「いきなり襲いかかられるかもしれないんですよ？」

普通の人間の大半は不死者という言葉すら知らないのだ。オレの外見に「反応」するのはご同輩である。

「なら好都合だ。まさか不死者の同行者が天敵の戦乙女だとは誰も思うまい。いいかリトラ。オレとオマエが組むからこの作戦は価値がある」

「ネクロさんと私だから……？」

きょとんとする彼女にオレは頷いた。

「正体を隠したがるはずの不死者が大手を振って歩き回り、その隣に正体を隠した戦乙女がいる。ミッドガルズ広しといえど、こんな組み合わせは歴史上一度として無かっただろう。あり得ない。誰もやらないからこそ、隠れた不死者どもの裏をかける」

不死者と戦乙女が組むはずがないという正常性を逆手《さかて》に取る。即席ながら不死者判別法としては悪くない。

「でもやっぱりネクロさんが危険です。私は賛成しかねます」

「そうだな。もしオレが他の不死者にやられるようなことがあったら後は頼む」

「縁起《えんぎ》でも無いこと言わないでください」

少女はしょんぼりと肩を落とした。目尻に涙まで浮かべている。誰かを案じて泣けるヤツなんだな。

「わかった。それじゃあオレは絶対にやられないし、どれだけ死にかけようとも諦めない。オレが不屈《ふくつ》の楯《たて》でオマエが勝利に導く槍だ。だからピンチの時は救ってくれよ戦乙女」

少女が軽く拳を握り込む。ゆっくり息を吐くと拳を前に突き出した。顔つきに凛々《りり》しさが戻った。

「わかりました。その役目……お受けします」

オレも握った右拳を前に出し、彼女のそれと軽く合わせる。握手ではないのもなんだかオレたちらしいと感じた。同時に拳を降ろす。オレは努めて明るい口ぶりでつけ加えた。

「万が一オレが悪い不死者になった時にもその槍で救ってくれていいんだぜ？」

オレをではなく、オレが傷つけようとしてしまった相手を……だ。

「死亡フラグの増改築やめてくださいってば！　ネクロさんならきっと……ううん、絶対大丈夫ですから！」

リトラからオレへの不信や不安や恐怖といったものが払拭《ふっしょく》された気がした。

だが、不死者の力を得た人間はいずれ力に溺れてしまうかもしれない。

「悪いな。不死者も元は人間だ。人間っていうのは変わりやすい種族なんでな……嫌か？」

少女は深呼吸を挟んでオレの願いに頷いた。

「わかりました。神の眷属たる戦乙女にしかできないことです。そちらもお引受けいたします。けど、ちゃんと最後までがんばって諦めず人間らしくいてくださいね」

「わかった。約束するよ」

「はい！　これからよろしくお願いします！」

リトラは背筋をピンッと伸ばしてから恭しく一礼した。

契約成立だな。

王都までの経路は最寄りの港町イエータから船で海峡を渡って三日と半日ってところだ。

今は王へと続く道のりが険しくないことを祈るばかりである。

◆

天界のオーディンが住まう小部屋には窓がある。

開かれた窓から白と黒、二羽のカラスが滑り込むように部屋に戻ってきた。

眼帯幼女はこれを無視。

主神は現在、ラタトクスネットワークを介して他の神族と対戦中のご様子だ。

素性を隠した神や巨人族が最大60柱参戦し、魔法を撃ち合い最後の一人になるまで戦う「お手軽ラグナロク」である。

投影板には魔導器によって生成された仮想の戦場が映し出されていた。

先日、眼帯幼女主神が魔導器を強化したため、毎秒３６０回の描画が可能となり映像はなめらかだ。

視点や照準を操作する魔導器も有線から無線形式に変更し、ルーン文字の並ぶ文字盤も競技仕様の高速同時入力対応のものへとバージョンアップが成されたばかりだった。

耳を覆う音響機材は相手の足音を完璧に捉《とら》え、上下左右はもちろん距離までも的確に把握できる高性能ぶりである。さらに対戦中の相手と会話が可能な集音器までついていた。

道具はどれも一級品……だがオーディンはこの遊戯が下手だった。なのに負けず嫌いなのである。

「貴様ずるいぞ！　狙撃《そげき》は禁止と言ったではないか!?　おいやめ……あああああああ！　フレイヤのバカあああああああああ！」

架空戦場でオーディンの写し身《うつみ》が超長距離からの雷撃に頭を射貫かれ、爆発四散した。

投影板に向かって吠えながらオーディンは机をバンバンと叩く。

『台バンしたら机が可哀想《かわいそう》だよオーディンちゃん』

画面に金髪碧眼巨乳の美女が浮かび上がり目を細めた。

「机より我の可愛いお手々の心配をしろフレイヤ！　爆発四散させられた心の痛みを知れ！　狙撃やめろ！」

『えええ……手加減してほしいの？　仕方ないなぁ』

舐めプ願いと挑発されて黙っているオーディンではない。逆張りに定評のある主神は吠えた。

「いや狙撃していいぞ！　我は避けようと思えば避けられたのだ」

『そうだよねぇさすがオーディンちゃん』

「だが、そろそろおやつの時間なのでな……これくらいで勘弁してやる」

『あれれぇ？　逃げるんだぁ』

「かかってこいやこの胸だけブスがあああ！」

地上の様子を報告に戻った二羽の白黒カラスは互いに顔を向けあい頷いた。

今の興奮しきったオーディンには何を言っても無駄だろう。

ネクロが冥界のヘルと接触し、残念ながら不死者になってしまったこと。これについてはオーディンも予測していたため、二羽を監視に飛ばしたのだが——

報告すべき事柄はいくつもある。

オーディンがもっとも期待し目をかけている戦乙女のリトラと、その力の一部を分け与えたにもかかわらず不死者となったネクロが出会ってしまったこと。リトラがネクロを倒さず行動を共にし始めたこと。なにやらこの二人が地上でやらかしそうだということ。

このまま黙っていて良いものか。

白いカラスは「カァ」と小さく鳴いた。が、オーディンは振り返ることなく「報告は後にしろ！　我はフレイヤ討伐に忙しいのだ！」と、とりつく島もなし。

黒いカラスはあくびをしながら椅子の背を止まり木にして、こくりこくりと船をこぐ。

わがままな飼い主とマイペースな相棒に白いカラスはため息しか出なかった。

このあと「なぜもっと早く報告しなかったのだ！」と、言われるまでがセットである。経験上どうなるかを白いカラスはよく知っていた。

5．ぼっちとぼっちの相乗効果《シナジー》

戦場を後にしたオレとリトラは街道で二度ほど襲撃に遭遇した。一度目は死体漁《あさ》りの野盗どもだ。オレの拳が光って癒やす。悪党を叩けと轟《とどろ》き叫ぶ……前に、リトラが腰に差している曲刀を抜き払った。

片刃の剣は東方の果ての島国から主神が取り寄せた銘品《めいひん》だそうな。鉄すら切り裂く名剣片手に人間の襲撃者を相手どり、リトラは峰打ちで全員ＫＯした。オレが楯として彼女をかばういとますらない。

戦乙女曰《いわ》く、正当防衛に該当した場合は人間に攻撃ができるとのことだ。もちろん、殺すのは御法度《ごはっと》である。

二度目の襲撃はぬいぐるみのような二足歩行する猫獣人《ねこじゆうじん》だった。れっきとした魔物である。こいつらは人間をお世話係として誘拐《ゆうかい》するのだが、外見のかわいらしさに喜んで自ら奉仕を望む者が後を絶たない。

正当防衛しようとしても、あまりの可愛さにリトラは剣を振るえなかった。なのでオレが追い払った。適材適所である。

そんなこんなありつつ、まだ陽の高いうちに町へとたどり着くことができたのは幸運だ。

城塞港湾都市《じょうさいこうわんとし》イエータはミッドガルズでも有数の軍港を誇っている。狂王ハデルの治めるソル王国の東の要衝《ようしょう》だった。戦時特例で軍備拡張が推し進められ、人と物資が集まりその賑やかさは王都ソラリスにも肩を並べるほどである。

不死者（かもしれない）狂王をぶん殴るには、イエータから内海を西へと向かう定期便に乗るのが手っ取り早い。路銀はイエータの冒険者ギルドで回収できるはずだ。ずっと前線一歩手前の野営地で治療し続けて、稼ぐだけ稼ぎ使う暇も無く死んだのだから、今頃ギルドのオレの冒険者口座には退職金代わりの金がたっぷり溜まっているだろう。

町の入り口にあたる城壁門までやってくると衛兵がオレに敬礼した。

「ようこそイエータの町へ。見ない顔でありますな！」

ああそうか。銀髪に赤い瞳。しかも若返ったのだから知った顔でも初対面の反応になるのはやむなしか。

「この町で悪いことはしてはいけないでありますよ？　守備隊の練度は高いでありますからガッハッハ！」

男の声は太くよく通って声量がシンプルにでかい。一度見たら忘れられない顔立ちである。目鼻立ちから体格から四角形を組み合わせて作ったような無骨さだ。きっと前世はゴーレムかなんかだったのだろう。

「本当にオレのことが判らないのか？」

「オレオレ詐欺《さぎ》でありますか？　んー……はて？　おや？　どことなくあの方の面影《おもかげ》があるような無いような」

衛兵は腕組みをして首を傾げた。

コイツ以前、高い木の上に登って降りられなくなった子猫を救出しようと自身も木に登り、子猫を助けるも足を滑らせて落下したのである。子猫の無事と引き換えに骨折した逸話《いつわ》持ちだ。

見てられなかったんで治癒魔術で足を治してやったっけな。

「あれから足の具合はどうだ？」

「いやぁー折れる前より頑丈になったくらいでピンピンしてま……その話どこで聞いたでありますか？　アレはネクロ殿と自分だけの秘密でありますのに！」

「オレがそのネクロなんだよ」

四十手前だった男が髪と目の色も変わり、若返って戻ってきたのだからにわかには信じられないだろう。

「なぬっ!?　此度《このたび》はその、ずいぶんとお変わりになられて！　お元気そうでなによりでありますネクロ殿！」

「いや、自分で言っておいてなんだがあっさり信じすぎじゃないか？　そんなんで門番やっていけるのかよ？」

「自分、人を見る目は確かでありますから。口ぶりや仕草はうり二つでありますし」

こうもあっさり信用されるとは思わなかった。オレがこの町を後にして前線に赴いたのはかれこれ四ヶ月以上前のことだ。

「久しぶりだなえーと……サモンだったか」

「自分はサイモンだと何度言えば……なんだか懐《なつ》かしいやりとりですなネクロ殿！　ほらほらやっぱりネクロ殿でありますよ！」

懐かしがられるほど懇意にした覚えはない。治療のお礼にとしつこく誘われて数回呑みに行ったくらいだ。それからすっかり懐かれてしまったっけな。

男は不思議そうに首を傾げた。

「ずっと町では姿をお見受けしませんでしたがどうされていたのでありますか？」

「最前線の一歩手前で戦争の手伝いやらなんやらをしてたんだ」

衛兵はかかとを揃えて再び敬礼する。

「お国のためにおつとめご苦労様であります！　改めまして無事のご帰還をお祝い申し上げます！」

無事じゃ済まなくてこんななりをしているんだが、説明しても理解はできないだろう。黙っていると衛兵はぐいっとオレの顔をのぞき込んだ。

「いやはやしかし見違えましたぞ！　二十歳は若返ったみたいに見えるであります。それに髪の色といい目の色といい別人と見まごうばかりでありますな」

不信感よりも好奇心からオレに訊いているようだった。

イエータに知人は少ないが、オレをネクロと認識してくれる相手にはそれらしい「理由」が必要そうだ。

「趣味で若返りの魔法薬の実験をした結果、上手くいったんだが副作用で髪と目の色がこうなっちまったんだ」

「なるほど！　得心いたしました！　しかし若返りとはすごい魔法薬ですな。世の中の金持ちが放ってはおきますまい？」

「実はできたのは偶然なんだ。もう一度作れと言われてできるもんじゃやねぇよ」

隣でリトラがオレの顔を見つめながら何か言いたげだ。嘘も方便という言葉を贈りたい。

サイモンの視線も釣られてリトラに向けられた。

「しかしてそちらの麗《うるわ》しい女性は？」

無骨な男の口から出た言葉にムッとした顔のリトラがふにゃっとなると頬を赤らめた。

「ちょっと聞きましたかネクロさん？　この衛兵は私が生来持ち合わせた素晴らしい美点を本質的に見抜いたんですよ？　これは衛兵のエインへリアル化もごごめここぺぽふぬふぅ！」

余計な事を口走る前にオレは右手で少女の口を塞《ふさ》いだ。サイモンがいぶかしげに首を傾げる。

「自分は何か失礼なことを申し上げたでしょうか!?」

「いや。オマエに落ち度はないぞ。気にすんな」

「しかし口を塞ぐとは人さらいのようですが」

「これはオレなりの愛情表現だ。束縛されて喜ぶ人種もいるんだよ」

リトラが顔を赤くして「もごごー！　もごごごー！」と抗議する。おいおい愛情表現っての もこの場を収める方便だって。おや、しまった鼻もうっかり塞いでいたようだ。かざした手を パッと離す。

「んもー！　死ぬかと思ったじゃないですか！」

「すまんすまん。その口を塞いでおきたかったんだ」

途端に少女の青い瞳が潤む。

「そういう時はええと、物の本によるとですね……男性がお喋《しゃべ》りな女性の口を塞ぐ正しい作法 があるそうでして……く、く、唇を唇で……やだ恥ずかしいこれ以上言わせないでくださいよ！」

「その本は焚《た》き火《び》にでもくべた方がいいぞ」

「だめですよオーディ……上司からいただいた大切な本なんですから！　人間を学ぶために いっぱい勉強したんです」

エヘンと誇らしげに胸を張る戦乙女。おいコラァ天界どうなってんだよモラルハザード起き てるぞ。コンプラなんちゃら部は仕事しろ。

放置気味だったサイモンが察して割って入った。

「まあまあお二人とも落ち着いて。大変仲がよろしいようでありますが、あまり見せつけられると自分……悔《くや》しい気持ちになりますので！」

こいつもごつい見た面に反して頭がピンクのお花畑かよ。

そんなサイモンの反応からいくつか察することができた。

銀髪に赤い瞳という風貌《ふうぼう》を特別警戒しないあたり、どうやら不死者の存在について知る人間は少ないようだ。治安維持の最前線に立つ男がこの反応である。

昨日までの自分を思い返してみれば、魔物や神族や巨人族の存在は知っていても、不死者については知らなかった。

髪の色や目の色が変化したことには気づいても、それを不死者と結びつけられるやつはそうそういなさそうだな。まあ、オレの場合は若返り薬の副作用ということで、サイモンが納得しているだけかもしれないのだが……。

「いろいろと参考になったわ。ありがとうなサミュエル」

「サイモンでありますからして！」

「はいはい、おつとめご苦労さん」

男に別れを告げつつ、まだ何か言い足りなさそうなリトラの手を引き町の中へと足を進めた。

目抜き通りを道なりに行けば三叉路《さんさろ》に突き当たり、真っ直ぐ進めばイエータの総督府《そうとくふ》がある中央区画に続く。目的地である冒険者ギルドも同区画にあった。

町の様子は百数十日前と変わらずだ。市場は賑わい活気がありつつも、傭兵や冒険者が行《い》き交《か》いどことなく物々しい。

リトラが隣で頬を赤らめながら困り顔だ。

「ネクロさん……あの、ちょっと恥ずかしいといいますか……その……」

「ああ恥ずかしいか。すまない。オマエの場合、手をつないでおかないと糸の切れた凧《たこ》みたいに、ふらふらとどっかに行っちまいそうで心配でな。子ども扱《あつか》いして悪かった」

パッと彼女の手を離す。

「あっ！　そんな言い方しなくてもいいのに　……ちょっと嬉しかったし」

だんだん小声になって最後の一言がよく聞き取れない。

「なんだって？」

「なんでもないです」

ムッと口をとがらせてから、少女は周囲をキョロキョロと見回した。

「人間の町なんてパシリで何度も来てるんだから珍しくないだろ」

「知り合いにネクロさんと一緒にいるところを見られると恥ずかしいですから。右ヨシ！　左ヨシ！　上空ヨシ！」

リトラは念入りに三方を指さし確認した。

「恥ずかしいってオマエ……オレのことを歩くわいせつ物陳列罪《ちんれつざい》とでも思ってんのか？」

「ちちち違いますそういう意味じゃなくて！」

「じゃあどういう意味だよ」

少女はしゅんっと肩を落として両手の人差し指を胸元でぴとっとくっつけた。

「いっつも独《ひと》りぼっちでしたから、二人って馴れてなくて」

「そうかそうかオマエは友達がいないタイプの戦乙女なんだな」

瞬間、少女がカッと目を剝いた。うっすら涙を浮かべて吠える。

「う、ううぅあああああががあああああ！　そうですよそうですとも！　ボッチですから！　友達ができた時のために壁と会話の練習したことがネクロさんにはありますか？」

なんて悲しいエピソードなんだ。ずっと胸に秘めておけよ。

「戦乙女って本当に大変なんだな」

少女はオレの手を取って「そうです大変なんです！　だからこっちの道に行きましょう！　きっと良いことがありますよ？」と引っ張った。

手をつなぐのが恥ずかしいんじゃなかったのか？

三叉路を左の方角——市場通りに抜ける。どの道を選ぼうと冒険者ギルドには抜けられるのだが遠回りだ。

「食い物の匂いがいろいろ混ざって腹が減るな」

腹の虫が鳴くと生き返ったのだと実感する。

かつてのミッドガルズの料理は東方や南方の地域に比べて劣っていたという。主神オーディンによって知恵と魔術がもたらされてからは、神の英知でレシピが広まり調理に魔術や魔導器が用いられるようになった。

料理が文化の域に昇華《しょうか》するほど高度に発展したのだ。

あの幼女主神なら「美味しい物を食べたいから人間たちに作り方と魔術を広めたのだ。あとは人間が勝手に変化させてもっと美味しくしてくれる」と、言ってもおかしくない。

「ご飯にしましょう！　二人の門出《かどで》ですから私がごちそうしてあげます」

「いいのかよ？」

少女は得意げに笑う。

「ネクロさんには危うく猫ちゃんたちにさらわれそうになったところを助けていただきました！」

町に着く前の魔物とのやりとりだが、誘拐ではなく自分からホイホイ着いていこうとしていたのを止めただけだ。

「これからは可愛い魔物には気をつけるんだぞ。ところで金はあるのか？」

「さっき猫ちゃんたちの前に襲撃してきた野盗のお財布《さいふ》をゲットしました」

「いいのかよ戦乙女がそんなんで」

「迷惑料はふんだくるものだとオーディン様に教わりましたから」

戦乙女はドヤ顔である。教育が必要なのはリトラではなく主神の方ではなかろうか。

「このお金でパーッと美味しいものをいただいちゃいましょう！　食べ物のことならお任せください」

「さすが終身名誉おやつ係だな。頼りにしてるぞ」

「まだおやつ係にはなってませんから！　意地悪ばっかり言うネクロさんは嫌いですよ？　ほらほら市場には屋台や出店がいっぱいありますし、何から食べます？　甘い物じゃなくてもOKですし！」

リトラは上機嫌だ。ここは一つごちそうになるとしよう。この先、王都ソラリスまでの旅費はオレが持つことになるだろうし。

「じゃあ肉だな」

「えっへっへお目が高いですねぇ旦那《だんな》ぁ。串焼きの美味しい屋台があるんですよぉ！」

「口調が野盗化しとるぞ戦乙女」

「若鶏の炭火串焼きは外はカリサクの中はふんわりジューシーな焼き加減です。塩とタレはどっちがお好みですか？　私は断然塩派ですね。あと焼き鳥なのに豚だったりチーズに牛ヒレ肉の薄切りを巻いて焼いたやつもいけるんですよ」

戦乙女は鳥のような美しい翼を持っているのだが、共食いにならないのだろうか。まあ魚を喰《く》う魚もいるし猛禽類《もうきんるい》が小鳥を襲うこともあるか。

ぼんやり考えている間もリトラのグルメ解説は続いた。

「もちろん港湾都市だけあって漁業も盛んですから魚介類の網焼きもオススメですよ？　イカとかタコも見た目グロですけど食べてみるとこれが美味しくって！　オーディン様はクラーケンなぞ食わぬの一点張りで試してすらもらえないんですよね。人生……もとい神生半分損してますよ」

「食いしん坊なんだな」

「ち、違います！　美味しい物リサーチという職務に忠実なだけですから！」

職務というより食務だろ。やっぱりおやつ係が天職じゃないか。

「なあリトラよ。どうしてそんなに食べ物に詳しいんだ？」

「た……食べるのが好き……ですけどいけませんかッ!?」

恥ずかしそうにうつむいたかと思えば逆切れするんじゃない。

「いけなくはないぞ。ただ、他の戦乙女もオマエみたいに人間に化けて、こっそり食べ歩きなんかしてるのかと思ってな？」

少女は首を左右に振った。

「たぶん私くらいなものだと思います。他の戦乙女はあんまり興味ないみたいで……誘ってもスルーされちゃって……」

先ほどまでの美味しいものを食べるわくわくとしたテンションがだだ下がりだ。まずいことを訊いてしまったかもしれん。

「そうか。スルーは良く無いな。今度オレがオマエの誘いを断った戦乙女に抗議してやろう」

「やめてください恥ずかしいです！　子供の喧嘩《けんか》に親が出てくるみたいなやつですからそれ！」

なるほど。オレもガキの頃はなにかにつけて姉がしゃしゃり出てきては、恥ずかしい思いをしたっけな。

「戦乙女にも親や家族はいるんだな」

少女はきょとんとした顔になった。

「いいえ、いませんけど」

「さっきの例えはなんだったんだ」

「お、親がいたらと想像したんです！」

想像力の豊かなことで。

「家族がいないのはリトラだけなのか？」

「ええと……戦乙女として生まれた時点でこの姿でした。オーディン様が親代わりです。他の戦乙女は人間で言うところの姉妹みたいな感じですけど、家族とは違う気がします」

幼女が母代わりとはこれいかに。戦乙女を人間の尺度に当てはめるのは筋違いかもしれない。

戦乙女はグッと拳を握り込む。

「だから人間を学ぶために本を読んだり美味しいものを食べたりしました。人間の幸せを理解するうちに……その……人間という存在が愛《いと》おしくなっていって……この幸せを壊しちゃいけないって思ったんです！」

青い瞳に曇りはなくまっすぐだ。リトラという戦乙女が悩むのは、きっと誰かに押しつけられた使命をやらされているからじゃない。

自分の意思で願うから失敗におびえて空を自由に飛べなくなるくらい、追い詰められてしまったんだろう。やっきになって人を救おうとしては挫折《ざせつ》した、過去の自分が少し重なってみえた。

「あんまり無理すんなよ」

「は、はへ!?　べ、別に無理なんてしてませんよ！　やる気がある相手に『頑張りすぎるな』って言うのは新型ヴァルハラですからね！」

少女は頬を膨らませた。無理を強いても無茶をさせなくてもどのみちヴァルハラになるとは詰みである。

「そうか……じゃあさっそくオレにもその幸せを教えてくれよ」

「ま、ままま、任せてください！」

困惑したまま戦乙女は控えめな大きさの胸を張り、トンと拳で叩いてみせる。

こうしてグルメ通の戦乙女に連れられて、屋台飯をはしごすることになった。

焼き鳥もイカ焼きも炭火の香りが香ばしく、リトラが言った通り外はパリっと焼き上げられて中はふっくらジューシーだ。

それからオススメのスイーツ巡《めぐ》りである。彼女のむっちりとした下半身は日頃のトレーニングと甘い物で構築されているらしい。

不死者になって味覚や嗜好《しこう》が変わってしまったか心配だったが、何を食べても美味しく感じられたのは一緒に食べるリトラがとなりにいるからだろうか。

6．生前の行動に伴《ともな》う世間からの反作用《フィードバック》

市場通りでプチ豪遊し満たされた腹をさすりつつ、オレは百数十日ぶりにその建物の扉をくぐった。

自分が不死者になる運命を決定づけた場所——イエータ冒険者ギルド。

石造りの砦《とりで》のような建物は、町の軍事と行政を司る総督府に次いでイエータで二番目の大きさである。

ギルドはミッドガルズ各国に根を張る大樹教会の下部組織でもあった。

正面入り口入ってすぐ。建物一階のセンターホールに巨大な掲示板がでんと構えられ、受付がズラリと並ぶ。

奥に酒場も併設《へいせつ》されていた。町の規模で施設の大小はあれど、どこも冒険者ギルドといえば「掲示板。受付。酒場」と同じような作りだ。

センターホールは冒険者たちでごった返し相変わらずの賑わいぶりである。酒場もほぼ満席だ。

依頼リストの張り出された掲示板前へと向かう。近づこうにも人だかりで前が詰まっていた。

冒険者ギルドで受けられる依頼の内容は様々だが、薬草収集に始まり魔物退治をこなせるよ

うになると、実力と経験に見合った仕事が受注可能になる。

蒐集家《しゅうしゅうか》が欲しがる珍品を手に入れたり、失踪者《しっそうしゃ》を捜したり、時には雪山の山頂でしか咲かない花を摘んでくるなんてものまであった。戦うばかりが冒険者の仕事ではない。数多《あまた》の依頼を完遂《かんすい》し積み重ねた貢献を、陶片のような冒険者の個人証明章――ギルドタグに刻み続ければ、ギルド長から直接依頼が舞い込むこともある。

かつてのオレもそうだった。

「ちょっと情報収集してきますねネクロさん！」

「あっおい待てって……依頼を受けに来たんじゃなくて受付に用があるんだが？　ったく……」

オレの制止に耳を貸さずリトラは掲示板前の人だかりを分け入って、仕事依頼の張り紙をざっと見回してから戻ってきた。

投げたボールを取ってきた仔犬のようなキラキラとした顔でオレに報告する。

「やっぱり傭兵募集が多いですね。ソル王国の軍務省からの依頼みたいです。現在交戦中の東のオタヴァ連邦の募集もありました」

ギルドはあくまで中立という立場だ。なので敵対する両陣営の依頼が同じ町の掲示板に並ぶことも珍しくない。

「仕事を受ける気もないオマエがギルドの依頼を確認する意味はあんのか？」

「募兵の感じで次の合戦までの期間を読むんです。報酬がアップしている場合は、決まって何か大きな動きの前触れなので。他の戦乙女に先んじて情報を得られるんです」

「ちょっとオマエのことを尊敬したぞ」

「いやーそれほどでもありますけど。これが仕事の出来る戦乙女ってやつですから」

「けど、せっかくの情報活《い》かせてなくね？　到着するのいつも最後なんだろ？」

少女の顔が耳まで真っ赤になった。

「むきょおおおおおお！　本当のことって傷つくんですよ？　やむを得ず苦言を呈《てい》する際には必ずオブラートに包んでください。もっと優しく指摘して褒めて延ばす方向性でお願いします！」

「はいはいすごいすごい。リトラは情報強者だなー憧《あこが》れちゃうなー」

「で、ですよねー。私って情報つよつよ戦乙女ですから」

呆《あき》れるオレに彼女は涙混じりで胸を張る。強がりさんめ。多少の揺れはあるものの、冥界の女王とは比べるべくもない。谷間が「I」か「Y」かはやはり越えられぬ壁だ。壁といえば主神の絶壁が思い浮かんだ。あちらは「虚無《きょむ》」である。

「あれ？　なにぼーっとしてるんですかネクロさん？」

「いや、全然ぼーっとなんてしとらんぞ。それで今回の掲示板は読み解けたか？」

「戦争についてはしばらく大きな動きはなさそうです。野営地の撤収準備のお手伝いなんてのもありますし」

「撤収だと？」

「王国は東方戦線の規模を縮小するみたいですね。オタヴァ連邦も立て直しのための人員募集がかかってました。しばらく両軍の激突はなさそうです」

つまりこの界隈《かいわい》で新たなエインへリアルが生まれる可能性は、皆無《かいむ》というわけだ。少女はこう結論づけた。

「争いが無いのは良いことです！」

「エインへリアルは生まれないけどな」

「あ、あうぅ……その可能性、気づきませんでした……私のばかばかばかばか！」

軽く握った拳で自分の頭をぽかぽかとし始める。平和であって欲しいと願えども、人が多く死なねば役目を果たせない矛盾をリトラは抱えていた。気の毒だ。

「ええとだな……他に気づいたことはあるか？」

「不可解な事件や依頼は不死者案件かもしれないので要チェックなんですけど、特にこれといって見つかりませんでした」

ピシッと敬礼する戦乙女にオレは首を傾げた。

「普通の依頼と不死者案件に見分け方なんてあるのか？」

「ん～～無いです！　直感です！　あっ……これなんか怪しいかも？　っていうのを探すんですよ」

「いやー参考になるなぁ」

「あ！　その顔は呆れていますね？　直感だってバカにならないんですよ」

「オレと遭遇した時に不死者丸出しだったのに、気づくまでずいぶん時間がかかった御仁《ごじん》が何をのたまいやがる？」

少女は背を丸めると耳まで赤くなった。

「うううう！　あれは人間を……ネクロさんを潰しちゃったと思って気が動転してたんです。あのままお尻で敷き殺してれば、不死者を倒して私の立身出世はリスタートしてましたけどぉ」

「そいつは残念だったな。なんなら今から表で決着つけるか？」

「じょじょよじょ冗談ですってば。もうぅ……なんでこんなに意地悪なんですか？　照れ隠しですかツンデレですか？　いい人ならいい人でいいじゃないですか」

終盤の語彙力《ごいりょく》どこいったよ。

「情報収集はこれくらいでいいだろ？　受付行くぞ」

「はーい！　お金を下ろすんですよね？　実はイエータのギルド酒場には裏メニューにアイスクリームがあるんです。イチゴがオススメですから」

「オススメされても奢《おご》らんからな」

ギルドの総合受付も人だかりが山のようだ。待機列に二人して並ぶ。と、リトラがオレの顔を見上げた。

「ところでネクロさんはどうして冒険者になったんですか?」

「独りで生きていくには何かと都合が良かったんだ」

「ネクロさんってぼっちなんですね。たまには故郷とか実家に顔を出した方がいいですよ?」

コイツには故郷や姉貴の事は話をしていなかった。

「そうだな。死んじまったらできるものもできなくなるんだし」

「一度死んでる人間が言うと説得力がありますね!」

根掘り葉掘りされそうだ。この話題は軽く流そう。

「まあギルドのおかげでオレみたいな流れ者は助かってるよ。新しい土地に行ってもすぐ仕事にありつけるしな」

「ギルドで使われてるタグもオーディン様が人間に与えた技術なんですよ? すごいですよね!」

戦乙女は自分の功績でもないのに胸を張ってドヤ顔だ。

ほどなくしてオレたちの順番が回ってくる。カウンターで応対する眼鏡におさげのそばかす顔な受付嬢には見覚えがあった。

「こんにちは冒険者さん。本日はどのようなご用件ですか?」

さすがに若返った上に髪も目の色も変わっていたら気づきもしないか。

「金を下ろしたいんだ」

「お手続きでしたらまずはギルドタグの提示をお願いします。タグをこちらの読み取り版に置いてください」

カウンターにはタグ読み取り用の小さな石版が設置されていた。

さてと紐を通して首にかけてあるタグを……って、あれ？

ギルドタグが無い。首にかかっているのはただの飾り紐だけだ。

復活ってのは元の身体に戻ったわけじゃなかったのか。

いや、そうだよな。元の肉体なら復活地点が野営地になるはずだ。

となると、オレの元の身体は現場で弔われたあとかもしれん。

「な、なあオレの遺品は届いてないか⁉」

受付嬢は首を傾げた。

「ご自身の遺品受け取りという問い合わせは初めてですけど……ええと、その……大変お元気そうに見受けられますが……」

しまった。死んだ自分の持ち物を取りに来るなんて変人もいいところだ
「いやその今のは冗談です。はい」

らしくもなく丁寧な口ぶりになってしまった。なお隣に立つ冒険者に偽装した戦乙女は、あたふたするオレを執拗に肘でコツコツつついてくる。ええいうっとうしい。

ギルドタグ無しでどうやってオレがオレだと証明するんだ？　受付嬢がオレに訊く。

「お名前を伺ってもよろしいですか？」

「ね、ネクロだ」

「ネクロ……さんですか？　珍しいお名前ですね。当ギルドにはお一人しか登録していないと存じますが……」

リトラを肘で突き返しつつ、カウンターに身を乗り出して受付嬢に迫った。

「そのネクロなんだよ！　治癒術士として東方戦線に傭兵として派遣されたネクロだ！　勤務日数は正確には覚えてないが当初の契約が百日間。そのあとずるずると延長状態になってる！」

「本当にあのネクロさんなんですか？　髪と目の色が違いますし、ネクロさんはその……もっとお年を召されていたはずですが」

リトラが耳元で「あのってなんですか？　町で噂のあのネクロさん？」と囁いてきた。余罪とは言わないが、妙な噂を立てられる心当たりが複数あってどれとは特定しかねる。

咳払いを挟んでオレは告げる。

「実は若返りの魔法薬を調合して自分に試した結果、副作用でこうなったんだ」

「ええと……まずはギルドタグをご提示ください。タグには固有の魔力波形を記録してありますから、そちらで照合いたします」

門番の時とは同じようにいかないか。受付嬢が不審そうにオレの顔をのぞき込む。レンズの向こうの目は据わっていた。

「もしかしてギルドタグをどうかなされたんですか？」

「タグはあーつえーっとそのだな……なくしちまったんだ」

直前でギルドタグがないことに気づくなんてオレも焼きが回ったもんだ。

照れ隠しに手を後ろに回して頭を掻《か》く。受付嬢のじっとりとした視線が痛い。が、フッと彼女の表情が軽くなった。

「もしかして、本当にネクロさん？」

「お、おう。最初からそうだと言ってはきたんだが……なんで急に疑いが晴れたんだ？」

隣でリトラがオレと受付嬢の顔を交互に見比べる。「愛の力ですかね？」とか訳のわからないことを呟くな戦乙女。

受付嬢は指をL字にすると眼鏡の外フレームをクイッと押し上げた。

「確認のため、依頼の経緯をうかがえますでしょうか？」

「ギルド長から直々に頼まれた」

少し間を置いてから受付嬢を天井を仰ぎ見て、ほっと息を吐くとオレに告げた。

「おかえりなさいネクロさん」

「本当に信じて……くれるのか？」

信用の証たるギルドタグを無くして、なにも証明していないのにいったいどうして？　そんな気持ちでいると受付嬢はゆっくりと口を開いた。

「年齢や外見を本物に寄せようとしない偽物なんて、逆におかしいですよね。それにギルドタグで全部見抜けるので、最近は『自分はあの有名な冒険者の〇〇だー！』なんていう輩は来ないんです」

「けどオレは今、ギルドタグを持っていないわけだし……」

「正直すぎるところは却《かえ》って怪しいくらいですね。一流の詐欺師は嘘に真実を混ぜ込むと言いますし」

胸の中で二つの感情がない交ぜになった。拍子抜けしたのが半分。ほっとしたのが半分だ。隣でリトラが「良かったじゃないですか。これもオーディン様の技術のおかげですね」と嬉しそうに囁いた。

受付嬢は目を細めて続ける。

「ええと、ギルドタグを紛失した場合、再発行は可能ですがそうなりますと……」

「おお！　出来るなら頼む……って、何か問題があるのか？」

「これまでの貢献値や預けていたお金に報酬などすべてリセットされてしまいますが、よろしいですか？」

「マジかよ」

「ま、マジです」

彼女はさらに続けた。ギルドタグは登録時に登録者の魔力波形とは別に、一つ一つに微妙に違う魔力波形を組み込むため、原則複製不能なのだという。

隣でリトラがオレに耳打ちした。

「オーディン様の魔術で作られた暗号化魔導器をヘル様が完全コピーするのは難しかったのかもしれませんね」

ギルドタグくらい複製しろや！　死者の国のエロ巨人族ッ‼

受付嬢は「こればかりは規則ですから……」と、申し訳なさげだ。

死んだオレが悪い。悪いのだ。とはいえ――

「そこをなんとかどうにかならんのですか？」

「わ、私の一存ではどうすることも……今のギルド長になってからは、例外は出さないことこそ信頼につながるというモットーでして」

背後に回ったリトラがオレの耳元で「ストロベリーアイスまでですかぁ？」とねっとり囁く。

この堕戦乙女がぁッ！　振り返ってリトラの顎から下を摑み頰をぐにゅっと潰す。

「今取り込んでるんだ邪魔すんな」

タコのように口をすぼめて少女は両手をジタバタさせた。

「強制キス顔はやめてくださいよネクロさん！　これはもうセクハラとヴァルハラという、出会ってはいけない二つのハラスメントが融合したセクシャルヴァラスメントですよ！」

「ともかくオマエは少し大人しくしてろ。お願いします」

敬語でお願いしつつ彼女の頬から手を離す。しかしどうしたものか。ギルドタグを取りに野営地に戻る？　撤収準備に入ったところにオレが現れたら現場はきっと大混乱だ。

頭を抱えるオレを眼鏡の受付嬢がじっと見つめた。

「あの……大丈夫ですか？」

「あんまり大丈夫じゃないかもしれんが、これ以上迷惑はかけられんしな」

何か他の手立てがないか考えなければならない。立ち去ろうとするオレを受付嬢が呼び止めた。

「待って下さい！　一緒に考えませんか？」

オレの後にも待っている冒険者たちはたくさんいる。

「規則はいいのかよ？」

眼鏡の受付嬢はゆっくり頷いた。

「ネクロさんはこの町の恩人ですから」

ずっとオレの隣で茶々を入れていたリトラが受付カウンターに前のめりになった。

「恩人ってなんですか？　ネクロさんがなにかやっちゃいましたか？」

なんだその無自覚にやらかしてるような口ぶりは。守備隊を呼んだことはあっても呼ばれたことはないぞ。

受付嬢が少し引き気味になりつつもリトラに告げる。

「ご本人の前で言うのもはばかられるんですけど、ネクロさんの噂って本当にいろいろあるんです。確か……飛び降りた猫の足を無償で治療したんですよね？」

「足を折ったのは城塞門の守衛だが」

「あれ？　そうだったんですか？　じゃあ酒場で三百人の海賊と大乱闘して全員サメの餌《えさ》にしたっていうのは？」

「殺してねぇよ。あと人数を盛りすぎだ」

正確には三十六人を砂浜に首だけ出して埋めたのだ。町の衛兵連中が穴掘りを手伝ってくれたのも今では良い思い出だな。リトラが「他にはないんですか武勇伝？」と急かした。

「石化病の特効薬の話も有名です。安価な薬草を組み合わせて効果の高い魔法薬を作って、そのレシピをギルドにフリーで公開したことで、悪徳粗悪魔法薬業者を殲滅《せんめつ》したのもネクロさんなんです」

リトラは身もだえると「これは死んだら英霊待った無しで当然でしたね」とうっとり顔だ。頼むからあまり余計な事は喋るな。

二人の少女のキラキラとした眼差しにため息交じりで返す。

「他人を食い物にする連中は放置できないからな」

イエータにたどり着いて間もない頃、町で病気をバラまいて治療薬で儲《もう》けようとしていた連中がいた。片っ端から治癒術士に脅《おど》しをかけるなどやりたい放題だ。

物理的にぶっ飛ばしてもきりが無いため、連中の伝染病にだけ刺さる特効薬を作ってフリー素材にしてやったのだ。

ただ、その事件は明確に終わりを迎えていない。

手足となる実行犯は町の守備隊に捕縛《ほばく》されたが、連中には頭となる人間がいなかったのである。黒幕が今もこの町のどこかに潜んでいるかもしれない。

受付嬢が再び指でL字を作ると眼鏡のフレームの外側をクイッと押し上げる。

「他にもありますよ。戦場から生還した傭兵や戦士の皆さんから、すこぶる評判が良いんです。口が悪いのもツンデレ的でむしろ可愛いし、なによりネクロさんの治癒魔術は超一流だって」

「誰がツンデレだよ。その噂を流したやつを今すぐぐしばきたいんだが？」

「え、ええと喜びの声が多すぎて誰とは特定できませんが、どなたも口を揃えてこう言ってます。ネクロさんに救えない命なら諦めもつく！　とのことです」

存外、生前のオレは評判が良かったらしい。

「というか、さっきからなんなんだよ恥ずかしいだろ」

受付嬢も困り顔だ。

「そんなネクロさんだから、何かお力になりたいんですけど……大切な規則もあるので、わたしもどうしていいのかわからなくって……」

だから一緒に考える……なのか。うーんと腕を組んではみたものの、考えつくなら最初から困りはしない。

　リトラがオレの隣に戻って耳打ちした。

「こういう時は下っ端の人間ではなく上司を出せというのがセオリーじゃありませんか？　イエータの町で噂に名高い伝説の治癒術士が泣き寝入りですか？」

　戦乙女の額をデコピンで弾く。

「ギルドタグを紛失したオレに落ち度がある。やっぱり、これ以上ゴネて迷惑をかけるつもりはない」

　と言ったところで受付嬢が挙手をした。

「あ、あの！　でしたらギルド長に直接ご相談なされてはいかがですか？　特例を認めてもらうのはさすがに難しいとは思いますが、ネクロさんのことはギルド長も気にかけていらっしゃいましたし……きっと力になってくださるかと」

　え？　いいのかそれ。

　リトラが「ほらゴネてみるもんですね！　ネクロさんは時々潔《いさぎよ》すぎます！　もっと他者に甘えたり頼ったりしてもいいんですってば」と、オレに弾かれた額を押さえて訴える。

　誰かを頼る……か。姉貴が死んでからずっと、誰かに頼るだの甘えるだのなんて考えもしなかった。

ほどなくして、オレとリトラはイエータ冒険者ギルドの会館最上階にあるギルド長執務室の前に案内された。先に受付嬢だけが室内に入り、すぐに戻ってくる。

「面会ＯＫだそうです。ええと、ネクロさんの外見が変わったことについては一応、ギルド長に事前にお話しておきました」

どことなく不安気な表情だ。信じてもらえたかどうかわからないってところだな。

一礼して去ろうとする受付嬢にオレは告げる。

「いろいろとありがとうな」

「感謝したいのはわたしの方です。母が石化病に冒された時、ネクロさんの薬のおかげで命を救われましたから。だからわたしにできることはこれくらい……あっ！　まだありました！お茶をご用意しますね」

はにかむように微笑んで受付嬢はそそくさと駆けていった。

そうか。オレの作った薬がちゃんと役に立ったのか。リトラが肘でこちらをツンツン小突いた。

「やっぱりあの受付嬢……ネクロさんのことが好きなんじゃないですか？」

「そんなわけないだろ。別に気にしなくてもいいのに、律儀に母親の恩を返してくれてるだけだって」

「あれぇ？　本当にそうですかねぇ？」

にんまり笑う戦乙女の額に狙いを定めて人差し指で弾く。

「ちょ！　暴力反対！　セクシャルバイオレンス！」

「ヴァルキリーハラスメントどこいった？　いいから行くぞ」

額を押さえたまま抗議する戦乙女を引き連れて、オレはギルド長執務室の扉をノックした。

7．不死者かどうかの証拠《エビデンス》と根拠

執務室に入るのは二度目になる。

オレとリトラを部屋で待っていた髭面の屈強な男――アレクシスは四十代半ばとギルド長にしては若かった。

短く整えた髭に鳶色《とびいろ》の目と髪。二メートル近い身長と肉塊《にくかい》のようなたくましい四肢《しし》は、ゴブリン程度なら文字通り片手で一ひねりできそうだ。

生まれも育ちもイエータで漁師の家の次男坊。

少年の頃、冒険者たちの要望で内海の諸島地域に船を出したのがきっかけで冒険を知り、魅了され家を飛び出したのが二十数年前だとか。

各地を渡り海洋冒険家としての勇名をはせてイエータに凱旋《がいせん》し、当時の腐敗していたイエータ冒険者ギルドを改革。周囲の後押しもあって一昨年からギルド長になったとのことである。

ギルド長就任後も現場を重視し、時には自身が冒険者として繰り出すことさえあるという。

最近はデスクワークばかりだがトレーニングを欠かさず衰《おとろ》え知らず。

陸に上がった今でも肌は日焼けして褐色《かっしょく》だ。情に厚く涙もろい。

腐敗《ふはい》の温床《おんしょう》となりがちな特例や例外を認めずルール違反には厳正《げんせい》に対処することから、冒険者たちの信頼も高かった。

以上、イェータ冒険者ギルド一階、併設酒場《へいせつさかば》の壁際にあるギルド長を称えるモニュメントより抜粋。

そんな彼の泣き落としによって、オレは戦場間際の野営地に送り込まれたのである。

部屋は広く、奥に大きな窓と人が横になれるほどの大きさの執務机があった。

観葉植物だの高そうな壺《つぼ》やら船の碇《いかり》に羅針盤《らしんばん》。額に飾られた宝の地図にムキムキマッチョな彫像といった調度品が並ぶ。前に来た時はもっと素《そ》っ気《け》ない内装だったが、ずいぶん羽振りがよさそうだ。

壁には髭ダンディの肖像画まで飾られていた。

描かれた当人――アレクシスはオレとリトラを歓迎するように立ち上がり、がばっと両腕を広げた。背後の窓から後光を背負って謎《なぞ》の神々しさすらある。このまま抱きついてきそうな雰囲気だ。

「おおネクロ君！　事情は受付のカレン君から聞いたよ。なに心配はいらないとも。すべて私に任せてくれ」

オレの隣でリトラが囁く。

「いい人そうじゃないですかネクロさん？」

「さてな」

素っ気なく返して一歩踏み出すと、アレクシスは執務机を迂回《うかい》して近づいてきた。

オレは男を睨みつける。

「止まれ。気安く近づくんじゃねぇよ」

「ん？　あ、ああハグは困るかハグは。君はシャイな性格のようだからね」

「暑苦しいんだよオマエは」

「いや失敬。しかし君は私を嫌っているようだね。わかる。わかるよその気持ち」

「無理矢理共感せんでもいいぞ」

以前に会った時と変わらない。アレクシスは良く言えばフレンドリー。悪く言えばなれなれしかった。

男の髭面が深く頷く。

「確かに私が君を送り込んだ先は地獄だった。だが契約日数を超過してまで無理にとどまることは無かったんだ。君があの現場を見捨てたところで、ギルドは君を罰したりしなかったさ」

「見捨てる……ねぇ？」

増援も支援も交代要員も無しである。

思わず口元が緩んでしまった。見捨てられない人間ばかり激戦地に送っていたんじゃなかろうか。

オレのあからさまな敵意を意にも介さずアレクシスの言い分は続いた。

「ネクロ君はがんばりすぎた。そうさせてしまったことをどうか謝罪させて欲しい」

広げた腕を降ろすとアレクシスは頭を下げた。そのまま続ける。

「何かの手違いで死亡したことになってしまったようだが、こうして無事戻ってきてくれて嬉しく思うよ」

「で、罪滅ぼしに今度こそオレを助けてくれるのか？」

顔を上げて猩々《しょうじょう》のように右手で胸をドンと叩くと、ギルド長は太い声で笑った。

「ハッハッハもちろんだとも！　本来であれば死亡者の所持金はギルドのものになってしまうのだが、特別に君にはお金は支払おうじゃないか」

隣で小躍りしながら「ストロベリーアイス♪　甘くて酸っぱいベリーナイス♪」とさえずるリトラは放っておこう。

さて――

オレは返答せずにゆっくりと息を吐き、拳を握りしめる。

こいつの……アレクシスの反応は最初からおかしい。面会する前から矛盾している。

「なあギルド長。本物のネクロは死んでいて、オレがネクロを騙《かた》った偽物《にせもの》だったらとは考えんのか？」

「おや？　君はおかしな事を言うね。いいじゃないかそんなことは。私は君を信じているよ。君はネクロ君だ。間違いない」

「信じる信じないの問題じゃねぇよ。オレが聞きたいのはそうなった時にどうするかって話だ。責任とるのが責任者の務めだろ。まさかさっきの眼鏡の受付嬢……カレンに全責任をかぶせたりせんだろうな？」

ほんのかすかに男の眉尻がピクピクと痙攣《けいれん》した。

「な、何を言っているんだね。カレン君は優秀なスタッフだよ。彼女に累《るい》が及ぶようなことにはならないさ。本当にもし仮に、万が一にもそのような不祥事《ふしょうじ》が起こったなら私が責任を持とう。ギルド長の名誉にかけて」

リトラがオレに耳打ちした。

「あんまり相手を怒らせちゃまずいですよ。せっかくのご厚意を無駄にして私のストロベリーアイス祭りを開催休止においやるつもりですか？」

視線をアレクシスから外さずリトラに告げる。

「オマエなぁ……だんだん要求がエスカレートしてないか？」

「私にごちそうしたいと思いませんか？　女の子がアイスを食べて幸せになるのを見守るのって、男冥利《おとこみょうり》に尽きると思うんですよ」

さすが美味しいものが幸せを運ぶ論者である。その幸せが体重に比例するとは思わないのだろうか。

「これ以上ケツが重くなったらますます飛べなくなるぞ？」

潰されたオレが言うのだ。間違いない。

「むきいいいいいいい！　普通です！　いやむしろ腰回りとか細い方ですからね！」

人並み以上にデカい尻を振って少女は抗議する。

うっかり彼女の下半身に誘導された視線をギルド長に向け直した。

「そちらのお嬢さんもそう言っているのだし、契約書にサインしたまえ。内容は簡潔にしてあるぞ。なんなら今、ここで私が読み上げたっていい」

執務机の向こう側に立つとアレクシスは用意した書面の内容を朗読した。

今回は特別措置だということ。支払いはすぐに行われるということ。希望があれば移動手段も用意してくれると至れり尽くせりである。

王都方面行きの船を探す手間すらかからない。問題は、いつこの契約書が書かれたかだ。特例を認めない厳格なギルド長というわりに、ずいぶん準備がいいじゃないか。

あご髭を撫でながらアレクシスは言う。

「もちろんイエータで引き続き活動するのも構わないが、君ほどの人材なら王都ソラリスに軸《じく》足《あし》を移しても良いのではないかな？　あちらの冒険者ギルドで速やかに活動を再開できるよう、推薦状《すいせんじょう》も用意しようじゃないか？」

リトラが「口は悪いけどネクロさんの日頃の行いの良さが返ってきたってことですね♪」と笑顔になった。

「わかった。サインしよう」

「おー！　そうかね！」

一歩、二歩、三歩と執務机に近づく。ギルド長アレクシスの間合いに入るなり床を蹴りオレは跳ぶ。机の天板を駆け上がって長身のオッサンのさらに上をとると、握った拳をふざけた髭まみれな顔面に叩きつけた。

「さっきから聞いてりゃ怪しすぎるんだよテメェは！」

まさかいきなり殴られるとは思っていなかったようで、アレクシスは後方に吹き飛び窓枠に打ちつけられた。

ガシャン！　と派手にガラスが割れ砕ける。

「――ッ⁉」

トントン拍子にウキウキだったリトラが顔面蒼白《がんめんそうはく》になり悲鳴を上げた。

「なにやってるんですかネクロさんってばあああ！」

「部下がルールの範囲内で善処しようとがんばったのに、鶴の一声であっさりルールを覆《くつがえ》してんじゃねぇよ」

男はうつむいたままぐったりと動かない。リトラがあたふたとオレの前に回り込んだ。背後にアレクシスをかばいながら言う。

「ダメ元で特例を認めてもらいに来たんじゃないんですか⁉　上手くいってたのにどうし

てッ!?　ちょ、ちょっとネクロさんギルド長さんが動いてませんよ!?」

「当然だ。治癒魔術抜きで普通にぶん殴ったからな」

「相手は悪い人間じゃないんですよ!?　どうしてそんなことするんです？」

怒りよりも困惑。そんな顔だ。不死者のオレが人間を過剰に痛めつけたとなれば、戦乙女の守護者としてのスイッチが入ってもおかしくはない。が、たとえそうなろうとも――

「こいつはオレにぶん殴られて当然の男なんだ」

「も、もういいです！　ともかく手当しないとッ！」

動かないアレクシスの元に戦乙女が駆け寄った。

「待てリトラ！　戻れッ!!」

振り返って少女はキッと睨むとオレに向かって吠える。

「だったら早く得意の治癒魔術で治してあげてくださいよ！　こんなことするなんておかしいです。ネクロさんらしくありません！」

今日出会ったばかりなのに、ずいぶんとオレを信頼してるな。その素直さが美徳であり、同時にリトラという戦乙女の危うさだった。弱点と言ってもいい。

「よく見ろよ……あれだけ派手にガラスに後頭部から突っ込んだのに血の一滴も出てないだろ。だから、ともかくそこから離れろリトラッ！」

「……はへ？」

少女が間抜けな声を上げた途端――

「気絶したフリも楽じゃないねぇ」

ギルド長は素早く起き上がるとリトラを背後から抱きしめた。

「え？　ちょ……いきなり大胆すぎます」

頬を赤らめるな頭お花畑な戦乙女がよぉッ！　忠告したのにあっさり捕まりやがって。人質を取った途端、アレクシスの口元が醜《みにく》く歪んだ。

「なあネクロ君。交渉の席で殴りかかるのは穏やかじゃないなぁ。で、いつ気づいたんだい？」

「出合った瞬間から怪しかったからな」

「ほほう。お人好しの君にしては珍しいね。一つ後学までに教えてくれないかな。私の何がいけなかったのかね？」

アレクシスはリトラを拘束《こうそく》したままこちらを見据える。彼女を人質にとってオレの身動きを封じたつもりでいるんだろう。余裕たっぷりな口ぶりだ。

「テメエに後なんてもんは無いから安心しろ」

「こいつは手厳しい。しかし威勢が良すぎるのもどうだろう。君の大切なものは今、私の手中にあるんだよ？」

アレクシスの手のツメが半月状の鋭いものに変化した。

ますますリトラの顔が赤くなる。

「そそそそんな！　ネクロさんの大切なものだなんて。わ、私とネクロさんはまだお付き合いも正式にしているわけではありませんし、仕事上のパートナー的なものであり、私がネクロさんを監督する立場でもあって……」

「オマエは少し黙ってろ鳥頭《とりあたま》。あとあっさり人質にとられたのを後日しっかりと反省するように」

「うぐぐぐぅ」

なにがうぐぐだ素直すぎてダメになる戦乙女め。

アレクシスがグッと力を込めてリトラの首を前腕で締め上げた。少女の息が詰まる。

「――ッ!?」

「お喋りはそれくらいにしてもらおうかなお嬢さん。さて、もう一度質問だ。どうして私が怪しいと思ったんだい？　不死者のネクロ君？」

この一言で答え合わせ完了した。オレはアレクシスの顔を指さし告げる。

「生前のオレを覚えていた人間は、オレが若返ったことと髪の色や目の色を気にかけた」

「カレン君のことかね？」

受付嬢はカレンというのか。この名前は心に刻みつけておかねばなるまい。彼女がいなければ、オレたちは不死者の元に導かれなかったのだから。

「彼女だけじゃないさ。だが……オマエは気にする素振りを一切《いっさい》見せなかった。わざとなんだろ？」

男の眉尻がピクンと上がる。

「私はね、君が若返りの魔法薬を使った副作用で、髪の色と目の色が変わったのだとカレン君から事前に聞かされているんだよ。そこで判断を下すのは少々勇み足ではなかったかね？」

アレクシスの理屈は通っているようにも見えるが、変貌した相手の容姿にまったく触れないというのは逆に不自然極まりない。

「勇み足はそっちだったな。オレの外観の特徴をカレンから聞いたからこそ、不死者のオマエはすぐに理解した。死んだネクロが自分と同じ不死者になって戻ってきた……ってな」

男の喉仏がゴクリとつばを呑む。

「なぜそう思うんだい？」

口調こそ柔らかな物腰だが声色はかすかに緊張していた。

「もしオレがオマエだったらこう考える。自分の正体はまだバレていない。一方、不死者の姿丸出しで正体も隠さず動き回るヤツは近くにいるだけで厄介《やっかい》だ。トラブルを起こす前に自分のテリトリーからとっとと出て行ってもらいたい……ってな」

「ほほう。なるほどなるほど」

図星らしく男の口ぶりからますます余裕がなくなった。

「日頃から厄介な来訪者を穏便《おんびん》に追放するために契約書も事前に何パターンか用意してたんだ

ろ？　特別待遇が腑《ふ》に落ちるっていう寸法さ」

アレクシスはゆっくりと頷いた。

「ふむふむ。君に限って言えば厚遇は逆効果だったというわけか」

「ああそうだ怪しすぎるんだよ。例外を認めぬ厳しいルールで信頼を得ると言いながら、ギルドタグ紛失についての特例をギルド長の権限で出すなんてありえんだろ」

「名推理だねネクロ君。治癒術士を辞めて劇作家にでもなればいいんじゃないかな？」

「うるせぇよ。話をそらすな。なあアレクシス……テメェが掲げた公平さってのは表向きだったんだろ？」

髭面がクックックと肩を上下に揺らして笑う。

「ご明察だ。演出だよ。公平感があればこそ、裏取引でこっそり君だけは特別だよと囁いた時の威力たるや絶大だからねぇ」

これが不死者のやり方か。人間の社会に溶け込み他者を利用し踏みにじる。他の誰にも気づかれず悪徳を重ね戦乙女の目すら欺《あざむ》いてやりたい放題かよ。自然と握った拳が熱を帯びる。

「舐めた真似しやがって」

「次からはネクロ君のような常識外れがやってきた時に、きちんと門前払いの塩対応をするよう心がけるよ」

アレクシスの瞳孔《どうこう》が猫科の動物のように縦長に変化する。その色が赤く染まった。不死者の象徴たる赤い瞳に魔力の光を灯《とも》してアレクシスはオレに訊く。

「しかし、もし私がただの人間だったらどうするつもりだったんだい？」

言いながら髪や髭から色が抜け落ちていく。さらに耳が大きくなり獣毛に覆われ、長い尻尾が男の背後で鞭《むち》のようにしなった。半分獣だ。ついに正体を現したなクソ野郎。

「オマエが何者だろうと、どのみちオレは一発殴るつもりでいたさ。もし人間だったら治癒してやったよ」

長い舌をベロリと出してアレクシスは目を細めた。その顔は人と銀毛の虎《とら》の中間といったところか。

「なるほどなぁ。だが君のパンチには手加減なんて無かったよ？　人間に触れる時はこうして優しくしてあげなくちゃ簡単に死んでしまうんだ。気をつけないといけないねぇ」

アレクシスの腕が少女の腹を撫でるようにまさぐった。爪を立てずに手のひらの肉球でやんわりと揉《も》むようにする。苦しげに眉間《みけん》にしわを寄せてリトラが声を漏らした。

「ひゃあッ!?　な、なにするんですか変態ッ!!　って、猫人間んんんッ!?」

振り返ってギルド長の変貌した姿にやっと気づくとは判断遅すぎやしないかね。

「そいつも不死者だぞ」

「不死者っていうか不審者ですよ！」

男はじっとリトラの目をのぞき込むように見つめた。

「不審者とは失礼な。猫は可愛くてみんな好きだろう？　私は愛されるべき存在なのさ」

「猫獣人は可愛いですけど貴方はなんか違います！」

「失礼な。さて、お嬢ちゃんには協力してもらうよ。ネクロ君を殺してくれたまえ。頼むよどうかこの通りだ」

瞬間――

「え、えっと……どうしてもやらなきゃだめですか？」

戦乙女の瞳から輝きが消えてうつろな表情になった。

「ああ君にしか頼めないことなんだ。君と見込んでどうかお願いできないかな」

「そこまで言われたらやぶさかでもありません。というわけでネクロさん覚悟《かくご》してくださいね」

ギルド長が拘束を解く。解放されるなりリトラは腰の鞘から曲刀を抜き払った。なんだかヤバげな雰囲気だ。

「おいおいおい！　いきなり裏切るんじゃねぇよ！」

「私は元々不死者と敵対する存在なので、自分の気持ちに素直になっただけです」

リトラは曲刀の切っ先をオレに向けた。

「今までの５：５から７：３くらいでネクロさんを倒したいって思えてきました」

普段から五割はオレを倒す気でいたことに驚くんだが。

しかしリトラが残念系戦乙女でも、ただお願いされたくらいで心変わりするなんて……いや、心当たりがあるぞ。

オレが前線一歩手前の野営地に送り込まれることになったのも、このギルド長に泣き落とされたからだ。

「リトラになにしやがった?」

アレクシスがニヤリと嗤《わら》う。

「相手の目を見て誠意と魔力を込めてお願いしただけだよ。まあ、普段は軽めの暗示でいいんだが、この姿に戻った私のお願いともなると、いささか効き過ぎてしまってね」

愛らしさが欠片も無いのに猫獣人みたいな力を使いやがって。

「他人の善意を利用するクズみたいな能力だな」

魔力のこもった視線で相手の精神に影響を与える、いわゆる魔眼というやつだ。獣化して戦闘力を上げるよりも、この手の搦《から》め手《て》の方が万倍やっかいだった。

「効果はてきめんだけどね。ところで君も不死者なら身体変化や固有の能力を持ってるんじゃないかい? できればでいいんだ。どんな力か教えてもらえないかな?」

「知らんぞそんなもん」

アレクシスの眉がピクンと反応した。

「そんなはずはないんだがねぇ。まさかとは思ったが本当に知らないようだ」

ギルド長は手首を軽く折り曲げて猫のように顔を洗ってから、オレを見据えて続ける。

「君がイエータに来てからというもの、ずいぶんと働いてくれたおかげで実は困っていたんだ。子飼いの海賊や野盗に冒険者の動きをリークしても、君は神出鬼没《しんしゅつきぼつ》で依頼外で彼らを撃退してしまうし。昨年から仕込んでいた石化病の治療薬で一儲けする予定も狂ってしまったよ」

あの事件の黒幕までコイツだったとは。

誰も気づけないのはギルド長という社会的信用と洗脳能力のたまものだ。

ああ、騙されるなんて生前のオレのバカ。お人好し。だけど天才治癒術士。さすがは町で「あの」とつけられるだけはある。どうやら未然に陰謀《いんぼう》を潰していたようだ。

「だからオレを東方前線の野営地に送ったってわけか」

「中々死んでくれずにやきもきしていたんだよ。ああ、君さえ戻ってこなければ、君の稼ぎも勲功もすべて私のものだったのに……おっと、そうだった。ここで君はもう一度死ぬのだから結果は変わらないか」

こんなクズにかける情けも容赦《ようしゃ》もない。

「そうやって何人の命を金に換えてきたんだ？」

「私はくだらない人間の命に黄金の価値を与えてやったのさ。慈善事業のようなものだよ」

アレクシスの尻尾がビタンと床を叩く。

「自分の利益のために他人を犠牲にしやがって」

「自己利益の追求は当然じゃないか？　弱い人間や食い物にされる人間が悪いのさ。この世は一握りの強者を救うために無数の弱者が存在しているのだからね。そして……不死者は選ばれし者だ。キミだってそうだろう？」

「一緒にすんじゃやねぇよ」

肉食獣が深紅《しんく》の瞳をうっとりと細める。

「ハッハッハ強がるなよ。金は素晴らしいぞネクロ君。少し額をはずめば敵だった人間でさえコロッと転がる。あの方に献金を積めば積むほど私の地位もますます盤石《ばんじゃく》のものになる。私は死んでいった連中の命を決して無駄にはしないよ。これからも戦乱は続く。戦いがある限り前途有望な若者たちを死地へと送り込んで、たんまりと儲けさせてもらうのさ。おかげで階位もずっと上がりっぱなしでね。もうすぐ二百番台だ。ここまで苦労したよ」

話が長ぇんだよバーカ。

どうして悪党というやつは、訊いてもいないのに自分の悪事をこうもべらべらと並べ立てるのだろう。

オレが適当に聞き流していると男は胸元をはだけさせた。獅子《しし》のたてがみのような獣毛に覆われた左胸筋に３０９という数字が刻印のように浮かび上がる。

ひとしきり語りきり自尊心が満ち足りたようで、不死者の男はリトラに向き直った。

「では、お願いするよお嬢さん。愛する人の手で葬られるか愛する人を葬るか、君たち二人で決めてくれたまえ」

少女の曲刀を握る手に力がこもる。イエータに着く前に野盗どもを峰打ちで倒した彼女の剣技は本物だ。

「ラブオアダイですね！　了解チェストぉ！」

光の消えたおぼろげな瞳とは裏腹に、リトラの踏み込みは速い。少女の肩が浮き上がるように動いたと思った刹那《せつな》、疾風《しっぷう》のような斬撃《ざんげき》が空を斬り鼻先をかすめた。とっさに下がってギリギリかわしたものの、操られていることで迷いが無いだけ、その剣が届くまでが速い。

無意識下だからか殺気も感じられず、危うく見切りが間に合わなくなるところだ。

「避けないでくださいあたらないじゃないですか」

「正気に戻れ鳥頭」

「出合った時、私に殺される覚悟で説得してくれたじゃないですか！　あれ嘘だったんですか？　死ぬほど好きってことですよね？」

この恋愛脳を覚まさせるには冷水でもぶっかけてやる必要があるな。

「オレはオマエのこと、そこまで好きじゃないぞ」

「ああああああ！　大失恋斬り！」

首筋を一閃《いっせん》する軌道をかがんで避ける。

「うおっ！　危なッ！」

頭頂部の毛を危うくもっていかれかけた。拒絶は逆効果だ。

単独で大恋愛からの刃傷沙汰《にんじょうざた》を完結すんじゃねぇよ！　メンヘラ戦乙女がッ！

「ネクロさんを倒して私も消えましょう！　ムキイイイイイ！」

世界を破滅させる巨悪の台詞だぞそれ。一戦乙女が言っていいやつじゃない。

リトラは半狂乱で叫びながらブンブンと剣を振るう。風圧を纏《まと》った一撃を身を翻《ひるがえ》して避けると、部屋に飾られていた高そうな壺がスパッと横一文字《よこいちもんじ》に切断された。陶器を割ることなく斬るとかでたらめな切れ味だ。

「あああっッ！　三百万の壺がッ！」

アレクシスが獣耳を伏せて両手で顔を挟みながら悲鳴を上げた。厳《いか》つい白虎男《びゃっこおとこ》にしては情けない顔だ。

リトラはとまらない。彫像もスパッ！　額縁入りの宝の地図もスパッ！　壁の肖像画もスパッ！　六分儀もコンパスもスパスパと切り裂いて、最後に鉄塊《てっかい》のような船の碇も真っ二つである。

「こ、こらこらお嬢さん。剣は振り回さず突きにしなさい！　ああ、私は彼のハートを射貫く一撃が見たいなあ。きっと君なら素晴らしい技を披露してくれると思うんだがね？」

涙目&震え声のアレクシスが再びリトラに暗示をかける。

「わかりました。片手平突きをお見舞いしましょう！　ところで確認なんですけど心臓って胸のどっち側ですか？　右ですか左ですか？」

「左だよお嬢さん」

これにはアレクシスも苦笑いだ。

「胸の左を狙えばいいんですねッ!!」

ああもうバカバカ乗せられ上手のリトラさん。念入りに確認までしやがって。

だいたい戦乙女の彼女が心臓の位置を知らないはずが……さすがにそこまでアホの子じゃないよな？

少女のうつろな眼差しがオレの胸元に集中した。

まずいな。大ぶりな斬る動作に比べ、突きは見切りが難しく避けられるか未知数だ。

隙を突いて腹パンもしくは首筋トンでもして行動不能にしちまうか。

それはそれとして——

操るので手一杯なのか、アレクシスが攻撃に加わらないのも気になるところである。

「おいリトラ。オマエは不死者なんかに操られて悔しくないのか？」

「不死者は倒します。それが私の使命ですから」

浮ついた空気が消え去り、少女の瞳が真っ直ぐにオレに訴えかける。操られてはいても根底にあるものに突き動かされるのは、人間も不死者も戦乙女も変わらないらしい。

嵐の前の静けさがオレとリトラの間に生まれた。来る……本気の一撃が。

フッ……とリトラの身体が力をため込むように一瞬沈み込む。

「チェストおおお！」

次の瞬間――

オレの胸に白刃が吸い込まれ背中を貫いた。反応すらできなかった。

本当に強いじゃないか。おやつ係なんかにしておくのはもったいない。

口から血を吐き、傷口からも赤いものがドクドクとしたたり落ちる。

「ハーッハッハッハ！　いやぁ素晴らしい！　心臓を一撃だ！　愛する者の手にかかって死ぬ気分はどうだいネクロ君？」

白虎男がパチンと指を鳴らした。

勝ち誇るアレクシスとは対照的に、暗示が解けたリトラの顔が青くなる。力なく曲刀の柄を手放すと少女はオレの前に膝を屈した。

「そんな……どうして私……こんなこと」

「アレクシスの術にかかってたみたいだな」

「ううっ……あうっ……ネクロさん……」

泣き出す彼女にオレはニイッと口元を緩ませる。

「不死者を倒したんだ。おやつ係は免除だぞ。まあオマエの事だから、またどんな失敗をやらかすか心配だけど」

そっと頭を撫でる。少女はポロポロと涙をこぼしながら叫んだ。

「私の心配なんてしてる場合ですか!?　ネクロさんの心臓を……私……どうして……」

やったことは理解できても、どうしてやってしまったのかわからない。そんな顔だ。

かくあるべしという戦乙女の使命がアレクシスの能力で増幅されたんだろう。

「オマエのせいじゃないさ。やらせたのは『使命』ってやつだ」

「でもッ！」

「それになリトラ……偶然かもしれんがオマエにしては上出来だ」

オレはまだ死なないでいる。

突き刺さった曲刀の柄に自ら手を伸ばすと握り、右胸から一気に引き抜いた。

鮮血が噴水のように飛沫《しぶき》を上げる。アレクシスが首を傾げた。

「自分から剣を抜くとは君はバカなのかね？　栓《せん》をしている物を取り去ったら血が一気に流れ出るなんて見え見えじゃないか」

聞き流して左腕で曲刀をビシッと振るう。

血糊《ちのり》を刀身から払うとアレクシスの表情が凍りついた。

「それにしてもずいぶんとピンピンしているようだねネクロ君？　というかなぜ立っていられるッ!?　不死者の肉体は損傷した脳すらも再生できるが、心臓だけは例外だというのに」

恐らく心臓への直撃であれば、最大級の治癒魔術をもってしても助かりはしなかった。

「よく思い出してみろよアレクシス。オマエはリトラに心臓は左だと教えたよな」

男を睨みつけながら左手の剣を右手に持ち替える。

「当たり前じゃないか……って、ま、まさかッ!?」

「戻り戻せあるべき姿に流れた血は再び湧き上がり永遠なる鼓動の歌を紡げ」

普段は頭の中で奏でる治癒魔術を口ずさむ。いかに心臓をそれていたとしても、生前の肉体じゃ致命傷だ。

頑強な不死者の肉体が持つ回復力に治癒魔術を上乗せする。魔法薬に頼らずとも大治癒の魔術が使えてしまうことに、変な笑いが出そうになる。

右胸の傷は完全に塞がった。

きょとんとした顔でリトラがオレに問う。

「あ、あの……私はなにをしちゃったんですか?」

「ちゃんと胸の左を貫いただけだぞ。ただし、オマエから見て向かって左だけどな」

「うわあああんん!　私ってばおバカさんで良かったですううう!　いや良く無いですよもー!」

泣き笑いしながら少女は怒りだした。

「泣くか笑うか怒るかどれかにしろ。顔が涙と鼻水でぐちゃぐちゃでひどいことになってるぞ」

「全部私のせいですけど誰のために泣いたと思ってるんですかバカー!」

「そうだな。悪かった。バカはオレだよリトラは悪くない」

「いきなり優しくなるのやめてください」

涙に濡れた瞳がキッとオレを睨む。おお怖い怖い。

「さて……今度はこっちの番だな」

まともに振ったことは無いが、不死者化したことで膂力《りょりょく》も上がっている。力を込めればリトラの曲刀の柄が吸いつくように手になじんだ。

借りてきた猫よろしくシュンと大人しくなったアレクシスに向き直る。

「オレを騙してくれたお礼をたっぷりしてさしあげておみまいするぞこの野郎」

「い、いやいや遠慮しておくよ。それより取引をしないかい？　実はイェータにいる不死者は私だけではないのだよ。そいつらの情報を教えるから、ここは一つ穏便に……」

視線を外す。気づいてしまえばアレクシスの暗示は怖くない。魔眼は存在を知らない相手には有効だが、認識できれば抵抗可能なものだ。

「オッサンさては弱いんだろ。獣化も見た目だけのこけおどしだ。人を操って利用ばっかしてきたからタイマン張れないんだな」

アレクシスの表情が苦しげに歪む。

「それは誤解だよネクロ君。た、たた戦えば強いよぉ私は。それに本当にいいのかね？　私を殺したりしたらイェータの冒険者ギルドはどうなると思う？　面会の記録は残っているのだし、最後の訪問者となった君たちは善良なギルド長殺害犯としてお尋《たず》ね者《もの》だよ？」

オレはゆったりとした足取りでアレクシスとの間合いを詰めると、撫でるように曲刀を下から上に振り抜いた。

スパンと獣毛に覆われた丸太のような左腕が飛ぶ。

「――ッ!?」

声にならない悲鳴を上げて恐怖で顔をこわばらせるアレクシスに告げた。

「良い切れ味だ」

アレクシスは下がりながら傷口をかばうように右手を添えた。

手で押さえるうちに出血が止まり始めている。これが不死者か。放っておけば再生するかもしれない。

呼吸を荒げ白虎男は耳を伏せると情けない声を上げた。

「あ、あ、あんまりじゃないか。いきなり腕一本もっていくなんて。話だけでも聞いてみないかね？　今までのことは謝罪する。償《つぐな》わせてほしい。知っている情報はすべて話す。全面的に協力しよう！　もうギルド長の立場を利用して悪事は働かない！　いや、むしろ君らのサポートをさせてはくれまいか？　イエータ冒険者ギルドの総力をあげてね！」

猫みたいな顔してキャンキャン鳴くな。話が長いんだよ。

人を騙し命を踏みにじって財貨を集めた男。危機に陥《おちい》ってなお、相手を利用することに躍起《やっき》になる不死者。オレがここで許すとでも思ったか。

哀れを通り越して滑稽《こっけい》だ。白虎男は吠え続ける。

「だからどうか私を信じてくれッ!!」

「ああ信じるぜ」

「ありがとうネクロ君！」

男が笑顔を作った瞬間――

オレは曲刀を横一文字になぎ払った。

アレクシスの首がゴトリと床に落ちる。獣人の身体は首から血を噴いて後ろにバタンと倒れた。

「オマエは根っからの悪人だ……ってな」

「なん……で……信じて……くれないの……かね」

力を失い獣化が解ける。が、そこにあったのは元のアレクシスの顔ではなかった。誰このオッサンである。

「信じてもらえると思える方がどうかしてんだろ」

落ち込んでいたリトラが目を丸くしてオレの顔を指さした。

「ネクロさんの不死者殺し！　鬼！　悪魔！　ヤッターカッコイイ！　最強主人公か何かですか!?」

興奮気味に少女はまくし立てる。おや？　結構グロかった割りに、あんまりショックを受けてなさそうだ。

「なあリトラよ。オレは我ながらひどい事をしたと思うんだが、それを見て引いたりせんのか？」

曲刀を戦乙女に返却すると、受け取りながら少女はボソリと告げる。

「今更自分の好感度を気にするなんて小物っぷりがネクロさんらしいですね」

さっきオレを手にかけそうになって泣きべそかいていたやつが、手のひら返してプークスクス笑いやめろ。

「オレをなんだと思ってるんだよ。まあ、オマエがショックを受けてないならいいんだが」

少女は得物を鞘に収めつつ笑顔で返した。

「伊達《だて》に戦場を回ってませんから心配ご無用です。それに今回は不死者が相手でしたし、私のポンコツっぷりでご迷惑をおかけしましたから」

右と左を取り違えたポンコツっぷりも含めれば収支はトントン……でもないか。

「あの、本当に大丈夫……ですか？」

オレの胸にそっと手を当てて少女は神妙な面持ちだ。

「治癒魔術の専門家を舐めるなよ。いいかリトラ。今後は不死者の魔眼系能力にも注意が必要だぞ」

「は、はい！　以後気をつけます！」

少女はビシッと敬礼した。きちんとした指導はヴァルハラには当たらないようだ。元気な返事で大変よろしい。

「さてと……」

これで終わり――

で、済むわけがない。不死者は心臓を潰さねば完全には滅することができないのだ。

カッと目を見開いたまま床を転がるアレクシス（？）の生首を右手で掴み、持ち上げて治癒魔術を施す。

「巡れ巡れ命の息吹《いぶき》よ。鼓動無き魂が骸《むくろ》に還らぬように」

オレが魔力を込めると男はハッと息を吹き返した。

「な、な、なんだこれはッ!?」

「この町にいる他の不死者について洗いざらい話したら楽にしてやる。これは交渉や取引じゃない。命令だ」

生首に倒れたまま動かない自身の胴体を見せる。

「こんなことをしてただで済むと思っているのかね？　私はギルド長だ！　今すぐ元に戻し……」

掴んだ右手から治癒魔術を送り込みながら左の拳でぶん殴る。

「待った待った！　わかった話す！　たしか他の不死者についてだったな？」

「ああそうだ」

男はニイッと笑う。

「実はもうとっくにイエータの昔に同業者は潰したあとなのだよ。近隣に不死者らしい情報があれば優先的に冒険者を投入したからね」

オレはリトラに確認した。

「どう思う？」

「ええと、イエータ周辺の不死者情報に関しては私も上司から聞いてます。不思議とイエータでは定期的に不死者がボロを出すみたいです。他より検挙率は高いんですよ」

となると、このアレクシスもどきさえ倒せばイエータの町から不死者はそっくりいなくなるというわけか。

生首が目配《めくば》せしてくる。

「ネクロ君も最初にヘルに言われたんじゃないかな？　戦乙女に気をつけるようにって。で、優秀な私は考えたんだよ。信頼あるギルド長に成り代わろうとね。海難事故を装ってアレクシスを海の底に沈め、生還した私は顔を変え完璧《かんぺき》に彼になりすましたんだ。どうだい？　賢いだろう？」

バカの話は長ったるいな。途中であくびが出た。

「つたく完璧が聞いて呆れるぜ。オレとリトラに潰されたじゃねぇか」

「それはキミが強すぎたからさ。他の不死者と直接戦う必要もなく、階位が上がり続けるシステムに興味はないかいネクロ君？　共同経営をしないかね？　ノウハウを知りたいだろう？

私を殺してしまうのは早計じゃないかな？」

首だけになってもこれだから口だけになっても喋り続けそうだ。想像したら怖かった。

「なあ、さっき勝ち誇っていた時にこぼしてた『あの方』ってのは誰だ？」

「そ、それは……」

饒舌すぎる首だけ不死者が口ごもる。男の額をわしづかみにしてキリキリ締め上げた。

「言えよ？」

「で、で、できないッ⁉ それだけはッ！」

「なら言い当ててやる。どうせハデル王だろ？」

「――ッ⁉」

生首が金魚のように口をパクパクとさせた。どうやら聞ける話はこれですべてか。

「せいぜい苦しんで死んでくれ」

治癒魔術の供給をゆっくりと絞っていく。会話をするために遮断《しゃだん》していた痛覚を正常に機能させた。

「い、痛いッ！ 痛い痛い痛い痛い！ 私は階位二百番台の不死者なんだぞ！ どうしてこんなにもひどい目に遭わねばならないんだ⁉」

「賢いならわかるんじゃねぇか？ 知らんけど」

「なあ……どこで私は間違ったのだ？ 今後の参考までに教えてくれ……ない……か」

「バカは死んでも治らないっていうが、どうやら本当らしいな」

「私は……賢いんだ……賢いやり方を……してきた……成功者……なのに……勝ち組……なの……に……」

言葉が途切れて男の生首は目を剝いたまま動かなくなった。

「誰にも祝福されない勝利なんて敗北よりも惨《みじ》めだろうに」

まだ、コイツからは命の波動が微弱に感じられる。痛みに耐えきれず気を失ったか。ここまでされて死なないのだから、不死者というのもあながち嘘ではないようだ。

不意に——

トントンと部屋の外から扉がノックされた。眼鏡の受付嬢が執務室に姿を現す。

手にしたトレーにはティーポットとカップセットが三つ載せられていた。

「失礼します。最上級の紅茶をご用意いたしました。お話し合いの方がいかが……はへ？」

気の抜けた声とともに受付嬢のカレンの手から紅茶のトレーが落ちた。ポットとカップがガシャンと割れて薄い琥珀色《こはくいろ》の液体が床にぶちまけられる。

部屋の状況は惨憺《さんたん》たるものだ。調度品はどれもこれも真っ二つで、大きな窓のガラスは砕けて四散し床や壁に赤いものがべったりである。

かつての成金趣味はなりを潜め、血の温もりが今にも伝わってきそうな、随所に匠《たくみ》の技が光るリフォームっぷりだ。

テーマを掲げるなら「犯行現場」だろうか。

「ちょうど話し合いが終わったところだ」

立ち上がり、生首を手にしたままオレはカレンに告げる。

「ひ、ひ、ひ、人殺しいいいいいいいい‼」

絶叫と同時に眼鏡の受付嬢は卒倒した。が一部始終をずっと黙って見ていた戦乙女がぽつりと呟く。

「ネクロさん悪党よりも悪人面してましたよ」

「顔の作りは生まれつきだ」

「こういうの残酷イケメンっていうんですよね」

たぶんオマエが言いたいのは残念イケメンだぞ。っと、自分で言うとそれこそ残念なことになりそうなので、黙っておこう。

視線をアレクシスの首無しの身体に向け直す。

「なあリトラ。まだこいつは生きている。オマエに譲ろうか？」

少女はそっと首を左右に振った。

「ネクロさんがどうしても殺したくないというのなら、そのときは私の出番だと思います」

普段は恩着せがましかったりうっとうしいのに、リトラは時々聖女のような表情を見せる。

調子が狂うな。まったく。

「そうか……じゃあ、コイツのケジメはオレにつけさせてくれ」

男の身体の脇にしゃがみこみ左の拳を握り込む。すうっと息を吐いてから意識を集中。不死者の弱点――心臓めがけて拳をトンと打ち込んだ。心肺蘇生《しんぱいそせい》のそれとは違う止《とど》めの一撃だ。男の体内で何かが弾けたような手応えがあった。この手で命を奪った感触が残った。

これは殺人だろうか。悪行により積み重ねられるというカルマだろうか。魔物を倒した時と同じような感覚しか残らないのは、自分がもはや人間ではないからか。

右手に持ったままの生首がサラサラとした白い塩のような塊になり、端から崩れて空気に溶ける。

男の身体も風化するようにボロッと崩れて無くなった。

「これが不死者の死なのか。汚いことばっかやってきたヤツにしちゃあ綺麗なもんだ」

オレのものはそのままに、男の血痕《けっこん》だけがまるで最初から存在しなかったかのようだ。残ったのは衣類や持ち物くらいなものだった。

倒れた受付嬢を介抱《かいほう》しながらリトラが目を丸くする。

「あの、見られちゃったんですけどどうしましょう？　ま、まさか目撃者は消すなんて言いませんよね？」

「言うわけねぇだろ！　しかしまあ受付嬢をこのままにはしておけんよな」

意識を取り戻したところで何も知らない受付嬢がパニックを起こすのは明白だった。

「よしリトラよ。一肌脱げ」

「は、はいいぃ!?　セクハラですか？　ネクロさんは公然セクシャルヴァラスメンタリストですか!?」

セクシャルバイオレンスからまた変化して原形を留めてないぞ。

「いいから黙ってオレの言う通りにしやがれ」

彼女の眉間を握った拳で左右からぐりぐりすると、あら不思議。少女は素直になりました。涙目で。

「ううバイオレンスぅ！　わ、わかりました……そこまでおっしゃるならぁ……脱ぎますぅ」

カレンを応接用のソファーに寝かせて本当に脱ごうとしだす残念な戦乙女さんめ。どうなるか少し見ていよう。

「あ、あのネクロさん？　止めてくれないんですか？　本当に脱いじゃいますよ？　いいんですか？　あれ？　もしかして本当に見たかったんですか。もー男の人ってエッチなんだから。本で読んだ通りじゃないですか」

知識の偏《かたよ》りも困りものである。

「脱衣で脅しをかけるな。いつも通り淑女《しゅくじょ》らしく清楚《せいそ》で上品に振る舞ってくれればいいから」

いつも通りというところが気に入ったようでリトラはすこぶる上機嫌だ。

「やだもー常に淑女で清楚で上品で可愛くてそばにいてくれるだけで幸せだなんて、ネクロさん褒めてくださってありがとうございます」

なんか褒めワードが増えてない？

盛りすぎな戦乙女だが、今は彼女に頼るしかなかった。

◆

目もくらむほどの光に満ちた室内で、受付嬢が目を覚ますとそこには美しい戦乙女の姿があった。

純白の翼は神々しいものだ。戦乙女となったリトラに受付嬢は目を白黒させていた。

その説得力たるや万の言葉を尽くしてもかなわないだろう。問答無用でリトラは神聖なる存在なのだ。

ずり落ちかけた眼鏡の外側のフレームを、L字にした指で持ち上げて受付嬢はリトラに確認する。

「つまり、ギルド長は魔物が化けた偽物だったんですね？　ネクロさんが倒してくれて……また、町を救ってくださったんですね！」

「ええ……私の指示でネクロに倒させました」

告げながらリトラはゆっくりと頷いた。不死者を魔物だと偽《いつわ》ったのにも理由がある。巻き込まないためだ。魔物とするよう戦乙女に言わせたのは、執務机の裏に隠れたオレである。

震える声でカレンは訊いた。

「これからわたしは……わたしたちイエータ冒険者ギルドはどうすればいいのですか戦乙女さま？」

「大樹教会を頼りなさい。司祭にはギルド長が『とある魔物』だったと言えば伝わります。さあ、お行きなさい人間の子よ」

戦乙女と教会には不死者を示す符丁《ふちょう》があるらしい。

「は、はいっ！　行ってきます！」

深々と一礼してカレンは部屋を後にした。

フッと力が抜けるようにリトラの後光が消える。神々しさも七割減といったところだ。

「もう出てきても大丈夫ですよネクロさん？　また正義の味方というかイエータの町の『例のあの人』になっちゃいましたね。けど、私が指示したことにしちゃって良かったんですか？」

「その方が角も立たないだろ」

広げた翼をゆっくり閉じてリトラは自身に封印の魔術を施した。戦乙女から人間の剣士風に姿を変えつつオレの顔をのぞき込む。

「悪い不死者を倒して戦乙女に協力を仰ぎ、教会まで使うなんてネクロさんって本当に不死者なんですか？」

今朝方まで人間だったのだ。中身が早々変わるわけないだろう。とはいえ、若返り変容した肉体は間違いなく不死者のそれである。

改めて自分で確認する意味も込めて、右手のハンカチをするすると解く。手の甲に刻まれた数字をリトラに見せつけた。

「不死者の特徴しかないだろ。白っぽい銀髪に赤い瞳に６６６の数字。不死者よくばり三点セットだ。ひれ伏せ戦乙女」

「はは〜ッ！　って、数字変わってますよ？」

「変わってるってオマエ……あっマジだ」

視線を落とすと手の甲の数字が６６６ではなく４８８になっていた。リトラが胸元で手をパンッと叩く。

「おめでとうございますネクロさん！　ライバルの不死者を蹴落として階位がジャンプアップですね！」

「なあ戦乙女よ。この数字って平たく言えば悪行ランキングだよな。オマエが祝うのはまずいんじゃなかろうか？」

少女はペロッと舌を出した。

「いやーうっかりうっかり。言われてみればそうでした。けどほら、私のうっかりミステイクについては、ギン様やムニ様やオーディン様に知られさえしなければセーフですし」

「バレなきゃ大丈夫理論やめろ。さっきまで本当に理想の戦乙女感があったのになぁ……」

「今も理想の戦乙女ですよ？　それに味方ではなく私自身が正義そのものですけどね」

戦乙女は控えめな胸を大きく張り出した。そこらの野鳩《のばと》の方が胸があるかもしれない。

「そうだな。オマエは大したヤツだよ」

「ええッ!?　本気で言ってくれてるんですか？　正気を失っていませんよね？」

ドヤ顔しておいて疑っちゃならん人として大切なものを疑うんじゃねぇよ。

「本当だって。良くやってるよ」

途端にリトラの表情がゆるゆるに緩む。

「えへへぇ……褒められちゃった。嬉しいなぁ明日もがんばろっと」

素直に喜ぶのを見ていると普通の女の子にしか見えないな。

ともあれ、二人してこれだけ暴れてしまったのだから、オレたちはイエータにはとどまれない。

騒動で金も引き出せそうにないな。仕事を得ようにも冒険者ギルドはこのあとしばらく、事態の収拾のために機能しなくなるだろう。

「さてと……教会の連中が来ちまう。長居は無用だ」

オレはリトラを足下から掬《すく》うように抱き上げた。

「きゃっ！　ちょ！　いきなり無許可お姫様抱っこッ!?　ネクロさんの正気どこですか行方不

明ですか捜索《そうさく》願い出しますか？　す、すす、好きになっちゃったらどうするんです責任とれませんよねああもー……」

後半小声でごにょごにょと聞き取れない。

「こんなことでまで正気を疑うんじゃねぇよ。それにしても……意外と軽いんだな」

「意外は余計ですよ。んもー」

「オマエが飛べれば抱き上げたりせんぞ」

「んもー！　もー！　もー！　もー！」

「牛かよ？」

「ううう……ばかぁ」

口ぶりとは裏腹にリトラは抵抗する素振りを微塵《みじん》も見せない。暴れられても困るので、大人しくしているうちに退散しよう。

少女を抱いて開かれた窓から跳ぶ。

本来なら着地の衝撃で足を折ってもおかしくない高さだが、強化されたオレの肉体は難なく耐えた。

中庭に降りるとそのまま建物裏手から抜ける……ん？

気のせいだろうか。上の方から誰かに見られているような気がした。リトラを抱いたまま足を止める。戦乙女は不思議そうに首を傾げた。

「あ、あの、どうしたんですか？」

「いや、なんだか見られているような気がしたんだが……それより降りて歩け。恥ずかしいんだろ？」

「えーやだやだやだもっとぉ！」

「甘えるんじゃねぇよちびっ子かよ」

リトラを降ろすと彼女は不満気に口をとがらせる。子は親に似るというが戦乙女は主神に似るのかもしれない。

8. 輸送コストをゼロにするたった一つの冴《さ》えたやり方

イェータの港が面する内海には無数の群島が点在した。南に向かえば外海への玄関口となるトルナ海峡があり、西に進路をとれば歓極都市パルミラへとたどり着く。

至極の歓楽を掲げるパルミラを経由して陸路で王都ソラリスへと向かう予定だが――

金が無かった。

定期便発着場の乗船券売り場にて、オレとリトラは切符売りの受付をするおばちゃんに頭を下げる。

「『ただで乗せてください!!』」

「帰んな」

しっしと手で払われて、売り場前から港の桟橋《さんばし》に追いやられた。

「ねえネクロさん。どうして私のお財布は空っぽなんですか?」

「オレがギルドで金を下ろすのを見越して、豪遊しちまったからだな」

「ご飯は美味しかったんですけどピンチですね」

オレは頭を抱える。

「今頃冒険者ギルドは大混乱だろうし……ギルドタグを再発行できたとしても、仕事の依頼を受けられるような状況じゃないよな。迷惑すぎる。いったい誰のせいだ」

「自分のことを棚に上げるのがお上手ですねネクロさん」

「うるせぇ！　オマエも共犯だろうに。一緒に海を渡るための方策を考えろ」

穏やかに揺れる水面を滑るように、本日の最終便が出航する。帆船《はんせん》もまだまだ現役だが、魔導力船という外輪のついた船が内海を行き来するようになって久しい。巨大な船は向かい風をものともせず進み、巨体が遠く小さくなっていく。

見上げた空はだんだんと青からオレンジに変わり始めていた。

潮風に乗って海猫の群れが外輪船を追い飛び去る姿に、リトラがため息をつく。

「鳥みたく風を捉《つか》まえて空を飛べたら王都まですぐなのに」

「戦乙女のオマエが一番言っちゃいけない台詞だからなそれ」

「なら……このまま人間になっちゃうのもいいかもしれませんね。ネクロさんと一緒なら寂しくないですし」

夕日に染まる少女の顔に影が落ちた。どこか寂しげな戦乙女の額を軽く指で弾く。

「痛っ！　なにするんですか!?」

「黄昏《たそがれ》てんじゃねぇよ。簡単に辞めるなんて言うもんじゃない」

「けど……私一人じゃギルド長が不死者だったなんてわかりませんでした。おまけにネクロさんを攻撃しちゃいましたし。この仕事、向いてないのかなって最近思うことがちらほらあって」

どうやら普通に落ち込んでしまっているようだな。自分が優秀だの有能だのと宣言するのも、自信の無さの裏返しか？　ふざけているようで根は真面目なヤツだ。だから悩むのだろう。

「ハア……ったく。さっきの偽ギルド長はオマエに譲ってやればよかったな」

リトラはブンブンと首を左右に振った。少女の青い髪が波を描いて揺れる。

「それはいけません よ！　ネクロさんの心の中のモヤモヤに決着をつけられるのは、ネクロさんだけなんですから！」

意外に深い事を言うじゃないか。まあ、おかげでケジメはつけられた。

「ありがとうな。助かってるよ」

「ほ、本当に私はネクロさんの助けになってますか？」

「どうしてそこまで人助けにこだわるんだ？」

つい質問に質問で返してしまったが、彼女はうつむき加減で呟いた。

「私には他になにもありませんから」

「ないってことはないだろ」

「前にも少し話しましたけど、戦乙女は生まれた瞬間から戦乙女なんです。オーディン様からいただいた本で人間の知識を得るうちに、自分には戦乙女であること以外なんにもないな……って」

少女はそっとオレに耳打ちする。

「あの、ここだけの話なんですけど……私って人間に憧れてるんです」

キャッと声を上げて「ああ言っちゃった言っちゃいました」と少女は一人そわそわし始めた。

「人間だった頃のオレは、自由に空を飛ぶ戦乙女に憧れてたぞ」

「ええッ!?　男の人は戦乙女にはなれませんよ？　それはたぶんきっと戦男子《おのこ》です！」

また訳のわからない造語を生み出しやがって。というかそもそも戦男子は空も飛ばないし戦場にいっぱいいるだろうに。

ともあれ、期せずしてお互いの秘密を打ち明け合ってしまった格好だ。戦乙女は小さく息を吐く。

「けど、逃げちゃいけませんよね。私が戦乙女だから救えた人たちもいるわけですし」

彼女の中でちゃんと正解にたどり着けたようだ。うんと頷く。

「そうだぞリトラ。受付嬢のカレンへの説明も、オマエが戦乙女だったから疑われる余地すらなく信じてもらえたんだ。いてくれてよかった。感謝してる」

少女がプルプルと背筋を震えさせた。

「あ、あの……あのぉッ！」

「ほら、ここに救われた人間……いや、不死者だが……ともかくそういうヤツが一人いるんだ。オマエの仕事には価値があっただろ？」

「は、はい！　これからも精進してゆくゆくは戦乙女のてっぺんを取りたいと思います！」

物憂《ものう》げさは消えて少女は笑顔を弾けさせた。お調子者くらいがリトラらしい。

「よしその意気込みだ。気合いだ。根性だ。そして野宿だな」

「ええッ!? 励ましてくれたのって野宿のためなんですかッ!? 一泊するならせめて天井のある場所がいいんですけどぉ……」

「嫌なら天界に帰れや」

少女はブンブンと首を左右に振った。

「私は役に立つ戦乙女ですから近くにないといけません！ それに目を離したところでネクロさんが道を踏み外すかもしれないし、心配で夜も眠れませんよ。あと、飛べないのでそもそも帰れませんから」

「帰れないってオマエ……嘘だろおい？」

「だから寝込みを襲われないようにネクロさんが私を守ってくださいね？」

純真な眼差しで少女は言う。オレに襲われるとは思っていないようだ。こんな危なっかしいやつを野放しに……もとい放ってはおけん。

教会の鐘楼《しょうろう》からゴーンゴーンと夕刻を告げる鐘の音が鳴り響いた。

リトラがハッと目を見開く。

「教会で一泊しましょう。私が正体を現せば、さっきみたいにばっちりです」

「不死者を連れていって大丈夫なのか？」

「あー……ダメかもしれません。ネクロさんみたいな剝き出しの姿ではちょっと……」

世の大半の人間は不死者を知らずとも、教会には存在を把握している人間がいるようだしな。

自分が行くのははばかられた。

「オマエだけでも教会の世話になるってのはあるぞ。朝になったら港で合流しよう」

「だーめーでーす！　フラッといなくなられたら私、悲しいですから」

少女は瞳を潤ませる。監視対象の危険人物というていではあったが、それが「いなくなると悲しい」とまで言われるようになっていた。人馴れした野良猫か何かかオレは。

未だに打つ手無し。二人並んで港の桟橋で途方に暮れていると——

屈強な船乗りたちが商船に荷を積み込み始めた。


「次の積み荷でパルミラ行きは最後だな」

「急がないと出港が夜になっちまう」

「最近は群島の海賊がまた活発になってきたっていうじゃねぇか」

「くわばらくわばら。護衛抜きなんてオーナーは何考えてんだか」

「仕方ないだろ冒険者ギルドがトラブルで護衛依頼出せないんだから」

偶然にも行き先がオレたちと一致していた。運命とは案外道ばたに転がっているのかもしれない。

「商船に二人くらい増えても大丈夫だと思わないか？　遠洋航海するわけでもないし」

「まさか密航するつもりですかネクロさん？　ま、まずいですよ」

「いいかリトラよ。これは海賊におびえている善良な船乗りたちへの手助けだ。冒険者ギルドが混乱してて護衛が雇《やと》えない可哀想な連中なんだよ。オマエだって困ってる人間を助けたいよな？」

「ひ、人助けってこじつけて私を悪の道に引きずり込もうとしないでください！　道徳を冒涜《ぼうとく》するタイプのヴァルハラですよ？」

と、言いつつもリトラのお尻がそわそわと落ち着かない。少女の顔に「放ってはおけない」と書いてある。

だんだんと、コイツの扱い方がわかってきた。オレは悪い不死者だ。

「よし、行くぞ……」

気配を消してタイミングを窺《うかが》い、船乗りたちの見ぬ間に商船へと忍び込む。少女もしぶしぶ着いてきた。

夕日が沈む前に、商船サンドラ号はイエータの港から内海を西に向けて出港する。追加乗員二名を乗せて。

海賊に遭遇したのも運命だったのかもしれない。

商船に横づけしたのは内海を中心に荒らすロムルスキー海賊団だ。以前にイエータの町の酒場で暴れていたので砂浜に埋めてやった連中である。物の数ではない。

オレとリトラが負けるはずもなく団長他数名を捕縛し、残る連中も母船に逃げていった。親分を置いていくとは薄情な連中である。

トラブルには見舞われたもののサンドラ号は無事である。月明かりと夜風を帆《ほ》に受けて内海を快走した。甲板から見る波は穏やかだ。

突然降って湧いた護衛のオレとリトラに、商船員たちは米つきバッタよろしくペコペコと頭を下げた。

「あぶないところをありがとうございやした！」

リトラはフフンと得意げだ。

「いやいやこれくらいどうってことないですよ」

海賊たちを峰打ちで倒しまくり、床と苦渋《くじゅう》を舐めさせまくった戦乙女は、憑《つ》き物が落ちたようにスッキリとした顔である。

船員の一人が揉み手で「大したおもてなしもできやせんが、パルミラまで乗っていってくだせぇ」と笑った。

「おう！　世話になるぞ良きに計《はか》らえ」

「へへー！」

一つ気になることがあったので、訊いてみるか。

「ところで船員よ。この船の積み荷はなんなんだ？　海賊に狙われるなんて貴重品でも積んでるのか？」

「貴重は貴重ですがその……手紙でして。戦地から故郷に向けて書かれたものなんで、奪っても一銭にもなりやせんのですよ」

他の地域に比べてミッドガルズの識字率は高く、庶民《しょみん》にも読み書きや計算が広まっているのは主神オーディンの与えた知恵である。

あのわがまま眼帯幼女が主神面をするのも無理からぬことだ。が、文明を発展させたのは事実だった。それは認めよう。

オレは船員をじっと見据える。

「本当に手紙だけか？」

「もちろんでさぁ！　いや本当に本当ですって！」

やけに念押ししてくるな。

「金にならない物資を運ぶにも冒険者の護衛が必要なのか？」

船員は肩をブルリと震えさせた。

「海賊は中身なんて確認しないで持っていっちまいますから。えっへっへ」

「なるほどな。一理ある」

脅威《きょうい》は去ったのにさっきから船員たちは何をそんなにおびえているのだろう。

「お！　見てくだせぇ旦那！　パルミラの大灯台ですぜ！　入港の合図を送ってきやす！」

船員がスッと船首方向を指さすと空に光が浮かんで見えた。船側からも魔力灯のトーチを明滅させてパルミラ港に入船の合図を送っているようだ。すぐに港の方から光の明滅が返ってきた。

数度のやりとりの後、次第に大灯台の巨大な影が近づいてきた。

パルミラの名物である大理石の塔《とう》は、最上段に永遠の火という魔導器を備えた巨大建造物だ。百三十メートルを超す高さに近づくほど圧倒される。

リトラが永遠の火の輝きを指さして「パルミラの市場通りでサンドイッチを買って、あの灯台のてっぺんで食べると美味しいんですよねぇ。空を独り占めできますから」と、戦乙女あるあるを披露した。

「ボッチ飯か？」

「痛い痛い痛いです胸が痛いです心が壊れてしまうのでやめてください」

「すまない」

「普通に謝らないでくださいよ余計に痛いですからぁ」

コイツはたぶん、ずっと寂しかったのだろう。オレへのウザ絡みがすぎるのも、友達ができたうれしさからくるハイテンションだ。外見は少女だが生まれた時から同じ姿をしているというし、中身はもっと子供なのかもしれない。

聞く限りリトラには上司や同僚はいても仲間や友人とは呼べない間柄のようだ。まあ、人間の世界の理《ことわり》を神族に当てはめるのもどうかとは思うのだが。

そんなことを考えるうちに、船は無事内海を渡りきり予定より数刻遅れでパルミラ港に着岸した。

入港の手続きがあるというので、しばらく下船せず待っていると――

パルミラの町を守るソル王国軍の衛兵たちが桟橋に押し寄せた。

サンドラ号の船員が衛兵を統率する部隊長に告げる。

「えーと、船室に海賊団をロープでぐるぐる巻きにしてやす。で、そこでボーッと立ってる二人が海賊団をボコボコにした凶暴《きょうぼう》な密航者です」

「よし！　犯罪者は全員確保だ！」

あっという間に商船の甲板が武装した衛兵に埋め尽くされた。すでに捕縛されているロムルスキー海賊団ではなく、衛兵たちはオレとリトラを取り囲む。

「お、おいおい待てって。オレとリトラは……そう！　アレだから。うっかり船に迷い込んでるうちに出港しちまって、偶然乗り合わせただけなんです。信じてくださいお願いします」

オレの隣でリトラがきょとんとした顔をする。

「あれ？　ネクロさんのことだから全員張り倒して強行突破するかと思ったんですけど、暴力に訴えないなんて珍しいですね。しかも口調まで丁寧になってますし体調悪いんですか？　船酔いですか？」

「いいかリトラよ。オレだってしばいて良い相手かダメな相手かくらいの分別はあるんだ」

今回は全面的に密航したオレたちが悪い。そこで船員に懇願した。

「な、なあ！　海賊から助けたろ⁉　オレたちがいなかったらオマエらパルミラに無事到着できなかったかもしれないんだぞ？」

先ほどまで「へぇへぇ」と下手に出ていた船員が、キリッと凛々しい顔つきになった。

「それはそれ。これはこれ。密航は犯罪です」

畜生《ちくしょう》。ド正論だ。ぐうの音も出ない。船員がずっとおびえたような素振りだったのは、単にオレたちが暴れるかもと危惧《きぐ》していたからだったのだろう。

船員たちを押しのけて部隊長が一喝《いっかつ》した。

「さあ、密航者どもキリキリ歩け！」

オレとリトラは衛兵に囲まれたまま下船させられる。

衛兵たちと事を構えるつもりはない。彼らにはなんの恨みもないのだ。

リトラがようやく状況を理解して涙目になった。

「ど、ど、どうしましょうネクロさん！　本当に捕まっちゃいましたよ⁉」

「よかったなリトラ。今夜は屋根のある場所で一泊できそうだ。鉄格子《てつごうし》つきだけど」

「えええええッ！　嫌ですよそんなのぉ！」

「まあ、なるようになるさ」

オレとリトラはパルミラの拘置所《こうちしょ》へと護送された。二桁人数の海賊団よりも、オレたちの方が警戒されているのは間違いない。

戦時なので即決裁判で有罪になったら、鉱山送りの無期懲役《むきちょうえき》ってところか。

だが……この町――歓極都市《かんごくとし》パルミラの場合、犯罪者の末路はもう一つあった。

9．神と巨人の二者択一《オルタナティブ》

海風に吹かれて海の上に架《か》かった跳ね橋を、二人並んで歩かされた。

下を見れば海面までは高さ三十メートルほどだ。眼下で白波が岸壁を削る。落ちたらただでは済むまい。

「高いですねネクロさん。そうそう！　こういう不安定な足場とかでドキドキしている時に男女が一緒にいると恋に落ちるそうですよ？　跳ね橋効果で！」

「吊り橋《つりばし》な。ところでオマエ、まさか高いところが苦手《にがて》なんて言わないだろうな」

「飛べない時は落ちたら危ないのでそれなりにハラハラしますよ？」

リトラはなぜかムフーっと鼻息荒く言う。さいでっか。

後ろから看守の男に「無駄口を叩くな。さっさと歩け」とせっつつかれた。

パルミラ収容所の別棟――海上に建つ塔の上の独房に、オレとリトラはまとめてぶち込まれることになったのだ。看守曰く、凶悪犯罪者向けの特別室である。

対岸に到着し牢に入る。鉄格子ごしに看守が「処遇はおって通達する。こいつは預かっておく。そろって相当の手練《てだ》れと聞いているぞ。ここがパルミラで良かったな」と、楽しげに言って去っていった。

鉄製の外扉が閉められ鍵《かぎ》がかけられた。ほどなくして跳ね橋が上がる音がして、陸側の収容所と海の上に建つ塔は物理的に断絶される。

塔の外壁や基部には封印のルーンが施されていた。魔術的な防壁で外部からの侵入を阻《はば》む結界が施されているようだ。脱出も救出も困難である。つまり――

今夜はゆっくり眠れそうだ。

「オーディン様にいただいた剣……没収されちゃいました」

牢の石床にぺたんとお尻をつけて、リトラは膝を抱えて座ると口をとがらせる。

「よく暴れずに大人しくしてたな。偉いぞ。リトラはとても理性的な戦乙女だ。尊敬する」

「そ、それほどでもあります……けど、どうすればいいんでしょう」

オレは監獄の分厚い石壁に触れる。不死者として膂力が上がったとはいえ、素手でこれをぶち破るのは骨が折れても無理そうだ。

「外に出られたところで、空でも飛べなきゃ海に真っ逆さまだな」

こんなところにわざわざ建てたくらいだから、海に獰猛《どうもう》なサメが潜んでいるとか、海流が複雑で溺れ死ぬようになってたりもするのだろう。

「私一人ならギリギリ滑空でいけそうですけど、ネクロさんを抱いて飛んだらきっと真っ逆さまですね」

「オマエ一人でも危なくないか？　滑空してる途中できりもみ急降下しそうなんだが」

「ネクロさん事実陳列罪《じじつちんれつざい》ってご存じですか？　時々思うんですよね。戦乙女の力で人間を殺せたら……って」

少女は右の手のひらで自分の顔を覆うようにして、指の隙間からこちらをのぞき見た。思春期症候群かな？

「闇堕ち待ったなしだな」

「じょ、冗談ですよやだなーもー」

やれやれと壁の上方に視線を向ける。換気と採光のための小窓にも鉄格子がはめられていた。月明かりが差し込み牢の中は薄暗い。が、不死者になったからか生前よりも夜目が利くようだ。

「ところでリトラはこの暗がりでちゃんと見えてるのか？」

「鳥だからって鳥目ってことはありません。戦乙女は夜でも飛ばなければいけませんし。けど、さすがに月明かりだけでは本は読めないですね」

「なるほどな」

リトラがオレを試すように変顔をしたので、オレは笑うのをこらえて見て見ぬ振りをした。戦とつけど乙女のやっていい顔ではない。本当にそばにいて退屈しないヤツだ。

「あれ？　見えてないんですか？　オーディン様は大爆笑したのに」

家族はいないがリトラとオーディンの関係は、当初の印象よりも良好なもののように思えた。

おやつ係に降格させられるというのも、人間に興味を持ち食いしん坊に育った戦乙女の身の振り方としては適切に思える。

リトラの人間に関する知識もオーディンが与えた本からだ。

「なあリトラ……オマエはオーディンのことが好きか？」

「す、すすす好きっていうのはその……あの……ええとぉ」

少女がプルプルと震えながらそっぽを向いた。

「挙動不審になるなって。聞き方が悪かったな。オーディンのことはどう思ってる？」

「リソウノジョウシダトオモイマス」

急に片言になるんじゃやない。

「理想的なのかあのちびっ子が？」

「ちっちゃくて可愛いですよね……抱っこしてよしよしいいこいいこしたいです……ハッ！　今のはオーディン様には言わないでください……ううっ……知られたら絶対にしばかれること山の如《ごと》しですから」

また妙なことを口走りやがって。

ともあれリトラにとって主神は怖い上司であり、ちっちゃくて可愛いものに違いない。

「オマエもいろいろと大変なんだな。確かに部下が上司やら上官を可愛いとは言えないと思うぞ」

「本当にそこがつらいところなんですよ」

腕組みをしながらうんうん頷く。と、戦乙女のお腹がきゅ～！　っと鳴いた。

「お腹空きましたねネクロさん」

「財布が空になるまで昼飯食べたのにもう消化しちまったのかよ。自分のケツの肉でもむしって食ってみるか？」

「ん～！　こ　ろ　す！」

突然、輝かしい神聖なる光を纏って少女の姿が戦乙女へと早変わりした。

手に白亜の槍を構え、背中の翼がゆったり開閉するごとに淡雪《あわゆき》のように羽毛が舞って空気に溶ける。

最終決戦を前に覚醒《かくせい》したかのような神々しさだ。

「待て待て待て！　言い過ぎた！　ごめんなさい！」

リトラにならら倒されても構わないなんて思ったこともあったが、さすがにケツ肉の争いがきっかけでは格好がつかない。

「素直が一番ですよネクロさん。はぁ……お腹空いた」

向けられた槍の切っ先がスッと石床に落ちる。

どうやら腹が減っていると気が立つのは人間も戦乙女も一緒らしい。

なんならその槍で壁なり鉄格子なりをぶち抜いて、どこかに飛んでいって飯食ってこいよと思わなくもないが……。

パッと光が弾けてら冒険者風に戻ると、少女は膝頭をもじもじとさせてうつむいた。

そのまま壁に背を預けてリトラは再び膝を抱えて座る。

「私たちこれからどうなっちゃうんでしょう?」

「オマエもパルミラには何度か来てるなら、コロシアムも知ってるだろ」

「あー! あれですよね。空から見ると楕円形《だえんけい》みたいになってて、人間が集まって見世物を楽しんだりするやつです。何やってるのかは知らないですけど」

港の大灯台と並んぶ巨大建築——コロシアムはパルミラが歓極都市と呼ばれる所以《ゆえん》となった象徴的な建造物だ。

そこでの見世物とはすなわち決闘である。

「上から見てて知らなかったのか」

「戦乙女の活動範囲は広いですから細かく見てなくても仕方ないんですぅ」

少女の頬がぷっくりと膨らむ。

戦乙女の監視対象に娯楽《ごらく》としての殺し合いは含まれないらしい。

さて治癒術士なんて仕事をしていると、コロシアムのような施設のある町に数日滞在しているだけで、オレを雇いたいという『関係者』がどこからともなく現れる。

わざわざ内海を渡ってイエータで冒険者ギルドに登録したのも、パルミラで登録するとコロシアム関連の仕事ばかり振られそうだったからだ。

少女が人差し指をピンと立て、思い出したように笑顔になる。

「見世物がある日は出店がいっぱい集まって賑わうんですよね！」

リトラの興味はコロシアム内でなにをしているかよりも、周囲の屋台グルメに向けられていた。

だからこそ興行の内容には無頓着《むとんちゃく》だったのか。

「そういえば人間たちは何を見に集まってるんですか？　演劇とか曲芸ですかね？」

ふうと息を吐いてからできるだけ落ち着いた口ぶりで告げる。

「殺し合いだ。剣闘士《けんとうし》同士だったり、捕獲した魔物と人間を戦わせたりする。どちらが勝つか賭けもする。八百長《やおちょう》ができないように勝負は常に命がけだからな」

オレは悪趣味に思うのだが命をかけた真剣勝負だからこそ、人々は熱狂するのだろう。

「そ、そそそれってエインヘリアルが出るかもしれないじゃないですか!?　知らなかったですそんなの……」

人間を救いたいというリトラだけに、野蛮《やばん》な人間同士の殺し合いに難色を示すかと思いきや、エインヘリアル探しに直結するとは意外な反応だ。

「人間が傷つくのは嫌がると思ってたんだが……」

「一応、勇敢に戦った人間の魂を導く仕事をしていますから。魔物に襲われている人間は助けますけど、人間同士が望んで戦うのであれば、私が手出しや口出しをするのは筋違いですし」

「なるほどな。線引きがあるんだな」

「はい！　ちょっと怖いですけど、是非その剣闘士の勇姿《ゆうし》を見てみたいです！」

「そうかそうか。近いうちに間近で見られると思うぞ」

「え!?　本当ですかやったー！」

素直に喜ぶ彼女にどう言えば伝わるだろう。

剣闘士になる人間には二種類いる。一つは彼女自身が言った通り、腕に自信があり富と名声を求める者。

もう一つは刑罰の対象となり無罪放免を勝ち取ろうとする者だ。

オレたちが海上の独房に隔離された理由は推《お》してしるべしである。

◆

話すことも尽きると夜だけが更けていった。

「なあリトラ……もう寝たか？」

独房の隅《すみ》で白い翼に包まれ横になった少女から返事はない。

器用に背中だけ戦乙女モードにして白い翼に身をくるんでいる。

「おーいもしもし？　そこの天才戦乙女さん？」

オレが近づいて声をかけても呼吸は規則正しく一定だ。寝顔はどこにでもいる女の子のそれである。

不思議だな。安堵して眠るリトラを見ていると、フッと気持ちが緩む。いや、ほどけるといった感覚だ。

出会ったのがコイツで良かった。変なヤツだが適度に緩い。おかげで緊張せずに済んでいる。黙っていれば本当に美人だな。神の手で形作られたかのような美少女だ。手を伸ばして触れたくなる衝動にかられる。

「……ん……オーディンさま……ごめんなさい……」

彼女の頬に涙がこぼれた。そっとぬぐう。夢の中でまで怒られているのか。気の毒なヤツめ。

情動がスッと収まると、これ以上リトラには触れられなかった。

気が抜けたようなあくびが出る。不死者になっても疲れるし眠たくもなるらしい。リトラから少し離れた壁際に座る。

まどろみながら今日という一日を反芻した。

死んで蘇る。しかも人間としてではなく、この世界に混沌をばらまく不死者としての復活だ。

死者の国の女王ヘルはなぜオレを不死者にしたのだろうか。オレがイエータのギルド長に扮《ふん》した不死者を倒したことも、ヘルの手のひらの上で踊らされているだけかもしれない。

考えても答えは出そうに無いな。

身を横たえると……なぜか後頭部に柔らかいものを感じた。

何が起こったのかわからない。瞬きする間に、オレは何者かに膝枕《ひざまくら》をされていたのである。

目の前には視界を埋める巨大な膨らみが、黒いドレスの薄布越しに浮かんでいる。

「やっとゆっくりお話しできそうですわねネクロさま」

ねっとりとした聞き覚えのある女の声に肩がビクンとなった。

「なんでオマエがこんな場所に出てきやがるんだヘル!?」

背筋にじわっと嫌な汗が浮かぶ。噂をすれば影というが、いったいどこから湧いて出た。

ほのかに鼻孔《びこう》をくすぐる妖艶な媚薬《びやく》めいた香りに頭がクラクラしそうだ。

「神にも等しい巨人族ですもの。神出鬼没でしてよ」

上から覆い被さるようにして、太ももと大きな胸でオレの顔面をプレスしながら女は「えいえい」と責め立てる。

おいバカやめろってそこに子供が……じゃない戦乙女が寝てるだろうに!

立ち上がろうとするのだが体が鉛《なまり》のように重くなり身動きが取れない。

「リトラは無関係だ」

なぜか自分の身を案ずるより先に言葉がこぼれた。

「うふふ♪　心配なさらずとも戦乙女に興味はありませんわ。もちろん、わたくしに刃向かうというのであれば話は別ですけれど」

リトラはすやすやと安らかな寝息を立てている。

膝と大ぶりな水蜜桃の南半球でオレの顔面を挟んだままヘルは身をよじった。

「もごごっ！　ぐっ！」

「大きな声を出しても誰も来ませんし、人間が来たところで犠牲者が増えるだけでしてよ。よろしくて？」

オレはなんとか首を縦に振る。顔面にのしかかった乳プレスの圧力が和《やわ》らいだ。

「わざわざ死者の国からなんの用だ？　まさか不死者殺しを止めに来たのか？」

女は胸から上を左右に振った。二つの柔らかい丘がオレの顔の上をなぞるようにボルンボルンと撫でる。

「ネクロさまの選んだ自由を賛美しにまいりましたの」

「賛美……だと？」

「ええ。イエータの冒険者ギルドを支配していた不死者をまさか倒してしまうとは思いませんでしたわ。その時の気持ちはいかがでした？　相手を圧倒する力を思うままに振るって蹂躙する甘美な快感……あぁん想像するだけでゾクゾクしますわね」

腰をくねらせヘルはオレの顔面に下乳を押しつける。布越しに肌に吸いつく巨乳かな。

「むごっ！　もごぉ！　ぷはっ！　やめろ呼吸ができんだろうが！」

「あら失礼。けど蹂躙の感想をお聞かせいただけるまではやめませんわ」

ふにふにぷにぷに。気持ち良くないかと問われれば、否である。

「どうもこうもアレクシスに化けてた不死者は自分の手を汚さず他人を操るやつだったからな。大して強くなかったんだろ」

自分自身が強くなくとも強いものを味方や部下にすればよいというタイプだ。見た目こそ筋肉を纏っていたが、外面ばかりの張りぼてである。

「うふふ♪　ご明察。個の力では階位ほどの実力はありませんわね。大きな町で暗躍するにはぴったりのタイプでしたけれど」

大きいといえば乳……もとい歓極都市パルミラはイェータを超える大都市だ。

「やっぱりこの町にも不死者は潜んでいるのか？」

集まる金や名声や権力は不死者にとっての誘蛾灯《ゆうがとう》だ。

「さあ、どうかしら？　ネクロさまには見つけられなくても、相手からみればネクロさまはすぐに見つけられそうですわね」

「じゃあ偽装だか擬態《ぎたい》だかの魔術を教えてくれ。治癒術士でも使えるやつで」

再びオレの顔面で二つの肉球がぽよんぽよんと跳ねた。

「残念ですけどできませんわ」

「できないってオマエ無責任じゃないか？　他の不死者には教えてるんだろ？」

「無理なものは無理ですの。普通の不死者でしたら不死者の基本能力として備えていますけれど、ネクロさまは元々治癒魔術の素養しかないようですし、加えてあの忌々《いまいま》しいドチビの祝福という呪いがかけられていて、ちょっと複雑な感じになってしまいまして……」

「祝福なのか呪いなのかはっきりせんな」

かすかにオレの頬に主神幼女の唇の感触が蘇った。

「それでもわたくし、ネクロさまなら不死者階位の第一位になることができると思いましてよ」

何を根拠にコイツは不死者として出来損《できそこ》ないなオレに期待を寄せるのだろう。

「一位になったらなんでも願いを叶えてくれるって話だよな？」

「ええ、わたくしにできることでしたらなんなりと。この世のすべての女に愛されるようにしてさしあげましょうか？　それとも使い切れぬほどの富がお望みですの？　ふふふ♪　遠慮はいりませんわ」

別に不死者の頂点になることには興味はない。ただ、死者の国の女王ならできそうな望みが一つだけある。

姉貴のことだ。転生して別の人生を送ってくれていればいいのだが、まかり間違って死者の国で亡者になっていたなら、そのときは救いたい。

「じゃあそうだな……」

確認しようとした瞬間――

ズガガガガドグワッシャーン！

と、轟音《ごうおん》が石造りの密室に響いた。身体がふっと軽くなる。何者かがヘルの束縛魔術からオレを解放したようだ。すかさず身体を起こして立ち上がった。

海風が吹き抜ける。分厚い岩盤のような壁に大穴が空いていた。

牢の真ん中にクレーターが出来上がり、月明かりに美しい槍が照らされる。

主神の武器――グングニルだった。外壁に施された防護のルーンなどあってないようなものだ。

「あら、せっかく良いところでしたのに無粋《ぶすい》ですわね」

ヘルがそっと立ち上がりため息交じりに槍を見据えた。

虚空から扉が浮かび上がる。開くと中からマント眼帯幼女が姿を現した。主神オーディンである。

幼女はグングニルを手元に引き寄せヘルの胸元に突きつける。

「淫乱陰湿猥褻物《いんらんいんしつわいせつぶつ》よ！　早々に立ち去るがいい！」

「なにか言いまして絶壁小娘？」

槍の穂先より鋭く冷淡な眼差しでヘルは返した。

「よくも我が後継たるネクロにいたしてくれたな。万死《ばんし》に値《あたい》するぞ」

「あらあらぁ？　ネクロさまに捨てられたというのがまだわかりませんの？」

「ぐぬぬ……と、ともかくどっか行けバカ！　おっぱいお化け！」

子供のような語彙力に退化しながら幼女がグングニルを振り回す。壁が裂け天井が崩落し塔が半壊した。

が、攻撃はヘルをかすめることはない。大ぶりな威嚇に女王は鼻で笑う。水蜜桃がたわわに揺れた。

「あらあら野蛮ですわね。今宵《こよい》はネクロさまと二人きりで、しっぽり語り明かそうと思いましたのに……興が削《そ》がれましたわ」

ヘルを包むように紫色の霧が生まれた。女の存在感が急に希薄になる。

「ではネクロさま。いずれまたお会いいたしましょう。この歓極都市にはくれぐれもご用心なさってくださいませ。人間の欲望に果てなんてないのですから」

言い終えるなり死者の国の女王は霧の奥に消え、その霧も空気と混ざると薄らいでいった。

媚薬のような妖《あや》しい芳香《ほうこう》と怪しげな言葉を残して。

オーディンがグングニルを虚空に向けて吠える。

「はい逃げたー！　我の勝ちー！　ばーかばーか！」

「お子様かよ。つーか、なにしに来たんだ主神様」

マントを翻し、くるりと振り返ると幼女はオレを見上げた。

「性悪変態悪女《しょうわるへんたいあくじょ》から貴様の貞操《ていそう》を守ってやったのだぞ。感謝するがいい」

貞操という言葉を額面通りに受け取ってよいのか判断に迷うところだな。

「一応、ありがとう……と言うべきなのか？」

「無論だ。しかしまったく貴様という男は……」

グングニルを石床に突き立てて幼女は腕組みをした。頬を膨らませて不満気な表情でオレを睨む。

「なあオーディンよ」

「オーディン様と敬愛するがよい。そうしなければ返事をしてやらぬからな」

幼女はツンとそっぽを向く。いろいろありすぎた一日の終わりということもあり面倒くささが勝った。

「オーディン様よ。オマエを裏切って不死者になったオレを直々に殺しにきたのか？」

幼女は相槌《あいづち》を打つように小さく頷く。

「ふむ。貴様が望むのであればその偽りの命を散らせることもやぶさかではない。が、貴様は裏切り者ではない。不死者である前に高潔なる魂の化身エインヘリアルに違いないのだ。それに不死者となることも予言の一つにあったのでな。ここまでは想定内だぞ」

オーディンには予言者という側面もあるのだが、それが複数あるというのは初耳だ。

「予言の一つってことは、他に三つも四つもあるのかよ？」

「過去の情報を元に算出したあらゆる可能性から未来を導くからな。変数一つで運命は変わってしまう……と言うても貴様には理解できぬか」

主神といえど絶対ではないということだけは理解した。

「オレを止めなくてもいいのか主神様。これからオレがしようとしてることはミッドガルズを揺るがす結構な大事件だぞ？　それとも予言で結末がわかってるから好きにさせてるってのか？」

ソル王国のハデル王を倒す……かもしれない。ハデルがなぜ戦火を広げるのかを知りたかった。ふざけた理由なら王が人間だろうと不死者だろうとぶっ飛ばすつもりだ。

オーディンが眉尻を下げた。

「実はこの先の未来については予言が見えぬのだ」

「見えないってオマエ、それでも主神様かよ？」

「黙れ小童！　我とてわかる範囲内で最善を尽くしておる。貴様が戦乙女と遭遇する可能性も無論、予言の一端にはあったのだ」

幼女の隻眼が寝息を立てるリトラをチラリ見た。

「その予言だと最終的にはどうなるんだ？」

「本来であれば不死者が倒されるか戦乙女が倒れるかの未来しかないはずが、なぜか貴様らは二人で行動をともにしておる。過去に類を見ないため予言が著《いちじる》しく精度を欠いておるのだ」

「なるほど。改めてわからんということがわかった。で、オレを殺すんじゃなくヘルから守りにきた他に、なにかご用件はございますか主神様？」

幼女はゆっくりと息を吐く。

「先程《さきほど》から聴くに耐えぬ。まるで殺してほしいと言わんばかりではないか」

「別に死にたいわけじゃないが……」

続く言葉が上手く出ない。と、幼女は腕組みをして頷いた。

「期せずして手にした力に呑まれるのを恐れているようだな。仮に貴様がどうにかなったとしても、止めるのは我の役目ではなかろう。こやつに止めて欲しいと思っているのではないか？」

リトラに向けた幼女の眼差しが優しげなものへと変わる。オレも概《おおむ》ね同意見だ。

「ああ……そうだな。何かあったときにて止めてくれるヤツがいるから、オレも気兼ねなく全力を出せるんだ」

「さすが未来の我が後継者だ。早くも戦乙女を自身の目的のために使いこなすとはな。良い上司になるぞネクロよ」

満足そうにオーディンは開いている方の目を細めた。

「オマエと一緒にすんじゃやねぇ！　リトラからいろいろと聞いてるぞ。酷使しすぎの件に、おやつ係だとかパワハラ上司が過ぎるとかな。精神的に追い詰められてコイツは空も飛べなくなっちまったんだ。少しはがんばりを認めて褒めてやったらどうだ？」

幼女は腕組みをしたまま胸を反らせた。起伏という言葉が主神の辞書には無いらしい。

「リトラは甘やかすとつけ上がるのでな。だが、才能は戦乙女の中でも随一《ずいいち》だ。おっと、本人に言うではないぞ。こやつは生来のお調子者だからな」

胸を張ったまま頬を染め、むずがゆそうな顔で幼女は呟いた。

「もしかして主神様はオレじゃなくてリトラを守りにきたのか？」

「ぐ、ぐぬぬ……そ、そうではないぞ！　ま、まあ貴様はあの痴女めいた巨人族に童貞を奪われるだけで済むやもしれぬが、うっかりリトラが目を覚まして貴様を守ろうとヘルに立ち向かうかもしれぬ危険性がなきにしもあらずだったのだ」

めっちゃ早口じゃねぇかよ本心ダダ漏れだぞ。主神幼女はオレから視線を外して口笛を吹き始めた。

オレは小さく一礼する。

「ありがとうな主神様」

「なにを改まっておるのだ。我と貴様の間柄はもっと近しいものではないか」

「ため口利いたら即座に『親しき仲にも礼儀ありだぞ！』とか言うんだろパワハラ体質主神が！」

「むうう……たしかに自分でも言いそうだと思うので反論できぬ。たった一日で我の一枚上を行くとは、成長したなネクロよ！　我も鼻が高い」

後方主神面やめろって。

「うるせぇよ！　で、結局オマエはオレにどうして欲しいんだ？」

オーディンの顔つきが真剣なものに変わった。

「不死者になったものを、このまま天界に迎え入れることはできぬ。が、方法がないわけではない。不死者を倒して頂点に立て。そしてヘルに要求するのだ。不死者の呪いから解き放てとな」

右手の巻かれたリトラのハンカチに視線を落とす。オレには不死者じゃやなくなる未来があるっていうのか？

「階位を上げるには悪いことをしなきゃならないんだろ」

「それができぬ貴様には、他の不死者を倒す方法しか残されておらぬ。その点において我はネクロというエインヘリアルを心から信頼しておるぞ」

主神様と死者の国の女王の意見がオレを一位にするで一致するとは思わなかった。

オーディンは続けた。

「そうだな。もし貴様の力で倒せぬ強敵と相まみえた時は、我に願うが良い。毎回助けてやれるとは限らぬが力になってやらんこともないぞ」

オレは幼女の頬を両手で挟んで顔を近づける。

「誰が力なんて借りるかよッ！　オレが素直にはお願いします力をお貸しください主神様とでも言うと思ったか小娘がぁ！」

「ひいっ！　いきなりどうしたのだ!?　顔が近いぞガチ恋距離ではないか……ハッ!?　まさか、

いやようやく貴様も我の魅力に気づいたのか？　け、けど心の準備が……せ、せ、せ……接吻《せっぷん》はまだほっぺたまでだぞ！　さあ来い気合いを入れてかかって来るがよい！」

どうしてコイツは主神のくせにオレに迫ってくるのか。死後、モテ期が来るなんてあんまりだ。しかも全員人間じゃない。

「ぜんっぜんかかって行かねぇから！　これから先もオレは自由にやらせてもらう」

パッと両手を離して幼女を解放した。

「ぐぬぬぬぅ！　我の思い通りにならぬやつめ。そこがおもしろくもあり、やっぱり貴様はおもしろくないぞ！」

結局おもしろくないのかよ。幼女普通に涙目だ。

「オマエにおもしろがられるためにオレは存在してるんじゃないからな」

ようやく諦めたのか幼女は虚空に扉を再出現させた。

「気が向いたら様子を見に来てやるぞ。ありがたく思え」

「オレのじゃなくてリトラのだろ？」

「そ、そうだ！　貴様はついでだからな！　だから……」

オーディンの子供のような口ぶりがフッと大人びる。

「リトラを頼んだぞ」

幼女は逃げ込むように扉を開いて飛び込んだ。

気づけば頭上の構造物が三分の二が崩れ去った廃墟《はいきょ》とオレと、この騒動にもまったく動じない戦乙女の眠り姫だけが、ぽつんと取り残された格好だ。

すやすやと寝息を立て続ける青い髪の少女にため息も出ない。これだけの騒動で起きないのは大した物だ。

オーディンに目をかけられてもいるし、もしかするとリトラは本当に大物になるかもしれないな。

10. 法廷ネゴシエーション　～そして剣闘士へ～

翌朝――

刑務所内部の簡易法廷にオレとリトラは召喚された。

罪状が読み上げられた。密航に加えて脱獄未遂と監獄《かんごく》の損壊容疑まで加わったのだ。

ぐっすり眠っていたリトラは「知りません！　わかりません！　朝起きたらこうなってました！」と証言した。犯人はオマエの上司なんだが……。

続けて裁判官からオレも証言が求められる。

「何か言いたいことはあるかね？」

「主神オーディンがやってきてメチャクチャにしていきました」

隣でリトラが目を皿のようにしてオレを見つめた。

「それ、本当ですか？」

「嘘をつくならもっとバレないような嘘を選ぶぞ」

「確かに！　って、ああもう、来てたなら起こしてくださいよ。こういうのはチンゲンサイですよ？」

「ホウレンソウだと。報告と連絡と相談な」

「し、知ってましたし。あとでオーディン様に爆睡してた件で擦られまくるんだぁ……死にたい」

あれだけの騒動で起きなかった戦乙女の自己責任である。

正直に証言した結果――

二人合わせて鉱山労働懲役二百年の判決を言い渡された。

リトラが青ざめた顔でプルプルと仔犬のように震えて「な、長生きしなきゃですね」とすっかり敗戦ムードだ。人間の法律に戦乙女が従う義務もなかろうに。

それはそれとしても、ヘル襲来と主神による過剰防衛のとばっちりで、一人あたり百年の労役は厳しいな。このまま緩やかな死刑宣告を受けるつもりはない。

リトラがすがるような眼差しでオレに訊く。

「なんとか判決をひっくり返すことはできないんですか？」

「手荒な方法でいいなら脱出は簡単だぞ」

「そ、それはよくありません！　不当な暴力とヴァルハラには断固抗議します！」

オレをヴァルハラの権化とでも思っているのかコイツは。

「だったら一つだけ……判決は覆せないが極めて合法的な解決策があるといえばある」

無法や非合法は王と対峙《たいじ》し、これを倒すと決まった時までとっておこう。

この歓極都市パルミラならではの減刑方法はわりと有名で、ソル王国のみならず他国にまで伝わるほどだ。

コロシアム――不動のチャンピオンを誰も頂点から引きずり下ろすことができずにいる。滅刑を望めば町の名物と化しているそのチャンピオンとも戦うことになる……かもしれない。

ええい迷っている場合か。背に腹は代えられない。咳払いを挟んでオレは裁判官に訴えた。

「コロシアムに参加させてくれ。オマエらはオレが塔を中からぶち壊したと思ってるんだろ？これほど強い人間を放っておく手はないよな。剣闘士にうってつけだと思わないか？」

裁判官が手にした木槌《きづち》を二度カンカン！　つと打ち鳴らした。

「治癒術士ネクロおよび剣士リトラにコロシアム参加を命ず」

「ちょっと待てやコラ裁判官！　リトラは無関係だろ」

「異論は認めない。異議を申し立てしたら刑期を倍にする。以上、閉廷」

とりつく島のないスピード結審だ。

隣で戦乙女がオレをじっと見つめて、金魚のように口をパクパクさせていた。何をどう言えばいいのかわからないという感じだ。

「すまんリトラ。オレ独りで二百年分の刑期を返してやるつもりだったんだが……」

「だ、だだだ大丈夫ですよネクロさん！　一人で背負い込まずに私のことも頼ってください！

剣闘士として戦って勝てばいいんですよね？」

「人間を殺しちまうかもしれないのに、本当に大丈夫なのか？」

「はうぅううぅしまったあああああ！」

少女の悲鳴が法廷にこだまする。そのままリトラは早口でまくし立てた。

「これじゃあまるで私が人間を襲う魔物みたいじゃありませんか」

「魔物は言い過ぎだろう……ん？　あれ、ええと……」

退廷しようとする裁判官にオレは訊く。

「おい待てや裁判官」

「異議は認めない。物言いがイラっとしたので法廷侮辱罪《ほうていぶじょくざい》を適応して刑期を十年足してもよいが？」

気分で刑期を伸ばすんじゃやねぇ。

「判例じゃ参加する大会はこっちで選べるんだろ？」

冒険者も長くやっていればそういった情報は耳に入ってくる。

「そうだが？」

「なら何も問題無いな」

裁判官と戦乙女がそろって首を傾げさせた。

◆

歓声が怒号《どごう》のように沸《わ》き上《あ》がり剣戟《けんげき》の音色すらかき消すほどの興奮に包まれる。

闘技場の中心にリトラの姿があった。

返却されたオーディンの曲刀を存分に振るって、可憐な少女とは思えぬ身のこなしで縦横《じゅうおう》無尽《むじん》に駆け抜ける。オレは両手に鉄製の枷《かせ》をはめられたまま、客席間際の柵の中で彼女の戦いを見守るしかない。

リトラの対戦相手は剣闘士……ではなく鋼《はがね》のような毛皮に包まれた鉄毛熊《てつげぐま》という魔物だった。

剣闘士同士の戦いの前座や、罪人の処刑などに魔物が用いられる。

魔物の額には支配のルーンが刻まれており、標的を倒すという命令に従うだけの生ける屍と化していた。

鉄毛熊を撃破した剣闘士には栄誉と定められた一定額の賞金が与えられ、受刑者であれば刑期が十年短縮される。

ちなみに賭け率は鉄毛熊の勝利が１．１倍未満。リトラ勝利の倍率はお祭しだ。

血に飢《う》えた観客たち開始一分以内に少女が無残に引きちぎられる姿を期待していたようだが、だんだんとリトラへの負の想いは声援へと置き換わっていった。

少女は鉄毛熊の鋼の剛毛を物ともしない斬撃を叩き込み続ける。

自身の三倍以上ある体躯《たいく》の巨獣相手にひるむどころか、攻める手を緩めず攻勢に徹しきった。

「これでトドメですッ！」

青い髪をなびかせて魔物の間合いに飛び込む。少女の首を狩ろうとする熊の腕をかいくぐり、閃光のような斬撃を放つ。

カウンター気味に入った少女の剣に胸をえぐられ、鉄毛熊はバタリと後方に倒れた。決着だ。

「勝者……剣士リトラあああああっ！」

拡声魔導器を手にした審判の声が会場に響き渡った。賭けのチケットが紙吹雪《かみふぶき》となって舞い散り、新たな英雄の誕生を観客たちが祝福する。

大歓声に包まれて少し恥ずかしそうにしながら、リトラがオレの方に向き直ると小さくVサインをしてきた。これに気をよくして戦乙女から剣闘士に転職なぞせんだろうな。

と、心配していると――

会場が水を打ったように静まりかえった。客席の中でも一段高い場所に設置された貴賓席《きひんせき》から人影が躍り出る。

長身の男は深紅のマントを肩にかけ、黒革《くろかわ》のベストを地肌に直接着込んでいた。鶏冠《とさか》のような桃色の髪を逆立てて観客席めがけてダイブする。再び場内に爆発したような歓声が沸き上がった。

もみくちゃにされながら波に運ばれるように客たちの手で運ばれて男――スピニアは闘技場に降り立つ。砂埃《すなぼこり》を上げて闘技場を駆け抜け、審判から拡声魔導器を奪ってリトラの前に立ち塞がった。

なぜオレがコイツの名前を知っているのかといえば、押しも押されぬチャンピオンその人だからだ。

「小娘がいい気になるんじゃないわね。潰すわよ」

髪の色こそ愛らしいピンクだがドスの利いた声は低い。加えてオネエ言葉である。

二メートル近い高身長。磨き抜かれた無駄のない刃物のようにキレキレな肉体の剣闘士を前にして、リトラが半歩退《ひ》いた。

「あ、あの……どちらさまですか？」

「あたしはスピニア。歓極都市パルミラのコロシアムのチャンピオンよ。知らないなんてとんだ世間知らずちゃんね！」

「勉強不足でその……すみません」

知らぬはグルメ情報特化型な戦乙女ばかりなり。

彼……と呼んで差し支えないか心配だが、スピニアはコロシアムの正門へと続く道に並ぶ、歴代チャンピオンの彫像を一つ残らず叩き壊し、すべて自身のものに置き換えた男だ。

デビューから瞬く間に頂点へと駆け上がり、以来三年間、孤高のチャンピオンとして君臨し続けている。

あまりの強さに挑戦者不在が続いているほどだ。本来であれば殿堂入《でんどうい》りを果たし、王都に招かれ一軍を任されるなり貴族の仲間入りをするのだが、スピニアは固辞し続けているという。

理由は語らず謎多きオカマ……もとい男だった。

恐縮するリトラにチャンピオンは胸を張って笑った。

「もっと勉強なさい。強くなってあたしを倒してごらんなさいな。このコロシアムで弱さは罪よ」

「わ、私は結構強いですよ！」

噛みつつもリトラも胸を張り返す。

「一度吐いた言葉、呑み込んじゃ格好つかないわよ。ふふん♪　しばらく退屈していたけれど、やっと楽しめそうね。今すぐ始めちゃおうかしら？」

「あ、あの困ります。時短ハラスメントですよそれ？　タイムヴァラドックスです！」

もはやヴァルハラが原型を止めてないぞ。

「うだうだ言わないの。だいたいなにが困るっていうのよ？　強いんでしょう？　あたしにその強さを今すぐ見せてごらんなさいなッ!!」

スピニアの指先がスッとリトラの額に狙いを定めた。少女は蛇に睨まれた蛙のように硬直する。

「さあ……殺し合いましょうお嬢ちゃん」

まずいな。相手がいかにゴリラでオカマでピンクの強者でも人間だ。リトラと真剣勝負をさせるわけにはいかない。

オレは声を上げた。

「リトラさんがオマエみたいな雑魚《ざこ》の相手をするわけないだろ！　オレを倒してからにしろよ！　ピンク鶏冠のチキン野郎！」

三下を演じつつ目一杯声を張る。と、スピニアがこちらに向き直りオレンジ色の瞳をキラリと輝かせた。

「あらいい男！　嬉しいこと言ってくれるじゃないの！　本日入荷の囚人組がレベル高いって本当だったのね！」

オレは手枷をされたまま柵を蹴り倒し、闘技場のフロアに出る。

「何がチャンピオンだ？　かかってきやがれオカマ野郎！」

会場の真ん中まで進むとスピニアと対峙する。痩躯《そうく》に見えるが二メートル近い男の顔を見上げた。遠目で見るより圧を感じる。

すかさずリトラがオレの背後に逃げ込んだ。

「ちょ、ちょっとネクロさん何考えてるんですか？　舎弟《しゃてい》とか手下は私の役目ですよ？　いきなりボス扱いやめてくださいってば。私って人の上に立ったことないんですから。逆ハラですよ逆ハラ」

もうなにハラでもいいから言いたいだけなんじゃないかオマエは。

抗議する少女に首だけ振り向いて告げる。

「リトラさんは黙ってろ」

「ええぇ……さんづけなのに命令形って敬意が足りてなくないですか？」

オーディンと同じようなこと言いやがって。オレは再びスピニアに向き直った。

「リトラさんと戦おうなんて十年早いんだよ。先にオレが相手をしてやる」

ピンクオカマは鼻歌交じりだ。

「んっふっふ～♪　二人まとめてでもかまわないわよん♪」

と、その時――

GRUUUUUAAAAAAAAAAAAAAAAAA!!

リトラに倒されたはずの鉄毛熊がのっそりと起き上がり雄叫《おたけ》びを上げた。

魔物はピンクオカマに背後から覆い被るように襲いかかる。スピニアのどこか浮ついた雰囲気が瞬時に引き締まった。

「奇襲するなら叫んじゃだめでしょ」

振り返ると同時にスピニアの腕が魔物の頭部にすうっと伸びる。その長い指先に魔力が灯った。

ザクッ……ジュッ……と、かすかな音とともに、焦げ臭い匂いがチャンピオンの指先から波紋のように広がる。

「はい、おやすみなさい。二度と起きてくるんじゃないわよ雑魚が」

熊の頭部からそっと手を引き戻しチャンピオンは吐き捨てるように呟いた。

魔物の額のルーンもろとも穿《うが》たれた孔《あな》からは血の一滴すらしたたらない。かすかに黒煙が上がっていた。この長身痩躯の男は素手で……その指先で魔物の硬い頭蓋《ずがい》を貫いたのだ。

ずうんと沈むと鉄毛熊は今度こそ動かなくなった。

スピニアが無造作にオレに歩み寄る。とっさに腕を上げて身構えたが、両手は鉄の枷に封じられたままだ。

「無粋よねここの職員どもは。ちょっとお待ちなさいな」

スピニアの人差し指に黒い魔力の炎が灯る。男はオレの鉄枷の鍵穴に狙いを定め、指を突き入れた。

鍵穴が溶けてボロボロになり手枷が外れる。

「お礼はいらないわよ。で、あんた名前は？」

自由になった手首を軽くさすってオレは男に返す。

「ネクロだ」

「んっふっふ♪　そう……あんたが死ぬまでその名前、覚えておいてあげるわ」

スピニアはウインクしてみせた。されて嬉しいものではない。が、こいつを倒せば懲役二百年なんて吹き飛んでお釣りが来るだろう。

「今すぐここで勝負しろやピンク野郎」

「そうしたいのは山々だけど焦らないでネクロちゃん♪」

「ちゃんってオマエ……距離感詰めるの早すぎだろなれなれしい」

「近々国王陛下が観覧する御前試合《ごぜんしあい》があるわ。このあたしの対戦相手候補に挙がるくらい勝ち星を挙げてごらんなさい」

御前試合……だと？

「パルミラにハデル王が来るのか？」

「御前試合とはそういうものでしょ。本当に永かったわ……三年待った甲斐があったわね」

目を細めオカマ野郎は嬉しそうに口元を緩ませた。

「三年待ったってどういうことだよ」

「フフン♪　チャンピオンには秘密がいっぱいなの。それよりあんたの方こそ目の色が変わったわね」

王都にカチコミをかけるつもりでいたが手間が省《はぶ》けたな。オレはオカマに告げる。

「わかった。やってやろうじゃねぇか」

右手の指を一本ずつ折りたたみ拳を作るとスピニアに拳の突き出す。スピニアも応えるように拳を握って軽く突き返した。

瞬間、観客席から歓声が沸き上がる。九分九厘《くぶくりん》、生意気なルーキーを殺せというコールだったのが悔《く》やまれるところだ。

11. コロシアムの影響者《インフルエンサー》

リトラは魔物相手に順調に勝ち星を挙げていった。美貌も相まってコロシアムでの人気はうなぎ登りだ。

すぐに支援者がつき三日と経たずにコロシアム近辺の高級宿に居を移した。

一方オレはというと――

「ひいっ！　こ、降伏する！　だから殺さないでくれぇ！」

コロシアムの中心で若い男が尻餅《しりもち》をついてオレに懇願する。恐怖におびえて身動きも取れないようだ。

観客席の隅々から敗者を殺せコールが響き渡る中、オレは男を殴り飛ばす。派手に吹き飛び対岸の選手入場口手前まで男は転がった。ぐったりとしたまま動かない。が、死んだわけではない。

オレは握った右の拳をゆっくりと開き治癒魔術の魔力を解いた。審判に向き直る。

「勝負はついた。オレの勝ちを宣言しろ」

「で、ですが……」

「生かすも殺すも勝ったオレの自由だろ」

審判はしぶしぶオレの右腕をとって天に掲げた。

「勝者ネクロ！」

会場中のブーイングを一身に集めたところで客席に中指を立てる。すっかりオレはコロシアムの悪役だ。

不殺を貫き破竹《はちく》の十七連勝。武器も持たない治癒術士の勝利は初戦こそまぐれと言われていたが、ここまで危なげなく勝ち続けてきた。

日に二度三度戦うのも当たり前だ。不死者の肉体と治癒術士の回復力は伊達ではない。

世間の逆風《ぎゃくふう》まっただ中のオレに貴賓席から声援が飛ぶ。

「ネクロさんナイスファイトですよー！　あとで一緒にお茶しましょうお茶！　アフタヌーンティーを予約しておきましたから！　お金の心配はいらないですからね！」

観戦にやってきたリトラだけは味方だった。

彼女に手を振って応えてから控え室に戻ろうとすると、不意に対岸側の扉が開いた。今日の対戦はすべて消化したはずだ。

予定に無い挑戦者の登場に場内が静まりかえる。

観音開きの扉を自らの手で押し開いて姿を現したのは不動のチャンピオン――スピニアだった。

「おいたが過ぎるわねネクロちゃん。ずっと我慢してきたけどもう限界！　あんたの試合はどれもこれもあれもそれもなんでもかんでも不完全燃焼なのよ！　殺されなかった剣闘士の名誉なんて、きっと考えたこともないんでしょうね？」

颯爽《さっそう》と入場したスピニアの足下には、オレが今し方ぶっ飛ばした若い男が横たわったままだ。

「敗者の命乞い……みっともないわね。美しさの欠片もないわ」

チャンピオンが人差し指を立てる。先端に魔力が灯った。まさかこいつ……殺すつもりなのか!?

「勝負は決したんだ。部外者がしゃしゃってんじゃねぇよ！」

スピニアが小さく息を吐く。

「コロシアムでの敗北は死。だからこそ魂が磨かれ強者が生まれるの。覚悟のない人間って醜いわ。だからあたしが綺麗にしてあ　げ　る」

スピニアが言い終える前にオレは駆けていた。コイツは人を殺すことに躊躇《ちゅうちょ》がない。チャンピオンの王座は屍の上に建つのだから。

ピンク鶏冠が倒れた男の襟首《えりくび》を掴んで持ち上げる。

「やめろおおおおおおおおおッ！」

吠えながら間合いに飛び込み殴りかかる。が、スピニアはオレが止めに入ると読んでいた。掴み上げた男の身体をスッと投げ捨て鼻で嗤う。

同時に、魔力のこもった指先がカウンター気味にオレの左肩を打ち抜いた。

「身のこなしが野性的ね。洗練にはほど遠いわ。黒炎熱《こくえんねつ》を込めた指針のお味はいかが？」

「ウグオアアアアアアアアアアアアアアアアッ⁉」

穿たれた瞬間、肩口から全身に衝撃が走る。赤熱した焼きごてをねじ込まれたような激痛だ。痛いッ！　熱いッ！　苦しいッ！　ヤツの指先を通じて熱が身体を内側から焼き、臓腑《ぞうふ》まで燃え落ちそうだ。通常の痛覚遮断では対処しきれないッ⁉

チャンピオンの手首を掴んで指を引き抜こうとするが、スピニアの腕はピクリとも動かない。腕の力が人間のそれではなかった。

「あんた若いわね。格闘術の師匠はいないのかしら。技術が伴ってないなんて、せっかくの身体機能がもったいないじゃない」

「クッ……ははっ……あいにく全部我流なもんでな」

ドシュッと煙を上げてスピニアの指が引き抜かれた。血の一滴も漏れることなく肉の焼け焦げた臭いが漂《ただよ》う。

よろけながら後方に下がり右手で傷口をかばうように覆った。治癒魔術を頭の中で構築し発動させる……が、左肩が上がらない。

傷そのものの治りが普段とは明らかに違う。遅い。コイツは思っていたより何倍もヤバイ相手だ。

オレが穿たれると同時に観客席が再び沸いた。スピニアコールが地鳴りのように響く。

「剣闘士になった人間はあんたのことを殺すつもりで挑んでくるのよ？　殺しちゃえばいいじゃない。ネクロちゃんの実力なら簡単でしょ？」

「それはできない相談だ。オレは……治癒術士だからな」

不死者やエインヘリアルである前に、オレという人間の本質はそれなのだ。

スピニアは一瞬呆《ほう》けたような顔をすると、すぐさま盛大に笑った。

「あーっはっはっはっは！　なによそれ？　治癒術士なら戦いの場に出てこないで、後方で負傷者の手当でもしてればいいじゃないの？」

「それだけじゃ救えない人間もいると気づいたんだ」

このコロシアムだって国民のガス抜きと戦意向上のためのものだ。

「あら？　誰を救うって？」

挑発するオカマ野郎の顔をじっと見据える。

「ハデル王の戦いが悪戯に犠牲者を増やし続けるだけのものなら、オレが止める。ソル王国は血を流しすぎた。誰かが止血しなきゃならない。だから……こんなところで足踏みしてる場合じゃないんだよ」

スピニアのオレンジ色の瞳が満月のように大きくなった。

「まさかハデル王を倒すのが狙いなの？　御前試合であたしと戦うのもそのために？」

つい口が軽くなった。客席の歓声に紛《まぎ》れて他の人間には聞かれていないだろうが、スピニアが密告したら面倒なことになる。

「別に倒すなんて言ってないぞ。言ったろ？　出血を止めるって」

チャンピオンはふふっと小さく笑った。

「この国は病んでるから治療しようですって？　治癒術士は王を超えた神様かなにかかしら？　傲慢《ごうまん》ね」

「オレはオレにできることをしてるだけだ」

他に方法を知らないからな。

「それが傲慢なのよ。才能に恵まれた人間のね！　できない者や叶わぬ願いに呪われた人間にとって、やればできる夢は叶うなんて言葉はまやかしだもの」


頂点に立つ男の表情が憎悪に歪んだ。コイツは自分が後者だとでも言うつもりなのか？

唖然《あぜん》とするオレにスピニアは続けた。

「はっきり言って……あんたは邪魔よ。弱者ならすぐに消えると思っていたけど、どうしてあんたみたいなのが強いのかしら？　普通の人間が強くなるためにどれだけ犠牲を払ったか知らないでしょう？」

「ずいぶんと強さに執着するんだなチャンピオン？」

「当たり前よ！　血反吐《ちへど》にまみれて強さを追い求め、それでもエインヘリアルになる資格を得られたか不安でしょうがないのに……これ以上、あたしはコロシアムで負けられないの」

「まるで一度負けたような口ぶりじゃねぇかチャンピオン？」

スピニアが笑顔を作る。不気味だ。なぜ笑う？

「あら、ちょっとお喋りしすぎちゃったわね。お互いの失言は聞かなかったことにしましょう」

チャンピオンから敗北についての明確な返答はなかった。

会話の間も治癒魔術を続けてようやく肩の神経回路がつながった。

治りにくい「弱い」部分を狙って正確に射貫く指先の技か。オレからすれば相性は最悪だ。

片腕は下がったままだが身構えた。

「で、乱入してきたんだから続行するんだよな？」

正直なところ、戦いながら対処法を見つけられるほどぬるい相手ではない。背を向けても後ろから撃たれるなら前を向く方がマシだ。

スピニアの発する圧がフッと霧散した。

「強がりな男は嫌いじゃないわ。この国を治す……それが汚泥《おでい》にまみれた思想であっても、決意すること自体は純粋で綺麗だもの。だからその美しさに免じて今日のところはこれくらいにしてあ　げ　る」

王者らしく上から目線かよ。

「なんだテメェ！　逃げんのか？　かかってこいやぁッ！」

スピニアは目を細め口元を緩ませた。

「三連戦のあとのお疲れなネクロちゃんと殺し合いするなんてもったいなくてできないわ。お楽しみはとっておきたいでしょ。それに……」

スピニアの視線が客席側に向く。貴賓席の柵を乗り越えてリトラが曲刀の柄を握り、今にも闘技場に乱入しようとタイミングを伺っていた。

が、スピニアの一にらみで少女はぶるっと震えて怖《お》じ気《け》づく。奇襲はバレていたようだ。

スピニアは「お利口さんね」とリトラに投げキッスを飛ばすと、オレに背を向けた。

「週末までに二十勝を達成したら特別に晴れ舞台に招待してあげるわ。あと三勝くらいネクロちゃんなら簡単でしょう？　それまでに、あたしの出した宿題も済ませておくようにね」

技を見せるためにコイツは乱入したのか？

頂点に立つ男の風格をにじませながら、赤いマントをなびかせた背中が遠くなっていった。

「やってやろうじゃねぇか」

オレの身体に直接挑戦状を叩きつけてきたのも、チャンピオンの余裕……いや美学だな。強さと美しさにこだわるからこそ、手の内を明かし対策の期間まで与える。

完璧に勝利するために。それがスピニアにとって至上の喜びなのかもしれない。この国を止血するなんて言っちまったオレと同レベルのバカだな。

客席を駆け下りてリトラが闘技場に降り立った。オレに肩を貸してこちらをじっと見つめる。

「だ、だだだ大丈夫ですかネクロさんッ!?」

「このとおり余裕だ」

「けどネクロさん腕が上がらないみたいじゃないですか……」

リトラにも見抜かれるようじゃ本番では隠しきれないな。

「たいしたことないって。心配すんな」

笑ってごまかしたが戦乙女はムッとした顔だ。

心配そうにリトラが訊く。

「私が魔物戦をあと一週間くらい続ければ二人分の刑期も完済です。ネクロさんが無理に戦う必要はありません」

「こっちから出向くつもりだったがパルミラにハデル王が来るんだ。御前試合で勝てば謁見もできるだろ？　正体を暴く千載一遇《せんざいいちぐう》のチャンスじゃないか？」

「そうかもしれませんけど……」

リトラはしょんぼりと肩を落とす。

「なにしょげてんだよ？　元気しか取り柄がないヤツがへこんでんじゃねぇって」

「あっ！　ひどいです！　心配してあげてるのに。精神的ケアハラですよそれって」

また新作ハラスメントを世に送り出しやがって。ハラスメント職人が。

少女のおでこを右手の人差し指で軽く弾く。

「痛っ！　暴力反対！　これでもか弱い女の子なんですけど？　死んだらどうするんですか！　頭蓋骨で守られてますけど、この中には世の中のありとあらゆる美食のデータがつめこまれる予定なんですから！　衝撃で消えたら困ります！　それに……ネクロさんとの思い出だって……」

早口でまくし立てたかと思えば、最後の方で少女はごにょごにょと口ごもった。

「デコピンで致命傷を負うわけないだろ。頭おやつ係かよ？」

オレは指先でリトラの額を連打した。

「あわわわわやめてくださいってば！　脳が半分にぱっかーんって割れちゃいます！」

「脳みそってのはもともと左右に分かれてるんだ。その間をビシビシ叩いてるだけだぞ」

「あうう訳わかんないですよ……あ、あの……ネクロさん」

少女は伏し目がちになった。

「どうしたんだよさっきから？」

蚊《か》の鳴くような小声で少女は囁く。

「一緒にどこか遠くに逃げちゃいませんか？　ネクロさんはすごいですけど、なんでも背負いすぎです。早死にしますよ？」

「はぁ？　もう死んだだろうに。それに逃げるっていったってどこに逃げる？　逃げた先でどうすんだよ？」

オレが不死者であることもリトラが戦乙女であることも変わらない。それはリトラ自身も解っているはずだ。

「ネクロさんと一緒ならどこでも楽しく元気に暮らしていけると思います！」

両手をきゅっと結んで脇を締めると少女はオレの顔を下からのぞき込む。うっすらと目に涙を溜めていた。

「オマエはたくさんの人間を救いたいんじゃなかったのか？　そのために天界で出世するんだろ？」

少女は闘技場の客席をぐるりと見渡した。その瞳は寂しげだ。黙ったままのリトラに問う。

「まさか野蛮な人間に救う価値なしなんて言わないだろうな。人間同士で戦争しまくってるんだから、最初から判ってたことだぞ」

「ち、違いますよ！　むしろ逆というか。上手く言えないんですけど、人間に私たちの助けが本当に必要なのかな……って、ネクロさんを見てると思うんです」

戦争を止めるということは、それを司る主神や英霊を集める戦乙女の存在を否定することにつながるのかもしれない。心細そうなリトラに告げる。

「神族も巨人族も嫌いだが……オレはオマエと一緒にバカやるのは楽しいぞ」

少女の顔が真っ赤になった。

「い、い、い、いきなりデレないでくださいよ？　結婚しますか？」

「するかッ！」

すかさず戦乙女の額にデコピンを叩き込む。少女は「あぐぅ！」と奇妙な声を上げた。

「どうしてそう極端なんだ。だいたいオレとオマエは宿敵だろ」

不死者と戦乙女は狩るか狩られるかの関係が正常だろうに。

「宿敵と書いて戦友と読む！　ですね？」

「ですねじゃねぇって」

コロシアムで剣闘士になってしばらく、人間世界に一層なじんでしまったリトラの戦乙女としての使命感が薄らいでいるのは火を見るよりも明らかだった。

12. 命を削ってオン・ザ・ジョブ・トレーニング《OJT》

翌日に三連戦を消化し二十勝に到達するのは簡単だった。コロシアムの対戦相手はオレがチャンピオンに一目置かれているというだけで及び腰なのだ。

オレが絶対に殺さないということもあって、対戦者も必死にならないのだから負ける方が難しい。

チャンピオンへの挑戦権を手に入れるところまではトントン拍子だった。

そこで残る日数を特訓に当てることにした。スピニアがわざわざオレに技を見せて対策期間を与えたのを無駄にはすまい。

リトラが一声かければ彼女の後援者や支援者が訓練場を用意した。今回ばかりは相手が相手だ。ありがたく使わせてもらうことにする。

野外訓練場はコロシアムからもほど近く、人気の花形剣闘士たちが試合に向けて調整を行うための施設である。それをまるごと借り上げられるくらい、今のリトラは人気者だ。

彼女の剣のトレーニングに付き合うというのは形だけで、実際のところはオレの特訓である。

訓練場の中心でリトラと二人、立ち会う。少女は曲刀を突きの構えに固定し、互いにじりじりと間合いを狭めていった。

「それじゃあ行きますよネクロさん！　お覚悟チェストぉ～！」

気の抜けた声とともに踏み込み、同時に少女の白刃《はくじん》がオレの肩口を狙う。

鈍い。遅い。以前の洗脳状態でオレを殺しにかかった時の鋭い一撃は、すっかりなりを潜めていた。

身をかがめ避けつつ前に一歩踏み込んで、少女の額に軽くデコピンを当てる。

「おいコラ戦乙女。手加減は不要だぞ」

「してるつもりはないんですけどぉ。あっ！　きっとネクロさんが強くなってるんですね」

不死者の身体にもすっかり馴れたが、そういった自覚はない。

「頼むからオレを本気で殺すつもりでやってくれ。というかいっそもう殺せ」

「で、できるわけないですよ！　ネクロさんは私にとって大事な……そのぉ……あ、相棒？　ですかねぇ。あの！　そろそろお互いをニックネームで呼び合うのってどうですか？　ネクロさんだから……クロちゃんとか？」

「却下《きゃっか》だ！」

その呼び名でオレを呼んだのは過去に一人きり。不意打ちで姉貴を思い出させるな。

「あうぅ～可愛いと思ったのにぃ」

少女は曲刀を降ろしてしどろもどろになった。

「なあ、もしオレが悪い不死者になって人間に迷惑をかけまくるようになったら、オマエは止めてくれるんだよな？」

「当たり前です！　ちゃんと説得してみせますから。きっと美味しい物を食べてぐっすり眠ればネクロさんなら人間に戻れますよ」

軽く握った拳で胸の辺りをトンと叩いて少女は笑顔を見せる。空のように青い髪が風にたなびいた。

オレが悪い不死者になんてなるわけがないとでも言わんばかりだ。人間扱いしやがって。

「ありがとうなリトラ」

「なんのなんのです！　さあ、続けましょう！」

少女が曲刀を構え直す。すぐに特訓再開だ。

こちらからお願いして付き合ってもらっているのだが、リトラの踏み込みは甘い。あくびが出るほど遅くもないが、軽く雑談するくらいには余裕がある。

「なあリトラ。オカマの不死者っていると思うか？」

「なんでそんなこと訊くんですか？」

「いやまぁ……そのなんだ……」

不死者の契約を結ぶかどうかという瀬戸際で、ヘルの美貌にコロッと落ちるから不死者は男ばかり……というのはオレの勝手なイメージだ。

リトラは突きを放ちながら続ける。

「そういえば女性の不死者っていませんね。私が知らないだけかもしれませんけど」

少女の鈍った切っ先をギリギリまで引きつけて、紙一重《かみひとえ》のところで顔を左にそらす。皮膚は切れたが、リトラの伸ばしきった腕の内側に入ることができた。

「あっ！　す、すみません！　あたっちゃいました」

「これでいいんだ。オレは治癒術士なんだから致命傷以外は遠慮いらんぞ」

右手の親指で頬の傷をなぞって閉じる。

「遠慮してるつもりはないんですけど……うう……ネクロさんのお役にも立てないなんて」

「へこんでんじゃねぇよ。オマエのおかげでこうして特訓ができてるんだ。ほら、もう一度行くぞ。頼むぜ……相棒」

「あ、相棒ッ!?」

「なんだよ？　文句あんのか？」

「嬉しいです！　私はネクロさんに頼りにされているんですね！」

三歩下がって間合いを取り直し呼吸を整えた。少女も突きの構えをとる。神妙な面持ちだ。

「じゃあ行きます……チェストぉ！」

切っ先がオレの喉元に迫った。

が、集中状態のオレが避けられる程度の攻撃だ。コロシアムで魔物を倒すリトラはまさに神速だった。今の彼女の突きは本気の時と比べて、ハエがとまるくらいの遅さに思えてならない。

見れば突きを放つと同時に少女がにへらと笑っていた。

「笑うなよこっちは真剣にやってんだぞ!」

「す、すみません。でも相棒っていうのが嬉しくてつい……」

少女はその場で身もだえる。喜ばせるために言ったんじゃないんだが、逆効果になってしまったか。

「オマエの突きのリーチが今のオレには必要なんだ。頼むからしっかりしてくれ」

リトラはふと気づいたように独り頷くと、曲刀の切っ先を反転させて柄をオレに差し出した。

「偽の冒険者ギルド長を倒した時みたいに、剣で戦うのはいかがでしょうか? チャンピオンの間合いの外から攻撃できますし。それにスピニアさんはもしかしたら……」

不死者かもしれない。と、リトラが言いたくなるのも仕方ないか。

「オーディンから授かった大事な武器だろ。いいのかよ?」

少女は黙って青い瞳でじっとオレを見据えた。せっかくのご厚意だが、そっと柄を手のひらで押し返す。

「今回はイエータの時と状況が違うんだ」

「なんでですか? スピニアさんだってネクロさんを殺すつもりでくるんですよ? 武器を使わない方がコロシアムでは少数派みたいですし、卑怯《ひきょう》じゃありません!」

「スピニアが不死者と確定したわけじゃないからな。それに手加減できる相手でもない。もし人間だったら殺しちまう。戦乙女の武器で人間を斬り殺すのは良く無いだろうに」

少女の目が皿のようにまん丸くなった。

「あっ……そっか……じゃあスピニアさんの正体さえわかれば遠慮無く武器が使えますね」

「どうやって正体を暴くんだ？」

「お風呂をのぞき見するとか？」

実行可能な提案だが風呂場で襲われてはかなわない。

「却下だ。特訓の成否はオマエの本気にかかってる。もっと気合い入れて打ち込んできやがれ！」

リトラの気の抜けた攻撃では成果につながるか微妙なところだがやるしかない。

と、思った矢先――

クワーッ！　クワーッ！　と、空に鳴き声が響き渡った。

見上げると白と黒、二羽のカラスが青空の中で旋回《せんかい》している。

天界に召喚された際に見たオーディンの使い魔連中だ。ジェスチャーでオレを小馬鹿にしたのは忘れてないからな。

「げっ！　ギン様にムニ様ッ！　ひえええええ！　お助けです！」

うら若き乙女が「げっ！」なんて言うんじゃありません。曲刀を放り出してリトラはオレの背に隠れた。

二羽のカラスは地上めがけて降下を始めると、そのシルエットが大きく膨らみ人の姿となって着地した。

鳥が人間に化けようが驚きはない。オーディンの使いならそれくらいはできるだろう。

白と黒。おかっぱ頭の双子《ふたご》のショタたちが、オレとリトラの前に立ちはだかる。

オレの髪色よりもさらに透明感のある純白の少年がため息交じりにオレに言う。

「やあオーディン様の誘いを断った愚《おろ》かなる人間」

白カラス——ギンは高圧的というか生意気なクソガキという感じだな。

隣で黒カラスの少年——ムニがあくびを一つ。

「……眠い」

ぼーっとした眼差しをこちらに向け、黒カラスがうとうとし始めた。器用に立ったまま眠ってみせる。

「用件はなんだ白黒カラスども」

ギンが目を細めた。

「リトラが戦乙女として動作不良を起こしているみたいだからね。代わりにボクらがキミを殺しに来てあげたんだよ。ほらムニも起きて起きて」

「……ん〜ふぁぁぁ……しょうがないなぁ」

二人は虚空から槍を抜き払った。ギンの槍は白でムニの槍は黒だ。ともに戦乙女が持つ不死者特攻の槍によく似ていたが、その長さは長剣程度で槍というには短かった。

少年たちの背に戦乙女のような翼が生える。オーディンからリトラを任せられたはずだがこれはどういうことだ？

「ずいぶん物騒だな。主神様の気が変わったってのか？」

「これはボクらの判断さ。キミはリトラに悪影響を及ぼすんだよネクロ。戦乙女は英霊を回収するシステムの端末……命令に従ってさえいれば良いんだ」

オレの背後に隠れて震えていたリトラが前に出て、自らに施した封印を解除する。

久々に戦乙女となってギンとムニの前に立ち塞がった。

「や、やめてください！　ネクロさんのことは私が責任を持ちますから！　殺すだなんて言わないでください！」

黒髪の少年が冷淡な眼差しを向けた。

「……端末ごときがぼくらに意見するの？　……消すよ」

思春期特有の症候群的な口ぶりだが、ムニには底知れぬ不気味《ぶきみ》さがある。リトラは背筋をビクンとさせた。広げた翼もシュンッと萎縮《いしゅく》したように閉じてしまった。

ギンが再び警告する。

「解ってるよねリトラ？　叛逆《はんぎゃく》には厳正な処罰を下すことになる。おやつ係への降格程度じゃ済まないから」

「うっ……」

これをヴァルハラと言わずして何をヴァルハラ言う。オレは少女の小さな背に告げる。

「下がってろリトラ。こいつらはオレに用事があるんだ」

見た目こそガキだが主神の直属。リトラが恐れる相手が二人。上等だ。やってやろうじゃねぇか。

ギンが前に出てムニが背後にスッと重なった。

「ボクは絶対に許さない。オーディン様の祝福を受けたにもかかわらず、不死者に堕ちて裏切ったキミをね。その穢《けが》れた魂を消し去ってあげるよ！」

純白の少年が短槍《たんそう》を構えて真正面から飛び込んでくる。リトラの瞬発力とほぼ同等だ。いかに短めの槍といっても素手のオレより断然リーチは長い。突きの軌道を読み切って槍の柄を左腕で振り払い弾くと、カウンターの右拳を放つ——

その刹那、ギンの背後から漆黒の穂先が繰り出された。ムニの動きは影のごとくギンを追従《ついじゅう》する。

右手で黒槍を叩き落とした。その間に体勢を整えてギンが白槍を打ち込んでくる。避ける。その避けた先めがけてすかさずムニの黒槍が打ち込まれ、防御も回避もできないオレの左肩を射抜いた。

肉体の損傷による痛みを治癒魔術で緩和《かんわ》して、それでもなお痛みに意識をもっていかれそうだ。

魂を削り取られたような感触に死の臭いを感じる。白黒カラスの槍は間違いなく、不死者特攻のそれだった。ギンの背後で漆黒の少年が槍をゆっくり引き戻す。

傷口から血が吹き出し前衛の白い少年を赤く染めた。

「不死者のくせに人間と同じ色の血を流すんだね」

ニヤリとした不気味な表情にオレは飛び退くように下がって間合いを測る。正面に立つギンの顔を指差し告げる。

「オマエらの攻撃はだいたい理解したぞ」

こうでも言っておかねば気がすまない。対処法は現在考え中だ。

槍にせよ剣にせよ攻撃後には隙が生じる。そこを叩くのがオレの戦い方だが、一拍遅れて飛んでくる二の矢ならぬ二の槍が、前衛のギンへのカウンターを潰していた。

ならば、こちらから先手を取るしかない。

軽くかかとを上げてリズムを取り、フットワークで掻き乱す。が、二人には簡単に見切られた。

跳び蹴りで攻めの起点を作ろうとしても潰される。上下段の二択を迫ってみればギンとムニはそれぞれが分担してオレの攻撃に対処してくる。双子の連携には一分《いちぶ》の隙もない。

じゃんけんで相手は二つの手を出し、オレの出した手に対して好きな方を選べるようなものだった。

受けた反撃はかろうじて急所こそ外しているが、オレから打って出る度に傷が増える。その傷も痛みも治癒魔術では治りにくい。

全身の傷が二桁に乗ったところで二人に訊く。

「そんだけ強いならオマエらが不死者を始末しろよ」

赤く汚れたギンが首を左右に振る。

「誰しも役割というものがあるんだよ。ボクらはオーディン様の手足だからね。リトラもそうさ」

背後の影が頷いた。

「……戦乙女には戦乙女の……ぼくたちにはぼくたちのすべきことがある……」

それらしいことを言うだけなら誰にでも出来るっつーの。槍を弾きながら黒カラスに告げた。

「どうせオマエらも人間に化けた不死者の見分けがつかないんだろ。やらない理由だけはご立派なもんだな」

「……不死者を殲滅するなら……人間全員を殺す……探すの面倒だから……リトラちゃんが使い物にならないなら人間を殺すしかないね……」

ぼんやりとした顔でなんてことを言うんだコイツは。オーディンが不死者の捜索と撃破を戦乙女に任せた理由が、少しだけ解った気がした。

無慈悲な双子の言葉にリトラは力なく膝から崩れた。涙を浮かべたまま懇願するように手を組んで祈る。

オーディンの使いたちに慈悲《じひ》を請うことすらも、戦乙女の彼女には許されざる行為かもしれない。

少女は声を上げられなかった。

それでいい。大人しくしてろリトラ。オレをかばおうなんてバカなこと考えるんじゃない。

ギンの背後で影となった漆黒の少年が囁いた。

「……そろそろ本気で行こうよギン……もう飽きちゃった……」

「そうだねムニ。オーディン様を裏切った者の末路をたどってもらうよ……ネクロ」

少年たちの手の中でそれぞれの槍がブレたように振動すると、二本に増える。

二刀流ならぬ二槍流。ギンとムニの姿が一つに重なって見えた。

「双星《そうせい》の四重槍《しじゅうそう》」

ユニゾンが響き渡る。距離を取ろうと後ろに跳ぶが、下がった分だけ二人は踏み込み距離を詰めた。

死を運ぶ四本の切っ先がオレに牙《きば》を剝く。集中して軌道を予測した。先ほどまでとは違い攻撃のタイミングがバラバラだ。一つ二つ避けたとしても、三の槍か四の槍に串刺《くしざ》しにされる未来が見える。

このまま逃げてもやられるッ!?

急所を外すのも避けきるのも無理だと判断し、オレは前衛に立つギンの顔面に拳を放った。

相打ち上等。四重槍の初撃をかいくぐり二撃目を急所を外すように脇腹に受けたまま踏み込む。

刹那――

「やめてくださああああああいいいいッ!」

純白の羽毛が吹雪のように舞って、白亜の槍を構えた戦乙女モードのリトラがオレと双子の間に割って入った。三撃目の黒い槍の切っ先とリトラの槍が火花を散らし、四撃目が少女の頬をかすめる。

バカやってんじゃねぇよ! オレが刃向かうのとはわけが違うだろ!

「なにのこのこ出てきてやがるんだオマエ!」

「わかりませんよそんなの! 身体が……勝手に動いちゃったんですから……」

リトラは青い瞳から大粒の涙をぽろぽろこぼした。

彼女の介入でオレの拳はギンの鼻先数ミリのところで止まっていた。瞬き一つせず白カラスはじっとオレの拳を見つめたまま固まる。

ギンの背後で黒い影が呟く。

「……命が惜しくないの?」

ムニの声は氷のように冷たい。オレではなく戦乙女への警告だ。

リトラがぶるりと震え上がった。背中の翼もしゅんっとしぼむ。

「あ、あのえっとムニ様これはその、あれなんです！　ネクロさんのパンチは無茶苦茶痛いんですよ？　私はギン様が危ないって思って止めに入ったんです本当です信じて下さい嘘じゃありません！」

早口と高速手のひら返しで取り繕うリトラにギンは小さく頷いた。オレの脇腹を貫いた槍を抜き、血を振り払う。

みるみるうちにオレの返り血に汚れていた少年の姿が浄化されるように、純白に戻った。

こっちはこっちで空いた風穴に手を当て止血し塞ぐ。

が、血の止まりが遅い。このまま戦闘継続となれば反撃の術《すべ》がない。

ギンがリトラを見据える。

「いくらオーディン様のお気に入りでも、逆らうなら殺しちゃうよ？　壊れたおもちゃはゴミとして処分しなければいけないからね……捨てると決まったならリトラの事をもっと壊してもいいよね」

「……私は……戦乙女失格です……オーディン様に捨てられても仕方ないです……けど、ネクロさんだけは……」

オレの心配をしている場合かよ。

戦乙女は槍の柄をぎゅっと握り込む。引き下がらないリトラに純白の少年は満足気に微笑んだ。

「なーんて嘘だよ。冗談さ。そもそもボクらがオーディン様の指示もなく独自判断で動くわけないでしょ?」

悪戯っぽく笑うギンにリトラが腰砕けになってへなへなと尻餅をついた。

「はへぇ……そ、そそそ、そうですよね!」

両手を揉むようにしてへぇへぇと三下《さんした》ムーブに移行するリトラに、ギンの背後からスッと抜け出た黒カラスが呟く。

「……けどさ……ぼくらの邪魔をしたのは事実だから……リトラちゃん……今月の査定を楽しみにしておいてね」

「ひいいいいいいいいっ!」

おやつ係への降格待ったなしだろうか。オレは塞がらない傷をかばいながらギンに訊く。

「冗談で人の腹に風穴開けてくれるんじゃやねぇよ」

「本気で殺すつもりでやれってオーディン様から頼まれたんだよ。仕方ないじゃないか」

あの眼帯マント幼女の手のひらの上で踊らされたってわけか。けどなんでリトラまで巻き込んでこんなことをしやがる? オレの疑問を察するようにムニが補足した。

「……リトラじゃ訓練にならないんでしょ?」

眠そうな口ぶりであくび混じりに黒カラスは目を擦る。そこまでお見通しってわけか。

ようやく止血できたところでオレはゆっくり息を吐いた。

「リトラの処分を取り消せ。こいつがかばったのはオレじゃなくてそっちの白いガキの方ってのは事実だからな。でなきゃオレと相打ちになってたんだぜ？」

リトラが止めなければ右の拳はギンに届いていた。白カラスは「ボクらの方が速かった」と否定する。一方、黒カラスは首を傾げて考えたような素振りを見せてから呟いた。

「……そっか……ギンを守ったならいいよ……リトラちゃんを許すね……」

いともあっさり処分を覆したムニにリトラは「ありがとうございます！　ありがとうございます！」と何度もお辞儀する。

あっさり処分を取り消すなら最初から圧をかけるんじゃやねぇよ。これがリトラの言うヴァルハラですか？

オレの傷が塞がりきるのを待ってギンが再び槍を構えた。

「ボクはキミが個人的に嫌いだし協力するのも不本意だ。殺したい……けど、オーディン様の命令だからね……特別に鍛《きた》えてあげるよ」

ムニが同じく槍を手に「……訓練には事故がつきものだけどね……」とつけ加えた。

「上等だ。やってやろうじゃやねぇか」

オレは身構える。いけ好かないのはお互い様だ。とはいえ遺憾《いかん》ながらコイツらの強さは文句なく、仮想オカマチャンプにはうってつけだった。

リトラが再び割って入る。今度は白黒カラスではなくオレに訴えかけてきた。

「む、無茶ですよネクロさん！　お二人を相手にするなんて！」

「こいつらの攻撃を全部避けきれればスピニアにも充分太刀打《たちう》ちできるだろ」

「そうかもしれないですけどぉ」

「大丈夫だって。オマエの上司をボコボコになんてしねぇから」

あえてギンに聞こえるように告げると、双子カラスは「「殺すよ？」」と声をユニゾンさせた。

治癒術士のオレが強くなれた理由はたった一つ。

自己治癒を駆使し負った傷を戦いの中で癒やしながら、自分よりも強い相手に挑み続けることができたから。ただそれだけだ。

相手にとって不足は無かった。

13．二人きりの相互理解《オリエンテーション》

連日特訓が続いた。片手で数えるほどの日数だったが、朝から晩まで双子カラスが繰り出す槍を避け、弾き、防御の術を磨く。最終日の今日はついに「双星の四重槍」を完全に見切ることができた。

ただ、一つだけ気になることもあった。

黒カラスのムニが去り際オレにこう言ったのだ。

「……きみは人間だった頃よりも弱くなったかもね……本当の力に気づいてすらいないし……」

オレに攻撃を見切られた悔し紛れの言葉だと取り合わなかったが……なぜか双子カラスが引き上げた後も妙に心に引っかかったままだ。

まあいいさ。明日はついにパルミラがハデル王を迎えて町中お祭り騒ぎとなる御前試合の日だ。

英気を養うためにとリトラが用意してくれた貸し切りの温浴施設で、オレはふわふわと海中のくらげのように湯船に漂っていた。

目の前を白い湯気が包む。心地よい水音に気持ちが安らいだ。手足の指先まで温かく血が巡るのがよくわかる。

一汗掻いたあとの風呂ほど良いものはないな。流れたのは汗より血の方が多かったが、全身の刺突痕《しとつこん》の痛みも湯船に溶けていった。

「借りが出来ちまったな」

リトラの顔を思い浮かべると言葉が漏れた。

と、その時——

浴場と脱衣場を隔てる扉が開く音がした。貸し切りのはずだが、間違って宿泊客が迷い込んだのだろうか。

濃霧のような湯気の向こうに人影が浮かぶ。腰の辺りがくびれていて臀部から太ももにかけて妙にむっちりとしていた。

「あ、あのネクロさん！　お邪魔しますね？」

声に思わず湯船から立ち上がり、すぐさま隠れるようにもう一度肩まで湯に浸かる。

青い髪をアップにまとめて大きなタオルを身体に巻いたリトラが、頬を赤らめながら湯船に近づいてきた。

「おうおわあああ！　な、な、なにやってんだよオマエは！」

「え、えっと背中を流そうかと思って。それとも全身の疲れをもみほぐすオイルマッサージがいいですか？　オーディン様に筋が良いって褒められたこともあるんですよ」

「いや結構だ！」

「遠慮しなくてもいいですから。他にもなんでも言ってくださいね」

長い髪を耳の裏に掻き上げるようにして少女は赤面する。オレは横を向いて彼女を視界から外した。いかにタオルで隠していようとも……だ。

「ありがとう。気持ちだけ受け取っておく。そろそろ上がろうと思ってたところだ」

「そ、そんな！　もう少しゆっくりしていってください。せっかく貸し切りなんですし」

「のぼせちまうよ」

「でしたらなおのことマッサージですね！　マットレスを借りてこないと。ちょっと待っててください！」

振り返りこちらに大きめのお尻を向けると、足を滑らせ少女は身体のバランスを崩して転びそうになった。が、寸前のところでリトラは踏みとどまった。

「おい大丈夫か!?」

とっさに立ち上がったオレと少女の視線がぴたりと合う。彼女の眼差しがゆっくりオレの胸元から腹部へと下がっていった。

慌ててしゃがみ湯船に逃げる。ああ、いったい何をやってるんだオレは。

一方少女は「こんなに傷だらけになって……全身穴だらけじゃないですか……」と、オレの身体をまじまじと見た感想をこぼし、落ち込んでしまった。

「大丈夫だ。一晩寝れば全快するから」

「私がもっと本気でネクロさんを攻撃できていれば、こんなことにはならなかったと思うんです」

ギンとムニが敵意剝き出しのおかげで特訓になったのだ。

「双子のカラスにやらせたのはオーディンなんだからオマエが気に病むことないだろ」

「どうしてそんなに優しいんですか?」

湯船の際までやってきて少女はしゃがみ込む。タオルを巻いて寄せて上げられた胸元は普段より盛り上がって見えた。リトラに気取られる前にオレは視線をそらす。

「優しくなんかねぇよ」

「そんなことありませんよ! ネクロさんは女の子に対して意外にも紳士だと思います」

意外は余計だっての。

黙っていると、懇願するように青い瞳がじーっとこちらの顔をのぞき込んできた。言葉を発さない時こそ主張が強い。オレに対して何かしなければ彼女の気持ちが収まらないのだろう。

「ああもう……わかった。じゃあ背中を流してくれ」

「かしこまです! ネクロさんの穢れを徹底的に落としてスッキリさせてあげますね!」

怪しいオイルマッサージよりいくらか健全だ。

というかリトラのやつはオレが男だと解っているのだろうか。

「おいこっちをガン見してんじゃねぇよ。湯船から出られないだろうが」

「あ、あわわわあひゃあああ！　失礼しました」

少女は立ち上がるとくるりと背を向けた。ぷっくりとしていてなだらかな曲線を描く尻の形が、張りついたタオル越しによくわかる。

彼女の視界を避けて洗い場に上がり適当な風呂椅子に腰かけた。

「じゃあお背中流しますね！」

さささっとオレの後ろ回り込み、リトラが何か柔らかいものをオレの背中にピタリと当てる。

思わず背筋に電気が走った。

「何か押しつけられてるんだが」

「ネクロさんって敏感なんですね」

振り返ると少女は濡らした海綿をもみもみして、液体石けんを泡立てていた。か、勘違いなんてしてないんだからね！　と、オレの心の中のツンデレが叫ぶ。

「男の人の背中って大きいんだなぁ」

素直な感想を漏らしつつ少女は海綿でオレの背中を丁寧に撫でていく。

「かゆいところとかありませんか？」

「いや、別に……」

されるがままだ。彼女が心ゆくまでオレの背中を流すのを待つ。

「ネクロさん背中も傷だらけですね。治癒魔術で綺麗にしないんですか？」

「ああ、そうなのか。自分の背中のことなんで気づかなかったよ」

「これからは私がネクロさんの背中を守ってあげます！　相棒ですから」

他の誰かがいなければ一生気づきもしない傷。そんなものがあるのだと気づかされた。

「ああ、頼んだぜ」

「なんだか今日のネクロさんは、いつもよりちょっぴり素直ですね」

「別に普段通りでなんにも変わってねぇぞ。ほら喋ってないでとっとと終わらせてくれ」

「急がなくてもいいじゃないですか。しばらく、ゆっくり話す機会もありませんでしたし。ほらほら、首だけこっち向いてると背中を流しにくいですから」

「あ、ああ」

促されるまま前を向く。少女はオレの首からうなじにかけて海綿を滑らせた。こそばゆくて背筋がぞわっとなった。他人に丁寧に触れられたのはいつ以来だろう。ガキの頃に姉貴に頭を撫でられたのを思い出す。

「私っていつも自分のことばっかりお喋りしちゃうんで、今日はネクロさんのことを聞かせてほしいです。ネクロさんのこと、私はもっと知りたいですから」

「オレの事？」

「どうしたらネクロさんは嬉しいとか、何をすると楽しいとか。それがわかれば一緒にできるじゃないですか」

「いつも目の前のことでいっぱいいっぱいで、あんまり考えたことがなかったな」

顔をつきあわせていないからか、自然と言葉がこぼれた。

「王様をなんとかしたあとはどうするんですか？　やりたいこととか叶えたい夢とか……ううん、そんなに肩肘張るものでもなくて、例えば……平和になったら故郷に帰ってゆっくりするとかでもいいんです」

リトラには姉貴や故郷の事は話していなかったな。別にする必要もないのだが、他に言うべきことも見つからない。

「帰る故郷はもうずっと昔になくなっちまったんだ」

「えっ……？　だってこの前は帰れるうちに帰っておかなきゃみたく言ってませんでしたか？」

「悪いな。あの時はまだ、オマエにこんな話をしていいかわからなかったから」

「今なら……話してくれるんですね。信頼してもらえて嬉しいです」

少女は噛み締めるように言うとさらに続けた。

「それで何があったんですか？　天変地異で集団お引っ越しとかでしょうか？」

「もうずっと昔……オレがまだガキだった頃に村が魔物の群れに襲われたんだ」

背中を流す手が止まり沈黙が十秒ほど続いた。が、小さい深呼吸を挟んでリトラは口を開いた。

「村の人やご家族は？」

声色は努めて冷静だ。いろいろと察したようだな戦乙女。オレは首を左右に振った。

「生き残ったのはオレ独り。両親はもとからいなかったが、唯一の家族だった姉貴を助けられなかった」

またほんの少し間をおいてリトラはオレに訊く。

「どんなお姉さんだったんですか？」

話を止めても良かったはずだ。彼女はそれでも踏み込んできた。

誰かの心に深入りすると、時として相手を傷つけてしまうことがある。覚悟の上か。ならば応えよう。

「ちょっとオマエと似てるかもしれん。食いしん坊で尻と態度がデカいところがそっくりだ」

もしかすれば死んだ姉貴の魂が巡り巡ってリトラになったんじゃないか……なんてことはさすがにないか。

一瞬の沈黙を挟んで、吹っ切れたように少女は言う。

「じゃあきっとネクロさんのお姉さんも、愛らしくて優雅で勇敢で素晴らしいお姉さんだったんでしょうね」

「オマエすごいな。落ち込んでたと思ったら自己評価をセルフ爆上げするなんて」

「いやーそれほどでもあります。はっはっはっは！」

今、リトラが凹《へこ》んでもどうしようもない事だ。下手に同情されるより楽でいい。

少女の手にした海綿がオレの脇腹を上下運動する。その手はかすかに震えていた。強がりさんめ。

かけ湯で泡を流すと少女の身体がオレにぴたりと密着した。

「急にどうした」

「お姉さんにはなれませんけど……もし良ければ今日くらいは私に甘えてください」

たどたどしくてぎこちない抱擁だった。

「大人をからかうな」

「じゃあ大人のネクロさんに甘えさせてください」

一少女はオレの胸の前に腕を回すと、ぎゅっと抱きついてきた。

「明日で全部終わるんですね。きっと勝てますよね？」

「オマエのバカ兄どもにさんざん痛めつけられたからな。おかげでスピニア対策はばっちりだ」

「相手はチャンピオンだけじゃありません。ハデル王が不死者なら倒すんですよね」

「不死者だろうとなかろうと、一発ぶん殴ってやるつもりさ」

右の拳を軽く握り込む。イエータの冒険者でアレクシスに化けた不死者を倒して以来、手の甲には４８８という数字が並んだままだ。

オレの身体をますますぎゅっと抱きしめて少女は鼻にかかった声で続けた。

「これは提案なんですが、今夜二人で逃げちゃいませんか？　二人分の刑期返済も終わっておお釣りがくるくらい戦ったんですから」

「逃げてどうするんだよ」

「どこかで一緒にひっそり暮らす……とか」

「戦乙女の使命や夢は諦めるのか？」

オーディンがオレに「リトラを頼む」と言ったのも、踏ん張りのきかなさを危惧してのことかもしれない。

「も、もちろんたくさんの人を救いたいですよ。でも……それ以上にネクロさんを失いたくないんです」

震える声にオレは再び小さく首を左右に振る。

「失うものなにも……不死者は戦乙女の宿敵だろうに」

「立場なんて関係ありません。自分でもどうしてこんな気持ちになったのかわからないんです。ネクロさんが心配なんです！　いつも自分が死んでもいいみたいな戦い方をして……私のことも救ってくれて……だけどそれじゃあネクロさんは誰が救ってくれるんですか？　私じゃ……ネクロさんを救えませんか？」

どいつもこいつもオレに気持ちを押しつけて勝手に期待する。

なのにリトラの想いの押しつけは、なぜだか不思議と心地よかった。

居場所や生きる意味について、こいつはオレに考えさせてくれる。

不死者になる前——死ぬまでのオレには生きる意味がなかった。魔物を何百何千と倒したところで、姉貴や故郷が戻ってくるわけでもない。復讐の熱も時間が経つほど冷え固まっていく。

空を行く戦乙女の姿を見上げるたびに自由に憧れていた。

彼女の……リトラの不自由や苦悩も知らずに。

「もう十分に救ってもらったさ」

抱きついていた腕がそっと離れて解放される。振り返ると涙で崩れたリトラの顔があった。

「傲慢でも上から目線って言われても構いません。自分のために生きられないなら、せめて私のために生きてください」

言い方が主神の眷属らしい。だが青い瞳がいつになく大真面目だった。

「オレは不死者だぞ。一度死んでるんだ。簡単にはくたばらないって」

「不死者は不死身じゃありません。だから隠れるし他の誰かに化けるんです。自分以外の誰も信じることができず、ずっと独りぼっちなんです。ネクロさんにはそうなって欲しくないんです」

不死者という呼び名に死を超越したような響きを感じていたが、オレはこの手でアレクシスもどきの不死者を葬った。

不死者の死とは流した血の痕跡さえも空気に溶けて消えてしまう完全な「無」だ。

「私はネクロさんと一緒にいると毎日が面白いことや嬉しいことでいっぱいで、もちろんケンカもしますけどそれだって楽しくて……私ではネクロさんの生きる理由にはなりませんか？」

オマエのポンコツぶりに振り回されっぱなしだけどな。

それでも——

出会って間もないのに、いっしょにあれこれバカやって、楽しければそれだけで幸せだった。

今までのオレの生き方にはない別の道を、コイツは一歩先に立って教えてくれる。オレの手を無理矢理引っ張って行ってしまう。

ああまったく、とんでもないヤツに目をつけられたもんだ。泣き顔のまま怒る少女の頭を撫でた。

「わかった。リトラ……何もないオレのために、これからもオマエがオレの生きる意味になってくれ」

怒りながら泣く少女が笑顔を作る。感情の大渋滞だ。

「何もないなんてことありませんよ。二人ならきっとその何かを見つけられます」

「ああ。そうだな」

「は、はい！　じゃあとんずら……じゃなくて、何かを探しに行きましょうか？　今日で剣闘士生活はおしまいです」

「逃げるのはまずいだろ。大事な御前試合をドタキャンなんかしたら、王国から指名手配されかねん」

「じゃあどうするんですか？」

少しだけおびえた眼差しの少女に告げる。

「明日戦うのはスピニアだけだ。ハデル王とはその後に話をするだけ……それでどうだ？」

すでにオレの容姿はパルミラ中に知れ渡っている。もし王が不死者なら、こちらが変装したところで、すぐに不死者と認知するだろう。

相手の出方次第というところだが、ひとまずチャンピオンとの戦いに専念しよう。

「わかりました！　明日は観覧席の最前列から応援してますから！　えっと……勝利のおまじないです」

不意に少女の唇が近づくとオレの頬に触れた。

「きゃああああああ！　やってしまいました失礼しますね！」

ぱしゃぱしゃと水を蹴立ててリトラは浴場から飛び出していった。

感触を思い出すようにそっと頬を撫でる。オーディンといいヘルといい、挨拶代わりかなにかなのだろうか。

14. 宿敵に対する顧客《カスタマー》満足度《サティスファクション》

コロシアムに歓声が響いた。

常勝の侵略王――ソル国王ハデルが近衛兵に囲まれて、観客席の最上段に作られた貴賓席に姿を現したのだ。

「あれが狂王か……」

オレは試合場から王を見上げた。

腰に立派な剣を携え漆黒のマントをはためかせる。全身一分の隙もない金色の甲冑に身を包み、美しい女神のごとき仮面を被っていた。あれでは中身が本物かどうかも疑わしい。

だが、風の噂では近年の公式行事において常にこの仮面甲冑姿であり、公の場で素顔を見ることはないらしい。

ひときわ輝く金甲冑姿の王が手を上げコロシアムに集まった民衆の声に応えると、会場はますます沸き上がった。

側近の文官がスクロールを開いて今回の御前試合の趣旨を読み上げる。

声は拡声魔導器を通じてパルミラの町の隅々にまで届けられた。

要約すると「今回の御前試合の勝者には望むままの報償を与える。また叙勲し王国軍の将《しょう》帥《すい》に取り立てる。強き者よ集《つど》えソル王国の旗の下に」といったところだ。

報償については考えていなかったな。ちょうどいい。なぜハデルが戦争を続けるのか直接聞いてみよう。勝者を尊《たつと》ぶこの国の王なら無下《むげ》にはできまい。

将帥に取り立てるというのも都合が良かった。仕えるつもりはないが、ハデルが倒さねばならぬ相手なら、将軍の地位を利用できるかもしれない。

勝者に与えられる栄光栄誉が発表されて観客席は再び沸騰した。若い男たちの目の色が明らかに変わったと感じる。

奴隷《どれい》や犯罪者が将軍になる――夢のような立身出世の物語を民衆に与えるのは、戦争の熱狂を冷めさせないためだろう。

大歓声の中、本日の主役はオレか、それともスピニアか。九分九厘がオレを悪役だと思っている。

試合場の中心で審判のコールが拡声魔導器を通じて響いた。

「二十戦二十勝！　密航者から頂点への階段を最速で駆け上がってきた男！　脅威の回復力と秀《ひい》でた格闘術で並《な》みいる競合を押しのけた不殺の拳闘治癒術士！　挑戦者……ネクロおおおおおおッ！」

先に呼ばれたのはオレの方だ。端から闘技場の中央部へと歩みを進める。客席の歓声は怒号と罵倒《ばとう》に変わった。

「死ね死ね死ね死ねぇ！　お前のせいでいくら損したと思ってるんだ！」

「今日、この場に立つのに貴様は最もふさわしくない！」

「スピニアにやられてとっととくたばりやがれゴミカス野郎！」


ヤジの雨が降る中、声援を送ってくれるのは客席最前列に陣取ったリトラだけだ。

「ネクロさんしっかりですー！」

ここでは人気者のリトラだが、彼女がオレを応援すること自体を気に入らない連中は存外多い。


「リトラ様の連れだかなんだか知らないがいい気になんなよ！」

「リトラさんあんなやつ放っておきましょう！」

「リトラちゃんリトラちゃんはぁはぁはすはすくんくんくんごくごくごく！」

最後にヤジった男がコロシアムの衛兵に取り押さえられて強制退場させられた。

いったい何飲んでたの？

ともあれオレは浴びせられる罵声の中、顔を上げて貴賓席をじっと見据える。

金甲冑の王がじっとこちらを見下ろした。実際以上に遠く感じる。

オレを見た王に反応はない。不死者の女王の言葉が思い出された。

ハデル王は不死者である。あれはオレを焚きつけるための、でまかせだったのだろうか。

銀髪に赤い瞳を持つ常人ならざる剣闘士となれば、不死者なら相応のリアクションがあっても良さそうなものだ。女神の仮面がすべてを覆い隠していた。

ハデルの視線はすぐにコロシアムのチャンピオンへと注がれた。

ピンクの鶏冠のような髪を揺らして、手足の長い長身の男が対岸の入場口から姿を現す。

スピニアも足を止めじっと貴賓席のハデルを睨みつけた。普段は飄々《ひょうひょう》としているチャンピオンの表情がいつになく硬い。まるでオレなど眼中になく、今にも狂王と戦おうかという雰囲気だ。

そんなスピニアは視線を対戦者のオレに向け直した。表情がフッと軽くなる。緊張した素振りは無い。舐められたもんだな。

再び前へと歩き始めたチャンピオンに、客席から後押しするような声援が送られた。

審判がコールする。

「三百七戦三百六勝！　前人未踏の三年間チャンピオン防衛記録をひっさげての登場だ！　あまりの強さに挑戦辞退者続出！　今、パルミラの頂点から世界の頂点へ！　燃える指先がすべてを穿ち焼き貫く！　チャンピオン！　指針のスピニアああああああああ！」

場内がどっと沸く。賭けのオッズはどちらが勝つかではなく、挑戦者が何分持つかで争われている。一分以内の決着の予想倍率は1．1倍。挑戦者の勝利には100倍超えのオッズがつけられていた。

チャンピオンの勝利を疑う者は皆無だ。

悠々《ゆうゆう》とした足取りで、時には客席に手を振り投げキッスを飛ばしてスピニアはオレの前に立ち塞がった。

足下から舐めるようにオレの姿を確認し、口元を緩ませる。

「ほんの数日で印象が変わったわね」

「今日のために特訓をしてきたからな」

スピニアは鼻で嗤った。

「んふふ♪　そういうことじゃないの。ネクロちゃんはズレてるわ。あんた弱くなってるわよ」

「はぁ？　戦う前からケンカ売ってんのか？」

「自分じゃ気づけないものよね。今のネクロちゃんは死ぬのを恐れてるわ。『いつ死んでもいい』みたいな目も好きだったけど、生きようとしている今のネクロちゃんの方が素敵よ……だって」

背筋にぞわりとした感触が生まれた。目の前の男から発せられた殺気が尋常ではない。

スピニアは舌なめずりをしてオレの顔をのぞき込んだ。

「死にたくないと心から願う人間を殺す方が興奮するもの？　あたしのためだけに積んだ修練

をこの手で潰す快感は、あたしにとって二番目に楽しいことなの」

「一番はなんだ？」

「当ててご覧なさい♪」

「もったいぶりやがって。やっぱ興味ねぇわ」

「んふふ♪　つれないわね。じゃあもう少しやる気を出してもらうとしようかしら」

スピニアの視線が客席の最前列に向けられた。

「あんたがあたしに敗北したあとで、リトラちゃんを殺すわ」

男の表情からスッと緩みが消える。

「そうか……テメエには独自の美学みたいなもんがあるように思ってたんだが……アレはオレの勘違いだったみたいだな」

ハデル王を前にして散漫になっていた。倒すべきは目の前のチャンピオンだ。両手で自分の頬を叩いて気合いを入れ直す。リトラが「ファイトですよー！　気合い十分ですー！」と声を張った。自分が人質にされていることには気づいてすらいない。

審判がオレとスピニアの中点に立ち、スッと腕を上げる。前口上《まえこうじょう》はここまでのようだ。

戦いが始まる。ハデル王の姿を見てから喉はカラカラだ。身震いする。武者震《むしゃぶる》いとは別の身体の反応だった。

恐怖している。一度死んで不死者になり、またいつ死んでもいいように思ってきたのに。人間は変わる種族だ。オレはまだ人間に近しいのかもしれない。

不死者の死には何も残らない。イェータのアレクシスもどきを倒した時に淡々と感じていたが、今のオレには一つだけ残るものがあった。

悲しみ――オレのものじゃない他の誰かの想いだ。

少なくともこの世界に一人だけ、オレに死んで欲しくないと願う戦乙女がいる。

これから先もオマエと共に歩むために負けるわけにはいかない。だからこの戦いをこれから見守っていてくれ……リトラ。

審判の声が高らかに響いた。

「両剣闘士一歩前へ。試合……開始ッ！」

上げた腕を振り下ろし距離を取る審判。と、同時にスピニアは一瞬で間合いを詰めてきた。黒い炎を宿して燃える指先で刺突を放つ。鋭い一撃はリトラの本気モードの突きよりも速い。

オレは踏み込みつつチャンピオンの懐に飛び込み避ける。後ろに逃げても勝機はない。

読んでいたのか、前に出たオレの顎をスピニアの膝が的確に突き上げた。

「――ッ!?」

カウンター気味にいいのを一発もらっちまった。首が狩られる勢いでのけぞる。普通なら脳を揺らされて一発失神KOだ。

前日の食事と休息で魔力は充分。意識が飛ぶよりも早く治癒魔術でつなぎ止める。オレが体勢を立て直す前にスピニアの指針が放たれた。

大丈夫だ。見えている。相手の動きをきちんと追えている。

間髪入れない攻撃を右腕で払いのけ、身体をえぐりこむように左肘でスピニアの顔を狙った。

スピニアが前に出るのをグッと踏みとどまり身をそらす。

オレの肘鉄はヒュンと革の鞭のようにしなり、チャンピオンの右頬を浅く切りつけた。

ハッとした顔をしてピンク鶏冠男は後方に軽く飛び、距離を開ける。

頬の血を指先でぬぐってスピニアはペロリと舐めた。

「あたしの顔に触れた剣闘士は二人目ね」

「そいつは光栄ってことでいいのか?」

「ええ。ネクロちゃんの考え方は大嫌いだけど、戦士としての力には敬意を表するわ。強さはすべてを肯定するの。この世界でルールを敷くのは常に勝者。勝者にはすべてが許されるわ!」

「オマエはその勝者じゃないのかよ?」

「私は負けたのよ。負けて生かされて今ここに立っている。屈辱《くつじょく》よね。あんたにまで同じことをされようものなら、死んでも死に切れないわ」

スピニアの視線がじっと客席の上方に向けられる。貴賓席に狂王の姿があった。

「まさか……あの王様はコロシアムでオマエと戦ったのかよ?」

ピンクの鶏冠が縦に揺れる。

「化け物じみた強さだったわ。しかも敗北したあたしにとどめを刺さなかった。強者の余裕で情けをかけるなんて醜いわ。あまりに醜い！　あの王はあたしを英霊からほど遠い卑《いや》しい存在に貶《おとし》めたの！」

スピニアの敵意と殺意はオレを通り越してハデル王へと注がれる。

「じゃあ、オマエの一番の望みっていうのは……」

指を三本立ててチャンピオンは口元を緩ませた。

「三年待ったわ。このコロシアムで三年間。どれほど恋い焦がれていたことか。地位も名誉もお金もいらない。あたしの望みはただ一つ……この大観衆の中で、もう一度ハデル王に挑むことよ。あんたみたいな惰弱《だじゃく》な強者を打ち倒してね」

スピニアから気迫が発せられた。魔力とも違う闘気の圧力だ。

殿堂入りして王宮に招かれるのを拒み続けたのも、自身の戦士としての名誉を回復させるためか。死にたがりのオーディン信者が修行を積んで強くなり、拗《こじ》らせるとこうなるわけだ。

「オレだって引くつもりはねぇよチャンピオン！」

再び身構える。守勢に回っても崩されるのは最初の攻防で身をもって知った。特訓で双子のカラスを相手に避け続けることはできるようになったが、どこかのタイミングで攻撃しなければ倒せない。

スピニアは痩躯に見えるが鋼のような引き締まった筋肉の塊で、なおかつリーチも長い。攻撃の精度も高く正確だ。が、反面ブレが少ないということは読みやすいとも言えた。

こちらから仕かける。左右のフットワークを駆使《くし》して周囲を回るように距離を詰める。視線によるフェイントやリズムの変調に逆方向へのステップで翻弄《ほんろう》した。

「ちょこまかとうっとうしいハエみたいね」

「華麗に蝶《ちょう》の如く舞ってんだよ」

円運動を捉えきれないスピニアの攻撃が突きではなく、払うような蹴りやフック軌道の打撃に切り替わった。二発三発とオレに当たりはするが、本来であれば有効打だったものを即座に治癒魔術で無効化する。

「ずいぶんとタフな蛾ね」

スピニアの前蹴りを避ける。と、蹴り上げた足が一瞬ピタリと頭上で止まった。それを大なたのように振り下ろす。

かかと落としだ。オレの脳天めがけて炸裂《さくれつ》する。目の前に火花が散った。鼻の穴からたらりと赤いものが流れ落ちたのがわかる。

やってくれるじゃねぇかチャンピオン。

チャンピオンの派手な一撃に歓声が沸き、オレの頭蓋で轟轟と響いた。客席からの声に少女の悲鳴が混ざっている。負けない。死ねない。倒れるわけにはいかねぇんだよ。

頭蓋骨のヒビを緊急修復。鼻孔からの出血を止める。肺に酸素を取り込み吐き出しながら体内に魔力を巡らせ回復させた。このまま膝から崩れるわけにはいかない。指針の餌食《えじき》になる前に後方に転がるように跳ぶ。

「ネクロさん逃げてくださいッ!! もうこんな試合ぶっちしていいですから!!」

今にも飛び入りしてきそうなリトラを、親衛隊らしきファンたちがしがみついて止めている。

そうだ。そのまま観客席にいてくれ。スピニアがゆったりとした足取りでオレを追い、眼前に立ちはだかる。

「普通なら即死よ? 人間じゃないのかしら?」

「へへっ……そうだよ。オレは人間じゃないんだ」

「冗談でしょう?」

スピニアがらしくもなく困惑した顔つきになった。

「だったら試してみるんだな。きちんと狙えよ。正確に完璧にだ」

オレは生まれたての子鹿のように立ち上がり、自分の額を軽く指でトントンっとタップする。

「言ってくれるじゃないの。あたしの靴を舐めれば生かしておいてあげてもいいわよ。かけた方は慈悲のつもりでも、かけられた者には屈辱だと理解できるんじゃないかしら?」

「オレのは慈悲なんて立派なもんじゃない。ただの自己満足だ。それよりどうした? 撃ってこないのか?」

「ますます腹立たしいわね。他者は殺さず自分が殺されることを認めるだなんて……望み通りにしてあげるわ。すぐに終わらせて次はハデル王の番よ」

指先に黒炎を灯してスピニアの右腕が弓を引き絞るように後方にグッと下がった。来る。命を奪う一撃が。

オレは構わず右拳をスピニアの顔面めがけて放つ。

が、チャンピオンの指先が一手早くオレの額を射貫き脳を焼いた。

あと一歩届かず。客席は総立ちとなりリトラの悲鳴が響く。

スピニアの指が頭蓋から引き抜かれた。血の一滴も流れない。ここまで想定した通りだ。

弱点を囮に使うなんて馬鹿げている。これまでの死んでも良いと思っていた自分でさえ、急所を外すよう無意識に動いていたのだから。

死ぬつもりはない。その気持ちは変わらない。生きるために死地へとさらに一歩踏み込んだ結果がこれだ。

脳と脳の間を焼かれながら、あらかじめ前頭に治癒魔術を集約し破壊されるより早く再生させた。

他の回復が一切できなくなってもお構いなしだ。相手の集中した破壊力にこちらも集中した回復力をぶつけて相殺《そうさい》する。少しでもスピニアの攻撃がズレていれば、こうして意識を保つこともなく死んでいただろう。

スピニアが半分口を空けたまま呆けたように呟いた。

「まさか……あたしの指針を右脳と左脳の隙間に誘導したとでもいうの?」

「オマエの攻撃の正確さを信じたんだ」

唖然とするチャンピオンめがけさらに一歩踏み込み全力でぶん殴った。

スピニアの身体を吹き飛ばす。しなやかさをもった鋼鉄でも殴ったような感触だ。チャンピオンはコロシアムの闘技場を囲む石壁に叩きつけられた。身体がめり込み壁に亀裂《きれつ》が入る。肺が潰れたようなうめき声とともにスピニアは喀血《かっけつ》してぐったりと動かない。

自分に回す分で手一杯で、スピニアへの治癒魔術は最低限のものだった。

痛覚遮断も無し。さしものチャンピオンも気絶くらいしただろう。というかしていてくれねば困る。

会場内が水を打ったように静まりかえった。

審判がハッと気づいてスピニアの元へと駆け寄る。戦闘続行の可否確認だ。これで立ち上がってこられたら次の手はない。審判がスピニアに確認する。

「チャンピオン? 戦えますかチャンピオンッ!?」

「……ん……んふふ♪ 全身の骨という骨をバラバラに粉砕されたみたいな衝撃……けど、死んでないのねあたし……また……死ねなかったのね……醜いわ……あの子たちに合わせる顔がないじゃない……」

壁から身体を剝がして這《は》い出《で》るようにスピニアは立ち上がった。

ふらつきながらオレの元に一歩一歩近づいてくる。こちらの油断を誘うためにしては隙だらけだ。

あの子たち……か。コイツにもコイツの背負ってきたものがあるのだろう。

「止めておけ。もう勝負はついた」

「負けを認めろっていうの？　最低限の治癒魔術で死なせないでおいて……傲慢ね。ここであたしを殺さなかったら、いつかあんたの大切な人を殺しにいくわよ!?」

スピニアの視線が客席最前列で身を乗り出すリトラに向いた。ヤツの目は本気だ。賭に勝ったつもりでいたが、勝負はまだ終わっていなかった。

「どうしてそこまでするんだ？　死んで終わりたいみたいじゃねぇか」

「ええ……そうね……あたしには何もないもの。コロシアムのチャンピオンの栄光？　将軍の地位？　そんなものいらないわ。ほら……早くとどめを刺しなさいってば……」

どいつもこいつも死にたがる連中はこれだからたちが悪い。

「オレは人間は殺さねぇよ。なに負けたくせに殺させようとしてんだよ？」

「あんたじゃなきゃダメよ！　あたしより強い人間に倒されなきゃ意味が無いの」

「意味……か」

チャンピオンの息は荒い。

「強者に倒されないとエインヘリアルになれないもの」

強さを求める人間の行き着く先はやっぱりそこなんだな。今、ここで死にたがっているヤツが死してなお世界を守る英霊になれるだろうか？

「エインへリアルになってどうするんだ？」

「ヴァルハラに集う歴史上の勇者や英雄たちと戦い続ける……あたしみたいな持たざる者の凡人が強くなるにはそれしかないから」

力が無ければ守れない。だから力を求める。オレもそうだった。だがコイツはどうだ？

「なんのために強くなるんだ？　助けたい人間がいるのか？　それとも誰かに勝つためなのか？　死んだらどうすることもできないだろ？」

オレは右の拳を握り込む。バカは死ななきゃ治らないというが、死んでも治らないバカもいるらしい。

スピニアの表情が醜く歪んだ。自身の体重を支えきれなくなり、ガクリと膝から崩れ落ちる。王者の姿に客席がどよめいた。

「誰かを助けるですって？　救えなかった人間はもう戻っては来ないのよ!!　あたしにあんたみたいな治癒魔術の力があれば……」

チャンピオンのこぼした「あの子たち」という言葉が脳裏をかすめる。スピニアがオレに向ける敵意の正体は、オレが治癒術士だったからだ
オレに何ができたわけでもない。オマエの言う通りだよ。救えなかった人間は戻ってこない

んだ。

握った拳から力が抜ける。

「そうか。すまなかったな。駆けつけてやれなくて」

「なんであんたが謝るのよ」

「なんでもいいだろ」

開いた手を差し伸べた。観客席から敗者――スピニアに対して「殺せ」という声が飛ぶ。一つ二つが十にも百にもなり、口々に罵声が浴びせかけられるようになった。

コイツら全員並べて端から順にビンタしてやろうか。

「ネクロちゃん……あんたの手は取れないわ」

無理矢理スピニアの腕を引き強引に立ち上がらせる。同時にスピニアに治癒魔術を施した。全快とはいかないが八割方は回復しただろう。

「あんたバカなのかしら?」

「オレも死んでも治らないたちでな」

まだ勝敗は決していない。やろうと思えばここから続行もあり得るだろう。手の内を見せきりオレにとっては不利な状況だ。それでもコイツを放ってはおけなかった。

「強引で傲慢で愚かよネクロちゃん」

「なんとでも言え。ただ……この客席にいる血の気に飢えた連中よりも、スピニアという人間の力を……助けを必要としてる誰かがもっと別の場所にいるはずだ」

チャンピオンなんて辞めちまえよ。冒険者になって誰かのために力を尽くせば、守りたいものが見つかるかもしれんだろうに。

スピニアは視線を落とした。そっと首を左右に振る。

「この手で何人も殺してきたのよ。中には命乞いする人間もいたわ。あんたみたいにはなれないわよ……人助けなんて今更すぎるじゃない」

「戦場でもコロシアムでも刃《やいば》を交えるってのはそういうことだろ」

覚悟を持って戦いに臨んだ結果だ。誰もとがめやしないさ。

「そうね。けどやっぱりダメよ。あたしは強さに……力にすがるしかなかった。それしか残ってなかったから。死んでも強さを追い求めるわ。その行き着く先になにもなくても……」

男はオレから視線をそらした。もはや敵意は感じられない。客席がどれだけ騒ぎ立てようが、戦いは終わったのだと確信した。

「なあスピニア。それじゃあエインヘリアルにはなれないぜ。せいぜい死者の国でヘルって巨人族に不死者にされるのがオチだ」

「ふし……なにかしら?」

オレは握った手を離し、右手に巻いたリトラのハンカチを解いて手の甲に刻まれた階位――488位の数字を見せつけた。

「数字のタトゥーがどうしたっていうの？」

「これが不死者の証だ。己の欲望のために死から蘇った者の呪いだよ。欲望を叶えるたびにこの数字の階位が上がっていく。死んでも死にきれないやつはこの数字に支配された化け物にされちまうんだ」

ハンカチを巻き直す。

「ネクロちゃんは自分が化け物だっていうのね」

「ああ。だけど人間のオマエはまだ間に合う。エインヘリアルは仲間を守るために勇敢に戦い英霊としての資格を得るんだ。敵から命を奪うことに違いはないが、コロシアムで自分を慰めるだけに力を振るうんじゃ至れない」

「あたしに敗北してコロシアムを出ろっていうわけ？」

「そうだよ！　こんなところで戦うのなんてやめちまえッ‼　エインヘリアルになろうとなるまいと、これからは誰かを救い続けろ。強者に倒されるのを待つよりもずっとマシだと思うぞ」

救いにも慰めにもならないかもしれない。だがオレの理想を押しつける。リトラならリソハラとでも言うだろう。上等だ。

スピニアのオレンジ色の瞳に生気が戻った。

「ネクロちゃん……そうね……ずっと立ち止まって後ろばかり見てきたけど……ああ……倒されちゃったわ……力も技も……心でも敗北ね。審判！　勝者の名をコールなさい」

脇に控えていた審判が、会場中の敵意を集めかねないと臆したのか首を左右に振る。

「しかたないわね」

スピニアがオレの手を取り天に掲げさせた。

「あんたの勝ちよ。祝福されないのは我慢してちょうだい」

「一人だけ拍手してくれてるやつがいるから十分だ」

観客席の最前列で身を乗り出してリトラが手を叩く。周囲の事などお構いなしだ。

「あの子、大切になさいよ」

「ああ……ま、下手すりゃオレより強いんだけどな」

「あらそうなの。ふふふ……意外だわ。あんたの方が守られてたってわけね」

スピニアは憑き物が落ちたように笑った。オレの手を下ろしてから呼吸を整え、ゆっくりと上を向く。その眼差しの先には金色甲冑の狂王の姿があった。

王も視線に応えるように一歩前に出る。批難の声が引き潮のように消えた。息を呑み会場中が王とスピニアに注目する。

舞台役者のカーテンコールのように元チャンピオンは両腕を広げて一礼した。

「ご覧の通りあたしの負けよ。この三年間、一日たりと王様のことを思わない夜は無かったけれど、今夜からはゆっくりと眠れそうね」

「……敗北を認める……か」

まるで少年のような音色が天から降り注ぐように響く。

それが狂王ハデルの声だと気づくのに、一瞬の猶予《ゆうよ》が必要なほど似つかわしくない。

「ええ。新チャンピオンはネクロちゃん。敗者は去るのみね」

「……待て」

ハデルは全身甲冑の重さを感じさせぬ軽やかな身のこなしで、柵を越え貴賓席から一般観客席へと降り立った。

「道を空けよ」

観客たちは王の一言で左右に割れて道を譲る。客席といっても簡素な石段だ。

ハデルは一蹴りで跳躍し闘技場に降り立った。着地と同時に砂煙が舞い、王の踏みしめた地面がうっすらと陥没《かんぼつ》している。

背丈はオレと大して変わらないが、ヤツが近づく度に威圧感で下がりそうになる。

自分よりも明らかに「上」だと、本能が警鐘《けいしょう》を鳴らした。

握った右の拳が力を込めていないのに震える。収まらない。オーディンやヘルと対峙している時でさえ、ここまで緊張することは無かった。

王はスピニアの元へと歩み寄る。

「お前がこのコロシアムから外に出ることは認めない。民を熱狂させ続けるのだ」

「お断りね。二度も負けたチャンピオンなんて格好がつかないじゃない。頼むなら勝者のネクロちゃんでしょ?」

「その男では無理だからな。観客にとっては敵も同然だ」

狂王は言い捨てると腰に帯びた剣の柄に手をかけた。同時にスピニアの表情が青ざめる。

「まずいわね。あの子を連れて逃げなさいネクロちゃん!」

「逃げろってオマエ……」

次の瞬間——

オレの前にスピニアの背中があった。その背を王の剣が貫き白刃はオレの鼻先にまで迫っていた。

気づいた時には目の前の光景が「そう」なっていたのだ。

狂王が剣を引き抜こうとするが、その手が止まる。スピニアが自身に刺さった剣を筋肉を締めつけ留めていた。

立ちはだかったスピニアに狂王は冷淡に呟く。

「邪魔だ……」

スピニアが血を吐きながらオレに振り返った。

「ここはあたしに任せて、あんたたちは逃げるのよ。ハデル王は普通じゃないの」

「逃げろってオマエ……すぐに治癒するからソイツから離れろッ!」

「できない相談ね。それとも剣が刺さったまま傷を閉じるつもりかしら?」

下手に手出しができない。このまま傷を閉じれば逆にスピニアの肉体に癒えることのない傷跡を残すことにもなりかねなかった。

スピニアは前を向き、さらに一歩踏み込み長い腕を伸ばす。その五指に漆黒の炎が宿っていた。

「ねえハデル王……三年間王者をし続けたんだから、顔くらい見せてくれてもいいんじゃない？」

女神のような仮面に触れてスピニアは指先をめり込ませる。ジュッと熱を帯びて仮面の縁が溶けだした。

「それに一度でいいから、あたしの名前を呼んでくれないかしら？」

「スピ……ネラだったか」

「スピニアよ……本当に……失礼しちゃう……わ……ね」

「ふむ。お前の次が見つかるまでは、その名を心に留めておくとしよう」

王が再び剣を握る柄に力を込めた瞬間――

スピニアの胸から刃が引き抜かれていた。またた。ハデルの動きが見えない。引き抜く途中の動作がすっぽりと抜け落ちている。

「逃げてなきゃダメじゃないネクロ……ちゃん……初めて……誰かを救えたかも……しれないのに……死なないで……ね……」

胸から血を流しスピニアの言葉が途切れる。

王の仮面を掴んでいた男の腕は肩口から切り飛ばされ、地面にドサリと落ちた。

場内はざわめくことなく沈黙している。審判も石のように固まったままだ。

オレも……動くことができなかった。反応すらできていなかった。

スピニアは倒れ伏す。すでに事切れているようだ。

王は剣を振るって血にまみれた刀身を風で拭《ぬぐ》った。こういった動作が攻撃時には「消失」する。

時の流れを止めてその間に動くことができる超高位の魔術か？　因果の結果を収束する類いの人知を越えた魔術だろうか。魔術だとしてもその発生を感知すらできないなんて……。

狂王の力は人間の限界を超えている。ヘルが言う通りハデルは不死者だ。

オレの治癒魔術も大概だが、こんな化け物に太刀打ちできるのか？

溶けかけた仮面を気にも留めず、王は足下に横たわるスピニアの骸を見据えた。

「お前が逃げなかったからこの男は無駄死にだな」

「……なんでだ！　なんでここまでする必要があるッ!?」

「この男は敗北を望んでいた。与えたまでだ」

「違う！　コイツは……スピニアはようやく変わろうとしていたんだ」

「人間はそう易々と変われない」

「一度はコイツのことを見逃したんだろ？」

「ならばその命を奪う権利があるとは思わないか？　コロシアムには強いチャンピオンが必要だ。その役目を果たさぬのであれば生かしておく理由はない」

相変わらずガキみたいな少年声だ。こんなやつが世界を相手に戦いを仕かけている。

「さて……お前がチャンピオンを倒したことだけは認めてやろう。望みはなんだ？」

「オレの望みは……オマエの真意を知ることだ」

金色の鎧をカシャンと鳴らして王が一歩前に出る。

「王相手に大した口の利き方だな。まあ良い。私は気まぐれだからな。嘘を言うかもしれないぞ？」

「だったら正直になるよう拳で訊いてやるよッ!!」

金色を纏ったハデル王を前にして、護衛も守備隊も城壁や城門もない。

ただ、数歩の距離が異様に遠く感じられた。

15. 決別に向けた締結《クロージング》

コロシアムの係員たちによってスピニアの死体が事務的に運び出される。丁重に扱うのではなく物を片づけるかのようだった。弔われる遺体とは言いがたい。コロシアムでは死者、敗者には何も残らないのだ。

ハデル王はオレから視線を外すと審判を指さした。

「ネクロは私との試合を褒美として希望した。前置きはいらぬ。開始の号令をしろ」

「は、ははは、はいいいいッ！」

審判が腕を上げた瞬間、観客たちがドッと歓声を上げた。リトラの透き通った凛とした声も、王への圧倒的な声援に押し潰される。

審判が拡声魔導器でコールした。

「ほ、本日の特別試合……ソル国王ハデル陛下ＶＳ新チャンピオンの治癒術士ネクロ！　両剣闘士は一歩前へ」

対策を講じる時間も無く連戦だ。どうする。どう対応すればいい？

「始めッ!!」

号令と同時にハデルは剣を水平に構えた。突きが来る……という予想で相手の左側面に回り込む。

次の瞬間——

オレは右肩から胸にかけて斬撃を受けていた。傷の軌道からハデルの攻撃が薙《な》ぎ払《はら》い斬《ぎ》りだったと理解して、後方に跳び距離を取る。

かかとを浮かせてトントンと地を蹴りリズムを取りながら、呼吸を整え傷口を塞いだ。

狂王の動きを予測できない。カウンターを取るどころか、あと半歩踏み込んでいたら皮膚どころか肉も骨ももろとも切断されていた。王の一撃に客席が沸き立つ。

「どうした新チャンピオン！　動きがなってねぇぞ！」

「スピニアの仇《かたき》を討てなんて言わねぇからお前も死ね！　死ね！　死ね！」

「相手が王様だからって萎縮してんのかコラァ！」

好き勝手野次りやがって。これまでコロシアムの誇りのように称えてきたスピニアが、敗北した瞬間に手のひら返しもいいところだ。

会場の願いはオレが王に切り刻まれた姿をさらすこと。

だれがテメエらの望みなんぞ叶えるか。と、いってやりたいが、まずいな……勝ち筋が見えない。

金色の闘気を背から立ち上らせて、ハデル王がオレの喉元に剣の切っ先を突きつける。

「私に真意を問うのだろう。やられっぱなしで良いのか？」

「うかつに踏み込むとバッサリやられるみたいなんでな」

仮面の裏でコイツはどんな顔をしているんだろうか。表情はもちろん、声色も常に一定で感情が読み取れない。

「逃げてばかりでは勝てないと、解らぬお前でもないだろうに」

「まどろっこしい二重否定すんじゃやねぇよ」

「ふふふ……言葉より痛みが欲しいか」

口調が某幼女主神を彷彿《ほうふつ》とさせるが、アレがマシに思える威圧感だ。

ハデルが剣を両手持ちにして上段に構えた。隙だらけだ。誘っているのか？

振り上げた剣の軌道と間合いは読める。が、その剣圧や速度をオレは今だに目視できていなかった。

ヤツの攻撃には過程がなく結果しかないのだから。

「来なければこちらから行くぞネクロよ」

なれなれしくオレの名前を呼びやがって。三年間王者の座を守り続けたスピニアのことは名前もうろ覚えだったたっていうのに、なんなんだよ。

「来るなってお願いしたら来ないのか？」

「相変わらず口の減らない性分のようだな」

相変わらず……？　オレを知っている……だと？

一瞬気を取られた隙に、オレは背後から横一文字に斬りつけられていた。

傷をかばうように振り返り、再び後方に跳び距離を取る。

まただ。目の前にいたはずのハデルが背後に回り込んでいた。

こんなやつ、どうやって相手をすればいいんだよ。

オレが何人束《たば》になっても倒せる気がしない。

助けを求めようにも、リトラを巻き込む訳にはいかなかった。これはオレの望んだ戦いだ。

だが――

沸き立つ会場をつんざくように、少女の悲鳴がこだました。

「さっきから何ボーッと突っ立ってるんですかネクロさん！　しっかりしてくださいってば！」

客席に視線を向ける。リトラが柵から身を乗り出して涙目になっていた。

「誰がボーッと突っ立ってるだとッ!?」

怒声と歓声の入り交じるコロシアムで精一杯声を張る。リトラが吠え返した。

「どういう作戦かわかりませんけど、さっきから一方的にやられっぱなしじゃないですかーッ!?」

客席の少女にはオレが「黙って斬られている」ように見えるのか？

治癒魔術で傷を塞ぐ。身を翻し三度、王と対峙する。美しい女神のような仮面の奥に、かすかに赤い炎の輝きが揺らめいて見えた。

赤い瞳は不死者の象徴だ。力が増すと魔眼に宿る光が強まった。

イエータで倒したギルド長アレクシスもどきを思い出す。やつは魔眼と口車《くちぐるま》を駆使して、対象を支配するタイプの能力を行使した。

オレもスピニアもハデル王が使う何らかの術にかけられていた可能性が濃厚だ。

リトラのいる客席まではおよそ二十メートル。効果範囲は限定的なのか？

つまり――

「なあハデル王。オマエの能力の一端が見えてきたぞ。イエータのギルド長もどきと同じ、魔眼で術に陥れるタイプなんだろ？」

王の切っ先が地面に向く。戦いの最中に剣を降ろしたのは意外だが、いや油断は禁物だ。

ハデルは仮面のあごのあたりを左手の人差し指と親指で軽くつまんで頷いた。

「イエータのアレ……アレク……アレクソス？　だったか。ほどほどの権力と金を与えればそれなりに働く男だったが、あの程度の雑魚と比べられること自体が不愉快極まりないな」

コイツは人の名前を覚えるのが苦手なようだ。オレも人のことは言えないが。王であればいちいち憶えてもいられないのだろう。

狂王の戦いの手が止まり客席の歓声がざわめきに変わった。

「オマエは不死者……なんだよな？」

「ネクロよ。先達《せんだつ》として忠告してやろう。偽装魔術くらいは使え」

「オレは治癒魔術に全振りなんだよ！」

できないと言うのは負けた気がするので、こう返すしかなかった。神族と巨人族、それぞれから与えられた力がオレの中で絶妙に衝突していて、不死者としての機能不全を起こしている。

すると——

「ふふ……ははは……ハーッハッハッハ！　出来ぬのか。本当に死んでも治らぬほどの不器用さだな」

「なんだよその言い方は」

やっぱりオレを知ってるような口ぶりだ。再びハデルの切っ先がこちらに向いた。

「知りたければ私に勝つことだ」

オレはハデルではなく剣を見据える。魔眼を直視するよりはいくらかマシだ。ハデルがオレに何を仕かけているのか理解するまでは、その術を破ることは難しい。

リトラが言うにはオレは棒立ちで斬られていた。つまり、因果律操作《いんがりつそうさ》のようなものではないはずだ。オーディンの槍グングニルは投げれば必中という代物だった。あの類いであったなら、正直勝ち目はゼロに近い。

オレの意識の外でハデルは動いている。オレがその動きを認識できていない。ならば——

王が力を溜めるようにグッと腰を落とした。

「行くぞネクロよ！　さあ抗《あらが》ってみせよ！」

少年のように澄んだ声を仮面の内側から響かせて、ハデルは突きの構えをとる。

狂王の攻撃は構えと攻撃の結果が違っていた。突きは切り払いに。その逆もしかり。

こちらが踏み込めばその分、深く斬られる。手をこまねいていてもじり貧だ。

右の拳を握り込む。いくら魔力を迸《ほとばし》らせ高ぶらせてもオレの拳に宿るのは治癒魔術の光でしかない。

ああ、ったく……今になって、全部を捨ててリトラとどっか遠くに逃げてりゃよかったと思う。

今日、この戦いの場にオレが出なければスピニアも死なずに済んだかもしれない。

悪いなリトラ。死んだら……ごめんな。

ハデルが動き出すより一歩早く、オレは地を蹴り間合いを詰めた。想定されるハデルの剣の軌跡を思い描く。突きではなく斬り払い。イメージの中でヤツが狙うはオレの首だった。左右に避けるのではなく、まっすぐに突っ込む。

身を低くかがめ地を這うように進み、ハデルの顎を砕くことを願って拳を打ち上げる。

気づくと頭上を白刃がかすめ、オレの白にも近い銀髪がはらりと数本舞い散った。拳はハデルの顎先を捉えた後だった。

仮面ごと殴り抜ける。ガギンッ！　と金属がへし折れるような音とともに、ハデルの正体を隠していた女神の顔が剝がれ飛ぶ。

スピニアの執念が残した仮面と兜《かぶと》の接合部の傷がそれを可能にした。一矢報《いっしむく》いたぞチャンピオン。

だが、王がどんな面かなんて興味もねぇ。ハデルが剣を構えるよりも早く、次の拳を叩き込む！

「まったく。仮面で封じてきたというのに……こうなってはとまらんぞ」

王の声に手が止まった。少年のように聞こえた声は女のものだった。

初めて会うような気がしない。どこかで会ったことがある女の顔だ。美しく通った鼻筋に寸止めで拳を突きつけたままオレは……動けなかった。

不死者らしい白銀髪がどこからか吹く風になびく。赤い瞳がじっとオレを見据えた。

年の頃はかれこれ二十五〜六ってところか。

「姉貴……なのか？」

「大きくなったなネクロ」

記憶の中と変わらない上からな物言いで、ハデル王の甲冑に身を包んだ女は口元を緩ませた。

これも罠かッ!?　とっさに後方へ跳ぶ。下がってから倒せる絶好の機会をふいにしたと理解した。

クソッ！　クソッ！　クソッ！　なにやってんだオレはッ!!　なんでだよ。なんでオマエが狂王なんだよ。こんなことあってたまるか。

「姉貴の……フリーダの顔に化けるなんて悪趣味だぞッ！」

記憶の中で姉貴の時間は十五の時に止まっている。魔術でオレの頭の中をのぞき見て再現した幻影なら、成長した姉貴ではなく十五の姉貴になるはずだ。

だが他人のそら似にしてはあまりに似ている。

拳を構えゆっくり息を吐く。これ以上ヤツの顔を見ようとするな。魔眼に……いや、心に生まれた迷いに囚われるわけにはいかない。

会場は静まりかえった。


「おいおい、女じゃねぇか？」

「ハデル王は男だろ。偽物かよ」

「王が自ら戦うわけねぇよな」


客席の連中にも女に見えるのか？　ハデル（？）は兜を脱ぎ捨てた。長い銀髪がさらりと肩口にかかる。息を呑む観客たちを女がぐるりと見渡し告げた。

「何を黙っている。私こそがソル国王ハデルである！」

宣言が天高くコロシアムに響き渡ると客席が沸く。

「おおおおおッ！　ハデル様ばんざーい！」

「誰だ偽物だとか疑ったやつは！」

「ハデル王最強！　王しか勝たん！」


オレの目の前にいるこの女不死者はいったい何者だ？

「おいこらテメェ！　客席の連中になにしやがった⁉」

姉貴の面影を色濃く残した顔を緩ませて女は小さく笑う。

「この国のすべての人間たちに私が王だと思わせた……いや、認めさせたというべきかな。顔も声も違っていようと民にとって私こそがハデル王なのだ」

ならオレはどうだ？　この女がハデル王だという気がしない。

「じゃあなんでオレには王だと思えずに……オマエが死んだ姉貴に見えるんだよ」

「魔術による認識の改変は強い意思に覆されることもある」

イエータの町のアレクシス戦でリトラがオレの胸を貫いた時のことを思い出す。

あの時、リトラの意思は抵抗をしたのかもしれない。

黙り込むオレに王は続けた。

「そこまで強く私を思っていたのか。嬉しく思うぞネクロ」

「オレを騙そうとしてるんだよな？　姉貴はあの日、村のみんなと一緒に……」

女不死者の柳眉がピクンと反応する。

「そうだ。私は死んだのだ。だが、ヘルによって不死者として再び生かされた。期せずしてお前も同じ道をたどったようだな。実に姉弟らしい」

重心を低くして身構える。勝ち目がどうとかじゃない。コイツが姉貴を騙っているならますます倒さなければならない相手だ。

だが、もし本当に姉貴だったら……戦えるのか……オレは？

女不死者の表情がフッと緩む。

「本当に、わたしたちって姉弟らしいよねクロちゃん？」

口ぶりが豹変した。懐かしくて恥ずかしい呼び名まで使いやがる。姉貴――フリーダがガキだったオレに言い聞かせる時は、必ずそう呼んだんだ。クロちゃん……と。

秘密を知るのはこの世界で二人きり。信じたくはない。オレの記憶を見られている方が万倍マシだ。

だが、しゃべり方も声のトーンも同じだった。言葉を交わす度に欠けたピースが埋まっていく。

「姉貴……」

全身から力が抜ける。心臓は早鐘を打った。どうしてオレは姉貴に……フリーダに剣を向けられているんだ？　本当に不死者になっちまったのかよ？

次の瞬間——

青い疾風が走った。客席の最前列の柵を跳び越え長い髪を風になびかせて、少女が低空を飛ぶ。

背中に純白の翼を広げた戦乙女が虚空から白い槍を抜き払った。狙うのは金色鎧の女不死者……その心臓だ。

リトラやめてくれ。頼むから……。

「ネクロさん下がってください！　悪い不死者は私が倒します！」

「待ってくれリトラ！」

身体が一人でに動き、突きの構えをとったリトラの前に飛び込む。オレは身を挺《てい》していた。

槍の穂先がオレの胸元数センチのところで急停止する。

「な、なんで不死者をかばうんですか？」

「……頼む……姉貴なんだ」

少女の目が丸くなった。

「ええッ!?　ネクロさんのお姉さんなんですか!?　ちゃ、ちゃんとご挨拶しないと。私は戦乙女のリトラと申します。弟さんとはそのお仕事上の相棒的なことをしておりまして、先ほどは開幕チェスト申し訳ございません。悪い不死者かと思ってしまいました」

フリーダは首を傾げて返す。

「戦乙女がいるなんて驚いちゃった。初めまして。クロちゃんと仲良くしてくれてたんだね？」

「クロちゃ……ネクロさんとは懇意にさせていただいてます！」

女不死者は剣を携えたまま無防備にこちらへと歩み寄る。オレの背後にはリトラがいる。戦乙女にその気はなくとも、姉貴がどう出るかわからない以上、下がることはできない。

「すっかりおっきくなっちゃったね。見違えたよ。昔はもっとちびっ子だったのに……彼女までいるんだ？」

途端にリトラが耳まで赤くなり「そそそそんな彼女だなんて」と膝をもじもじさせた。

オレをからかうような口ぶりが記憶の中の姉貴と一致する。距離が近づくごとに確信へと変わっていった。

「本当に姉貴……なんだよな？」

ずっと会いたかったさ。こんな形でなければ。

死者の国のヘルの言葉がすべての始まりだった。アイツがオレと姉貴を引き合わせたのだ。何が不死者として自由に振る舞えだ。すべて知ってて仕組みやがったな。

だが——

まだ望みはある。すべての不死者が邪悪とは限らない。ミッドガルズ全土を戦乱に巻き込んだのにも、きっと理由があるはずだ。そうだろ姉貴？　そうなんだよな？

フリーダがゆっくりと口を開いた。

「ねえクロちゃん。なんであの時……帰ってきてくれなかったの？」

胸に杭を打たれたような衝撃が走る。腹の底からこみ上げるものに今にも膝を屈してしまいそうだ。

故郷が魔物の群れに呑まれたあの日の後悔が、今のオレを作り上げた。

オレたちは再会を喜び合えない。そんな予感とともに言葉が漏れる。

「ごめんな……姉貴。怖かったろ。痛かったよな。つらかったよな」

「うん。けどね……それよりもとってもとっても寂しかった。村のみんなが死んじゃって……クロちゃんもいなくなっちゃって……寂しかった。悲しかった」

フリーダの顔が暗く歪んだ。すべてを憎悪するような眼差しをオレに向けながらも、口元は嗤っている。

「やっぱり怒ってるのか？」

「そうだよクロちゃん。お姉ちゃんは怒ってるの。大好きなクロちゃんと最後まで一緒にいられなくて」

女不死者の声は震えていた。全身がわななき金色鎧がカチャカチャと音を立てる。赤い瞳がオレの胸を射貫くよう見据えた。

そんな目で見ないでくれ。オレだって救いたかった。

「あの日、一緒に死んでくれてたら良かったのに」

「どうしちまったんだよ姉貴？　なあ、もうこんなことやめにしよう」

フリーダが視線をリトラに向け直す。

「やめてもやめなくても戦乙女に狙われるから。ねえクロちゃん……どうして戦乙女と仲良くしてるのかわからないけどさ、お姉ちゃんを今でも大好きなら……その子を殺してくれるよね？」

リトラの表情が引き締まり槍を握る手に力がこもる。が、戦乙女は沈黙したままだ。青い瞳がオレに訴えかける。

真実を知るために今、ここにいるんですよね？　と。頷いて返すとオレは再びフリーダと対峙した。

「リトラは他の戦乙女とは違うんだ。事情を説明すればきちんとわかってくれる。だから正直に話してくれ。なあ姉貴……ハデル王に化けて戦争をしてるのには理由があるんだろ？　仕方なかったんだよな？」

どうか、その理由が赦《ゆる》されるものであってくれ。祈るオレに女不死者は楽しげに笑った。

「わたしね……死んでも死にきれなかった。そうしたらヘル様が願いを叶えてくれたんだ」

ゾワリと背筋が凍りつく。進むごとに体温を奪われる雪山の遭難者《そうなんしゃ》のようだ。

オレがハデル王から感じていた重圧の正体はこの蔑《さげす》んだ笑みだった。王だからとか階位が高い不死者だからではなく、コイツが本物のフリーダだからオレは恐れていたんだ。

「姉貴もアイツのせいで不死者に……無理矢理させられたんだよな？　そうだと言ってくれよ！」

「せい？　何言ってるの？　ヘル様は死者の無念に応えて、もう一度チャンスをくれたんだよ？　クロちゃんならわかるよね」

悪戯っぽい無邪気な笑みが記憶の中の姉貴と重なる。チャンス……か。望んで不死者になっちまったみたいに言うなよ。否定してくれよ。

「違うよな？　不死者にならなきゃ亡者にされるってヘルに脅されて……」

「ねえクロちゃん。もう解ってるんでしょ？」

まだだ。諦めるかよ。

「姉貴が生き返ってまでやりたかったのは王様なのか？」

長い白銀髪を左右に振ってフリーダは小さく息を吐いた。

「はずれ。王様になったのはその方がいいからだよ。私の能力で認識を改変すれば、後宮入りもハデル王に愛されるのも簡単だった。王様を殺して入れ替わるのも全部クロちゃんのためだもの」

昔から突拍子《とっぴょうし》の無いことを言う姉だったが、ここに来て理解が追いつかない。オレのためだと？　いったいどういうことだ？

リトラも状況を呑み込むのに必死だ。困惑するオレたちを置いてフリーダは続ける。

「ヘル様がね、世界をカルマで満たせばなんでも願いを叶えてくれるって。だからお姉ちゃんは一番偉い王様になって戦争を起こすことにしたの。わたしの感じた怖さや痛さをみんなにも感じて欲しいしね」

「何……言ってんだよ？　姉貴の痛みを理解できるなんて言わないが、その痛みがわかるなら広げるんじゃなくて消してやろうと思わないのか？」

オレが森で怪我をして帰ってきた時に、治療をしてからずっと頭だの背中だのを撫でてくれたじゃないか。治癒魔術でなくても触れられているだけで痛みが引いていった。手当をしてくれたじゃないか。

「わたしだけが痛いのなんて不公平だよ。だからこんな世界は壊れてしまえばいいの。わたしの願いのためにメチャクチャになっちゃえばいいんだから」

あの優しかった姉貴はもう、戻ってこないのか？

「世界を壊してまで叶えたい願いなんておかしいだろ。それのいったいどこがオレのためなんだよ!?　オレはそんなもん望まないぞッ!!」

「クロちゃんのためだよ。本当だよ？」

「オレは……ハデル王が……オマエが起こした戦争のとばっちりで死んだんだぞ」

戦火が世界を隅々まで焼き尽くせば、いずれオレも巻き込まれて死ぬとは思わなかったのか？

「そっか。良かった」

フリーダはほっと胸をなで下ろした。頭の中が……真っ白だ。目を細めて姉貴は心底嬉しそうに笑う。

「良かったってオマエ……なに考えてんだよ……なに……言ってんだよッ!?」

女不死者はペロリと赤い舌を出す。

「実は少し前に知ってたんだ。東部戦線の前線近くにネクロっていう名前の治癒術士がいて、たくさん負傷兵を助けてるって。ちゃーんと報告が上がってきてたの。お姉ちゃん嬉しくなっちゃった。クロちゃんが生きてて嬉しいって。たくさん人を助けてるんだな偉いなって」

ガキの頃のオレを撫でるような口ぶりだ。

「お、オレは自分ができることをしてきただけだ」

「それじゃあ、どうしてお姉ちゃんのことは助けてくれなかったの？　お姉ちゃんすごく痛くて苦しくてずっとずっとクロちゃんの名前を呼んだんだよ。でもね……誰も助けてくれなかったんだ」

返す言葉が見つからなかった。

「お姉ちゃんはクロちゃんを殺したかったんだ」

「オレを……殺す？　オレだけが生き残ったからか？　姉貴を助けられなかったからか!?」

そんなことどうすることもできないだろう。オレが何人癒やしても救ってもフリーダが救われることはなかったんだ。

「うん！　そうだよ！　東方戦線の人員とか補給を滞らせたらきっといっぱい苦しんでくれるって思ったの。クロちゃんが私を見殺しにしたから、お返しだよ。なのに不死者になって蘇るなんて驚いちゃった。ずるいよクロちゃん」

金色鎧の女不死者の瞳に赤い狂気が再び宿る。

「けど、これでもう一回……今度はお姉ちゃんの手でクロちゃんを殺せるんだね。二回も殺せるなんてヘル様に感謝しなくちゃ」

後背でリトラが息を呑む。姉貴の……不死者フリーダの本気を皮膚感覚で理解したのかもしれない。

オレも同じだ。

コイツの心はもう人間じゃないのかもしれない。心まで不死者に染まってしまったのかもしれない。それでも諦めきれなかった。

「目を覚ませよ姉貴。ヘルに騙されてるんだ」

「騙されてる……か。ねえクロちゃん。もし、これが悪夢なら覚まさせててよ。次に寝て起きたら、いつもの朝なんだよね？　明日はクロちゃんが水くみ当番だよ？　寝坊しちゃダメだからね？」

楽しかった過去を愛《め》でるようにフリーダは目を細める。外見は大人になっても心は十五歳のままなのか？

「違うよ姉貴。姉貴もオレも死んだし故郷はもう無いんだ。過去は変えられない。行ってしまった時は戻らないんだ」

「そうだねクロちゃん。だから世界を滅ぼしてカルマを上げて一位になってね……ヘル様に全部新しくしてもらうの。神様も巨人族も魔物もいない世界になるんだって」

なあ姉貴よ。オマエが何を言ってるのかさっぱりわからねぇよ。けど、それはきっとやっちゃならないことなんだ。

「だからさ、私を置いていなくなった今のクロちゃんとは、ここでさようならかな？」

フリーダが剣を構える。反応してリトラが前に躍り出た。

「ネクロさん！　ここは私が食い止めます！　後日改めてお姉さんを救う方法を考えましょう」

「オマエを置いていけるかよ」

「いざとなれば空を飛んで逃げますから」

「飛べるようになったのか？」

先ほど客席から飛び込んで来た時に滑空したように見えたのだが……。

「あっ……うう……嘘つきました。実は毎晩こっそり練習してたんですけど……まだちょっと無理みたいで」

「そうか。がんばってたんだな。偉いぞ」

と、褒めている余裕などないものの、リトラと言葉を交わして少しだけ冷静さを取り戻すことができた。

もはや対決は避けられそうにない。彼我《ひが》の戦闘力差。勝ち目は薄くリトラを守ることもできるかどうか。フリーダは薄く笑った。

「逃げてもいいよ？　その代わり、この会場にいる人間たちの認識を書き換えて殺し合いでもさせちゃおっかな。恋人も家族も友人もみんな敵に見えるようにしてみたら、どうなるんだろうね？」

会場の人間全員を人質に取りやがった。止めるには倒すしかない。倒せるかどうかもわからないが、オレに姉貴を……姉貴を討てるのか？

動けずにいるオレとリトラに女不死者はうんうんと二度、頷いた。

「じゃあ客席のみんなでさ……手始めにちょっと殴り合ってみる？　あ、大丈夫だよ二人は操らないであげる。でないと客席の様子がわかんないもんね」

赤い瞳に光が宿る。同時に客席が騒乱に包まれ、そこかしこで殴り合いのケンカが始まった。

フリーダは満足気だ。客席をぐるりと仰ぎ見てから陶酔《とうすい》したように言う。

「最後に立っていた一人が次のチャンピオンだね。ほら、がんばれがんばれ愚民《ぐみん》ども。アーッハッハッハ！」

冗談じゃない。争いを楽しんでるじゃないか。

「姉貴……いや、フリーダ。もう止めてくれ」

「ふーん。お姉ちゃんに命令するんだ？　えらくなったねクロちゃん」

「昔のオマエはそんなんじゃなかっただろ！」

「人間は変わる種族だってヘル様が言ってたよ」

「だったら元の優しかった姉貴に戻ってくれよ」

絞り出したようなオレの声は届かなかった。

「ざーんねん。わたしたち、もう人間じゃないじゃん。クロちゃんが知ってるフリーダお姉ちゃんはあの時に死んじゃったの」

「それでもオマエはオレの姉貴だ」

どうしたらコイツを救ってやれる？　癒やすのはオレの真骨頂だ。

なのに……目の前の家族を助ける手立てが見つからない。

「治癒魔術じゃ死者は蘇らないんだよ。一度死んだ人間は癒やせない。だからクロちゃんには戻せないんだ」

「じゃあどうすりゃいいんだよ？」

「苦しむところが見たいなぁ。クロちゃんはわたしに謝れてスッキリしたかもしれないけど、わたしは全然気持ちが晴れないんだもの。そうだ！　えーと……リルラちゃんだっけ？」

フリーダの殺意が標的を移した。コイツ……まさか。やめろ。オレが憎いんだろ？　リトラは関係無いんだ！

「り、リトラですけど！　姉弟そろって名前間違えすぎですか!?」

「ナイス突っ込みだねリトラちゃん。わたしの正体知られちゃったから……あなたから殺すことにするね」

「逃げろリトラッ!!」

対象の認識を書き換えることで、攻撃されたことにさえ気づけないフリーダの攻撃を、リトラが避けることは不可能だ。

オレの身体はどうなってもいい。青い髪の少女をかばおうとしたその刹那――

ガギィイン！　と、金属同士のぶつかり合う音が騒乱のコロシアムに鳴り響いた。

金色鎧の女不死者が後方に三歩、よろけながら下がる。一方、白槍を手にした戦乙女は槍を払って構え直す。

リトラがフリーダの一撃を弾き返した……のか？　女不死者が憎らしげに戦乙女をねめつける。

「そっかぁ……やっぱりここで殺しておかなきゃ。戦乙女って不死者の天敵って本当なんだぁ」

納得したように頷くフリーダ。一方、リトラは不思議そうに首を傾げた。

「あれ？　確かに鋭い太刀筋《たちすじ》ですけどネクロさんほど強くないですよ？　ちゃんと防御に徹すれば受けきれます！」

オレに横並びになって戦乙女は誇らしげだ。いったい何がどうなったのかわからない。

「本当に大丈夫なのか？　アイツの剣は人間の認識を書き換えて、意識の外から攻撃してくるんだぞ」

「そうなんですか⁉　なるほどなるほど。だからネクロさんは術中にはまっちゃったですね」

「なるほどじゃねぇよ。独りで納得するな。なんでオマエが防げたのかちゃんと教えてくれ」

「なんでもなにも私は純粋な戦乙女で人間じゃありませんから。人間の認識をあれこれする魔術が効かなかったんだと思います」

「マジかよ……」

じゃあ不死者になったオレはどうなんだ？

「現にさっきまでのネクロさんの戦いも、動かないネクロさんが一方的にやられちゃっておかしいって思ってましたし」

「オレは不死者なのにフリーダの認識改編の影響を受けちまうのかよ」

リトラは小さく頷いた。

「きっとネクロさんは人間の心を失ってないから影響を受けちゃうんだと思います」

白槍の穂先をフリーダに向けると戦乙女は凛とした声を張る。

「ネクロさんは人間です。だから戦乙女の私が守ります！」

女不死者が剣を両手持ちにする。不敵な笑みが消えていた。

「クロちゃんを守る？　戦乙女がそんなことしていいの？　神様に怒られるんじゃない？」

「私はネクロさんの監視役ですから！　この先もネクロさんが人間の心を持ち続ける限りずっとそばにいて、もし道を踏み外しそうになったら無理矢理でも人の道に引きずりこんであげますよ！」

胸を張りドヤ顔だ。言ったそばから耳まで赤くなって「恥ずかしいこと言っちゃったかも」と落ち込むところまでセットだった。

オレが道を違えても引き戻してくれるんだな。姉貴にはそんな存在がいなかった。もしリトラと出会わなければ自分だってどうなっていたかわからない。

だから……今、オレがフリーダをここで止める。どんな結果になろうとも、止めてやらなくちゃならない。

腰を落として身構える。

「ここで全てに決着をつけるぞリトラ」

フリーダの言う「世界を新しくする」なんてのは正直わからない。だが、このまま狂王として戦火を広げ続けさせてたまるかよ。

「ええッ!?　お姉さんと戦うんですか？　倒しちゃって……いいんですか？」

「コイツにはオマエみたいなヤツがいなかった。だから……オレの手で止めてやりたいんだ。もしもの時は……頼む」

リトラの表情が引き締まる。重くゆっくりと首を縦に振る。多弁な戦乙女にそれ以上言葉は無かった。

きっとどこかでギンやムニが監視しているのだろう。手出しはさせない。

フリーダは剣を払って鼻で嗤った。

「へぇぇ……お姉ちゃんに勝つつもりでいるんだ？　クロちゃんケンカしてもすぐ泣くのに」

「もう昔のオレじゃねぇんだ」

ガキの頃の姉弟喧嘩じゃ一度も勝てなかった。いつも最後は正面から正々堂々とねじ伏せられた。

一回くらい勝たせてくれよ姉貴。

リトラが白槍を防御の構えにして訊く。

「作戦はあるんですか？」

「バラバラに攻めるぞ。オマエはフリーダを攻撃しまくるんだ」

「それじゃあネクロさんが危ないですよ？」

「脳天打ち抜かれて死ななかった不死身の不死者を舐めんな。オレを信じて攻めまくれ」

少女は息を呑むと「わかりました」と槍を攻撃の型に構え直す。

「いくぞリトラ！」

オレが叫ぶよりもコンマ数秒早く、王の剣と白い槍がぶつかり合った。火花散る金属音が遅れて聞こえてくる。追撃する格好でオレはフリーダとの距離を詰めて蹴り込む。が、蹴り足を掴まれて空へと投げ放たれた。

「二人がかりでその程度なの？　本気でお姉ちゃんを止めるなら、殺すつもりで攻撃しなきゃね」

フリーダは戦乙女を前蹴りで弾いた。同時に剣をオレの落下予測地点に突き上げる。こちらは急所を外すにも、空中で姿勢の制御が効かない。

「ネクロさんッ！」

落ちる寸前でオレの身体をふわりと白い翼が包んだ。リトラの身体が宙を舞いオレの身体を抱き留める。滑空しながら着地した。

「大丈夫ですかネクロさんしっかりしてください！」

少女にお姫様抱っこされる日が来ようとは。格好がつかない。が、助かった。

「ありがとう……つーか、飛べてるじゃねぇかよ。特訓の成果だな」

「ふぁっ!?　あれ？　どうやって私飛んだんですか？」

必死になると雑念が消えて上手くいくことは意外と多い。上手く出し切れないだけで、ちゃんと実力は備わっているのだ。

「ひとまず地面に降ろしてくれ」

「は、はい！　ただいま！」

地に足をつけると、きょとんとするリトラに告げる。

「続けるぞ。構えろリトラ」

「けど、同じ事を繰り返してもやられちゃいますよ？」

「同じじゃないさ。今ので蹴りみたいな振りの大きな攻撃は摑まれるとわかった。だが、二人で攻撃すればフリーダは対応しきれない。テンポを上げて速さでアイツを突き放す！」

オレはかかとを上げてリズミカルにステップをとる。目線でリトラに合図を送ると、即座に剣と槍のぶつかり合う金属音が鳴り響いた。

また認識を書き換えられたか。だが、その音の方角を頼りに距離を詰め、フリーダの懐深く飛び込んだ。

ごめんよ姉貴。拳の連打を叩き込む。速度がフリーダの反応を凌駕《りょうが》した。金色鎧の胸元を凹ませる連打を浴びせ、最後の一撃に渾身《こんしん》の力を込めて叩き込む。

金色鎧が地面を引きずられるように後方へと下がる……が、倒れない。フリーダは踏みとどまった。

「へぇ～クロちゃん強くなったんだね。少しだけ見直しちゃった」

「負けを認めてくれ姉貴。頼むから」

鎧の上から叩いた自分の拳が血にまみれる。次はもっと直接的だ。これ以上させないでくれ。

「認めてどうするの？　狂王を辞めて人間のフリをして慎ましやかに暮らせっていうのかな？　戦乙女が殺しにくるのに」

「それは……」

リトラがじっとフリーダを見据えた。

「私がなんとかします。だから姉弟仲良くしてください！」

女不死者はゆっくり首を左右に振った。

「なんとかってなに？」

「は、はい？　えっと、ですから今回の件はその……持ち帰って上司に相談させてください」

「それでわたしを殺しに来るの戦乙女をどうにかできるの？　神様の眷属なのに村が魔物に襲われた時に助けてくれなかった……そんな連中、信じられるわけないじゃない！」

神族を恨むのも魔物を憎むのも根源は一つ。どうして自分はこんな目に遭ったのか。襲われた事も救われなかった事も姉貴にとっては同じなんだ。

戦乙女の青い瞳が潤む。

「ご、ごめんなさ……」

「オマエが謝ることはないぞ」

少女の言葉を遮りオレは続けた。

「リトラはあの場に居合わせなかった。もしかすれば戦乙女ですら無かったかもしれないのに、救えるわけないだろ。村が襲われた事だって、ミッドガルズの人間にとっては起こりうることだ。理由なんてない。特別な事もないんだ」

女不死者の瞳に憎悪の赤い炎が揺らめいた。

「クロちゃんはいいよね。自分だけ生き残ったんだから。助かったんだから」

「ああ、そうだな」

「もう救われないんなら、せめて最後まで一緒にいてよ！」

フリーダの頬を涙がつーっと流れ落ちた。

次の瞬間——

認識が書き換えられ、オレの右肩に浅く刃が食い込んでいた。リトラが力で押し負けフリーダの刃が届いた後だった。

剣と槍が押し合いをしている状態だ。金色鎧のチェストプレートを靴底で押し込むように蹴る。フリーダは後方に軽く飛んだ。オレの蹴りの威力ではなく、彼女が仕切り直しとばかりに距離を取っただけだ。

現状、完全にオレがリトラの足手まといになっている。

「ネクロさん……私……フリーダさんとは戦えないです……何もできなかったんですから……」

「オマエが諦めたら、この先にオマエが救う人間たちはどうなるんだよ」

傷口を治癒魔術で塞ぐ。リトラは泣き顔のまま槍の穂先を降ろした。

フリーダが切っ先を戦乙女に向ける。

「私のことも救ってほしかったなぁ……そうしたら誰も不幸にならなかったのに」

悲しみに濡れた呟きに青い髪の少女はますます萎縮した。うつむきかけた少女に告げる。

「前を向けリトラ。槍を構えろ。オマエならフリーダと互角に渡り合える」

「けど……お姉さんなんですよ？　二度もつらい別れをするなんてネクロさんもお姉さんも可哀想です」

青い瞳がじっとオレに訴えた。オレもリトラも迷いを断ち切らない限り、この戦いに勝利は無い。

誰かが止めなければ姉貴は世界を戦火で焼き続ける。世界を混沌に満たすことが目的の戦争に終わりはない。

「フリーダを……オレの姉貴を止めてくれ」

「本当にいいんですか？」

「ああ……頼む……これ以上、姉貴に罪を重ねさせたくないんだ」

少女は一度だけ、ぎゅっと目を閉じて涙を絞り出した。

ゆっくりとまぶたを上げる。青い瞳が女不死者の姿を捉える。全身にかすかな光を帯びて戦乙女は凛とした声を響かせた。

「主神オーディンの名の下に戦乙女リトラがお相手します」

「ふーん。今まで本気じゃなかったって言いたいん……」

フリーダが言い終わるよりも速く、リトラは地を蹴り翼を広げて超低空を滑走した。瞬きする間に距離を詰めると白槍を放つ。金色鎧の右肩がひしゃげるように吹き飛んだ。その威力にフリーダはのけぞり体勢を崩す。

「急所じゃなくて利き腕を狙うなんて優しいね？　戦闘力を削いで勝つなんて考えが甘いよ」

フリーダはすかさず剣を左手に持ち替える。と、同時にリトラの白槍が左肩を射貫いた。女不死者の手から剣がこぼれ落ちる。

互角というのはオレの見積もりが甘かった。

本気を出したリトラの戦闘力は想像以上だ。認識改編の魔術で常に相手を一方的に倒してきたフリーダが太刀打ちできるものではなかった。

「降参してください」

「それって死ねって言ってるようなものでしょ？　わたしはなにも悪いことしてないのに……神様の使いに慈悲はないんだ」

「そ、それは……せ、戦争を起こすのはよくないことです！」

「あの時助けてくれてたら、わたしは不死者にならなかったし世界はもっと平和だったよ」

「そうかもしれませんが……ううっ」

研ぎ澄まされた集中が霧散する。相手の言葉を聞こうとしてしまう少女は非情になりきれない。それがリトラの良さでもあった。だが、それが通じる相手じゃない。

「惑わされるな！　貫いてくれリトラ！」

フリーダの赤い瞳が懇願するようにオレを見つめる。

「助けて……クロちゃん……わたし……また殺されちゃうよ」

怯える表情に心臓が早鐘を打つ。臓腑《ぞうふ》が重くなる。あの時の無残な姿が重なった。

リトラの槍の切っ先も大きくブレる。

フリーダはぽつりと呟いた。

「殺されるならクロちゃんの手で殺して欲しかったな……ほら、抵抗しないからやってみて。わたし……本当は疲れちゃったんだ……この世界から消して楽にしてよ……」

リトラが何かを口にしかけた瞬間――

フッとコロシアムの喧噪《けんそう》が途切れる。認識が書き換えられた時の感覚だ。フリーダがリトラに抱きつくように密着している。

女不死者の腕が戦乙女の腹部を貫いていた。

「なーんちゃって。戦乙女なのに甘いんだから」

女不死者はオレに向かってぺろりと舌を出した。

「リトラあああああああああ！」

治さなければ。癒やさなければ。助けなければ。救わなければ。

不死者の治癒魔術が主神の眷属に効くのか？　関係無い。行くのだ。彼女の元へ。

オレがリトラを頼ったばっかりにこうなった。オレたち姉弟で決着をつけることだったんだ。

彼女を頼りにしたオレの責任だ。

あと一歩でリトラに触れられる……というところで、フッと周囲の音が途切れた。

オレの身体は闘技場の壁に叩きつけられ、めり込む。また認識を書き換えられた。衝撃で全身がバラバラになりそうになるのを治癒魔術でつなぎ止める。

遠くでフリーダが具足に包まれた蹴り足をそっと戻したところだった。

リトラの身体がゴミのように地面にうち捨てられている。

戦乙女の白い翼が赤く染まる。アイツが何をしたっていうんだ。最後までオマエの声を聞こうとしたんだぞ。

フリーダがオレに微笑みかける。

「ほら、これでクロちゃんも迷うことがなくなったよね？」

「姉貴……？」

どことなくこれまでのフリーダとは違う、安らかな表情だった。

同時に会場のどこかで、フリーダとは違う女の「ふふっ」とほくそ笑む声が聞こえた。ヘルの気配を感じる。こうなるのを見越して見に来てやがったのか？

考えるな。今は目の前の状況に集中しろ。オレがフリーダを止めるしかない。できなければリトラを失うことになる。

震える右手の魔力が漆黒の揺らぎに変化した。自分の魔力とは思えぬほどの禍々《まがまが》しさだ。

「フリーダ…… オレが……オマエを……倒す」

迷いが断ち切れたわけじゃない。だが、このままではリトラは確実に死ぬ。

女不死者は邪悪な表情を取り戻すと、口元を醜く歪ませた。

「わたしの術で何もできないのにどうするの？ どうやって？ あ！ ほらほらリトラちゃん死んじゃうよ？ 早くしなきゃねぇ？」

煽るんじゃねぇよバカ姉貴！

女不死者の赤い瞳が怪しく光る。が、オレは構わず闘技場を疾駆《しっく》した。距離を詰めフリーダの心臓へと右の拳を打ち込む。金色の鎧がひしゃげると同時に、瞬時にボロボロと崩れた。

フリーダは後方へ跳ぶ。リトラから引き剝がすことには成功したが……。

「あれ？ なんで普通に動けちゃうの？ それに……鎧がボロボロになっちゃうなんて。これじゃあ着てる意味ないね。ねえ教えてよクロちゃん？ もしかして人間止めちゃった？」

オレは構わずリトラに触れようとした。だが、右手の魔力は禍々しいままだ。これまで癒やしてきた分の痛みや苦しみや破壊の力が止めどなく溢れ出る。

「……ネクロ……さ……ん……また……失敗……しちゃいまし……た……」

「喋るな。頼む……あと少しだけ待っててくれ」

少女は地に伏せたまま小さく頷いた。

腹部を貫かれて即死しなかったのは神の加護だろうか。それでもリトラに残された時間は無いに等しい。

治癒魔術が裏返ってしまったこの右手では、今にも事切れそうなリトラに触れることはできない。もしかすればオレはもうリトラを救えないのかもしれない。

視線を上げる。腐った鎧を脱ぎ捨てたフリーダと対峙する。

「これで動きやすくなったかも。やっと二人きりだねクロちゃん」

「まだリトラは生きてる。二人きりじゃない」

「救えるのかなぁ?」

「救うさ。この先もずっと……この手で」

「でも癒やしの力じゃ、わたしは倒せないね?」

「倒してみせる。止めてみせる」

人間に戻ればフリーダは倒せない。不死者に堕ちればリトラは救えない。

「なに言ってるのクロちゃん?　ついにおかしくなっちゃった?」

嗤う不死者とオレの頭上で、空気を切り裂く爆発音が響き渡った。

音よりも速く一本の槍がオレの目前に落ちてくる。それは——

「グングニル……どうして？」

主神オーディンの槍がしゅうしゅうと白煙を上げてオレに抜かれるのを待っていた。

リトラの命がかかっている。力を貸すってことか。

放てば必中の神の槍だ。人間の認識を書き換えるフリーダの魔術でも。グングニルの一撃ならば防ぎようもない。

けどなオーディン……きっとこの戦いだけは、自分の手で決着をつけなきゃならないんだ。もう判断を誤りたくはない。グングニルを抜くと放たず投げ捨てた。槍は虚空へと消え去る。

悪いな……使ってやれなくて。

黒い蛇のように心の中をのたうつ殺意が収まる。右手から溢れる漆黒の魔力の放出が止まると、温かい光を帯びた癒やしの魔力が溢れ出た。

「あれ？　それじゃあ負けちゃうよ？　いいのクロちゃん？」

人間に戻ればフリーダの認識改編から逃れられない。

逃げなくていい。信じて拳を握り込む。

「かかってこいよ姉貴。決着をつけよう……オレとオマエで」

治癒魔術を込めた最後の一撃を打ち放つ。

再び音が途切れると、次に意識が戻った時には客席の騒乱が収まっていた。フリーダの認識改編魔術が解けたのだろう。すでに立っている人間の方が少ない有様だ。

目の前に女の顔があった。口元からつーっと血が流れ落ちる。

「あれ？　どうして……負けちゃったんだろ。クロちゃんには負けたこと……ない……のに」

オレの拳はフリーダを貫いていた。

心臓を潰している。致命傷だ。それでも右手から治癒魔術の波動を放ち続ける。せめて痛みだけは感じずにいてほしかった。

「姉貴は変わってないな」

「そうだよ。変わらないんだ。なのに……お姉ちゃんが負けるなんて……ね」

家族だから解ることがある。フリーダはいつだって、最後は正面から仕かけてきた。リトラに姉貴が似ていると思ったのも、その真っ直ぐさが重なって見えたからだ。

到底勝てた気がしない。それでも止めることはできた。

「なあ……姉貴の力でオレを殺そうと思えば簡単だったはずだ。なんでしなかった？」

「苦しむクロちゃんの姿がずっとずっと見ていたかったんだ……」

腕を引き抜く。フリーダの身体はゆっくりと沈み地面に膝を突いた。

白化していくフリーダに背を向け、オレは伏せたリトラを抱き上げる。全身全霊の魔力を込めて彼女の傷を癒やした。オレの命なんてどうなってもいい。全部くれてやるから目を覚ましてくれ。

「ねえクロちゃん……お姉ちゃん死んじゃうよ……こっち向いてよ……大好きな人に見てもら

えないまま……また死ぬの？」

背後からの声に首を左右に振る。

「姉貴は死なねぇよ。不死者はただ消えるんだ……痕跡もなにも残さずに……」

「そっか……じゃあもう……お姉ちゃんのことは忘れていいよ……クロちゃん」

フッと懐かしい柔らかな声が響く。

「……ありがとね……これでやっと……楽になれるよ……」

振り返るとそこに姉貴の姿は無かった。

純白の灰のようなフリーダの残滓《ざんし》が風に溶けて消える。

「姉貴？　もしかして正気に戻ったのか？」

死に際にだけ元に戻るなんてあんまりだ。

問いかけに答えは返ってこなかった。ただ風だけが吹き抜けていた。

エピローグ

決着のついた闘技場の真ん中に風が黒い霧を運んでくる。

霧は人の姿となった。死者の国の女王ヘルの登場だ。うっとりとした顔で彼女はオレに告げる。

「おめでとうございますネクロさま。上位不死者の撃破で階位がググンと上がりましたわね。あの絶壁小娘の助力を投げ捨てたところなんてしびれましてよ」

リトラを抱きしめ守るようにしながらヘルを睨みつける。

「これがオマエの望みか?」

「ええ。姉殺しのカルマにわたくしの胸はときめきっぱなしですもの。ネクロさまならきっとやってくださると信じてましたわ」

「姉貴を……フリーダを騙しやがって」

ヘルがいる限り、姉貴と同じような境遇の人間が不死者になって世界をメチャクチャにしかねない。

「騙してなんていませんわ。フリーダの『世界から神族と眷属を消し去る』という望みは素晴らしいものですの。ただ、巨人族と魔物も消すというのは困りますわね」

「なんだよ？　1位になったら何でも願いを叶えるんじゃやなかったのか？　死ねと言われて死ぬんじゃなかったのかよ!?」

「うふふ？　願わずともそうなりますわ」

どういう意味だ？　聞き返す前にヘルは続けた。

「フリーダは13位にまで上がっていましたし、いずれは1位になれたかもしれませんわ」

「姉貴が13位……だと？」

ミッドガルズ全土を戦乱に巻き込む「狂王」を演じたフリーダが13位？　それ以上の不死者が世界には潜んでいるってのか。

オレは右手のハンカチを解いて手の甲を見る。階位は——488位から295位に上がっていた。

「ネクロさまが1位になるには、これまで以上の恐怖と混乱と死を世界にばらまかなければいけませんわね」

「ふざけるな。誰がこれ以上オマエの茶番に付き合うか」

「ネクロさまにそのつもりがなくても、他の不死者がどう思いますでしょう？　上位の不死者は下位の不死者の格好の的ですもの」

女のしっとりと濡れた唇がオレに囁きかける。

「なあ……1位のヤツはどうなったんだ？　そいつは願いを叶えたんだよな？」

「ええ。とても満足していましてよ」

ヘルはドレスの胸元をはだけさせた。ゆっくりと胸と胸の谷間を開くようにすると、そこには階位の数字が刻印されていた。

「不死者の女王そのものになること。それがわたくしの望みでしたの。そして……わたくしを倒すだけの力があれば、1位の座はネクロ様のものですわ」

「オマエを倒したら誰が1位になったヤツの願いを叶えるんだよ。オマエはすべての不死者を騙してるのか?」

「不死者になり世界で暗躍しているみなさまは、すでに願いを叶えていると言えなくもありませんけれど」

「詭弁だな。オレは人間に戻るつもりでいたんだが……オマエを倒してもそれは叶わないのか?」

やっぱり騙してるじゃねぇか。黒髪の毛先を指で遊ばせながら不死者の女王は目を細めた。

「わたくしを信じてくださることを前提にお話ししますわね。きっとその願いは叶いますわ」

「ふざけるな」

「ふざけてなどおりません。多くの人の思いや願いを集めた力は、一人が願いの力などとは比べるべくもないのです。すべての不死者の叶わぬ願いの上に立つ者は、すべてを手に入れられましてよ」

どこまでが本気なのかヘルの態度からうかがい知ることができない。

だが、倒さなければならない存在には違いないのだ。姉貴を不死者にして苦しめたのはコイツなのだから。

問題は死者の国の女王をどうやって倒すかである。いや、ヘルだけではない。

「世界に散らばる不死者どもを片っ端から倒してやるよ。最後はオマエだ。全部ぶっ倒すのがオレの願いだ」

ヘルは楽しげに目を細めた。

「ふふふ♪　それはそれはとっても楽しみですわ♪　さて、そろそろ戦乙女が目を覚ましましそうですわね。あの絶壁小娘の気配も感じますし。ではごきげんようネクロさま。どうか再び会う時までお元気で」

ヘルの身体が黒い霧となって霧散した。緊張が解けて力が抜ける。と、腕の中の少女がぶるぶるっと身を震えさせせた。

「ん……んん……ふぅ……はぁ……はぁ……し、死ぬかと思いました」

青い瞳をぱちくりさせて少女が息を吹き返す。安堵の息が出た。

「よかった。大丈夫かリトラ?」

「ネクロさん……勝ったんですね。それじゃあお姉さんは……」

「ああ。逝っちまったよ。オレの手で決着をつけた」

戦乙女は喜んでよいのか複雑そうだ。

「がんばったんですねネクロさん。あの、ええと……こういう時ってどうすれば……」

不意に少女は口をすぼませる。

「おい、なんだその奇妙な顔は」

「え、えっとキス顔です。ネクロさんはすごくがんばったのに、何かを得るどころかいっぱい傷ついて失ってしまいましたから。せめてこれくらいは……」

少女の身体が細かく震える。恥ずかしいなら最初からやるんじゃねぇよ。

オレは少女の顎をつまんで顔をぐいっと引き寄せると――

「痛ッ！　なにするんですか!?」

彼女の額を指で弾いた。

「痛覚も正常に戻ったようだな。治療終了だ。ほら立て！」

「ちょッ！　まだこのままがいいんですけどぉ！　あーお腹痛いですポンポンペインですぅ。えーんえーん！」

「うるせぇ！　もう一発デコピン喰らわせるぞ？」

「ひいっ！　立ちますよ立てばいいんですよねもー！」

治癒魔術を解いて少女を解放した。血にまみれた戦乙女の羽根が舞い、抜けて生え替わるように純白さを取り戻す。

おでこをかばうようにして立ち上がった少女が、オレをじっと見つめて訊く。

「これからどうするんですか？」

「とりあえずパルミラ脱出だな」

「次はどうします？」

オレは闘技場に残された女神のような黄金の仮面を拾い上げた。

「もう一度姉貴を弔おうと思う」

少女は真面目な顔つきに戻るとゆっくり頷いた。

故郷の跡地は人間が踏み入れられないほど荒れ果てている。どこかにちゃんとした墓を建ててやりたい。

これから……か。

リトラが意識を失っている間に大方針は決まっていた。13位の不死者がこれほど世界を揺るがすのなら、一桁階位の不死者連中がなにをしているのか想像もつかない。

「私にお手伝いできることはありますか？」

「この世界から不死者を一掃《いっそう》する」

「い、一掃って……本気ですか？」

「どうやら中途半端に階位が上がったせいで、これからはオレも狙われる側みたいだしな。不死者がいなくなれば少しはマシな世界になるだろ」

「じゃ、じゃあもっともっと強くならないといけませんね」

「そういうこった。だから……これからもよろしくな監視役」

「は、はい！　今後ともネクロさんの同行を直近で注視していきますね！」

戦乙女はビシッと敬礼してみせた。

本当にすべての不死者を倒して世界を救えるかどうかはわからない。自分が悪に堕ちるかもしれない。

だが、そのときはきっとコイツがオレを止めてくれるはずだ。

闘技場を出ようとしたその時――

虚空に扉が浮かび上がると、そこから主神幼女が飛び出してきた。

「我が助力を投げ捨てた不届き者め！　制裁してくれるわ！」

グングニルを手に隻眼を光らせてオーディンがオレとリトラの前に立ち塞がる。

「お、おおお、オーディン様！　なんでこんなところにッ!?」

驚愕するリトラの顔を幼女はビシッと指さした。

「この前、投獄されたところを尋ねてみればぐーすかぴーとのんきに寝ておったな」

「ひいい！　やっぱり擦られるんですねそこぉ！」

「貴様らは雑魚すぎるので、今から我が特訓をしてやるぞ。遠慮はいらんから死ぬ気でかかってくるがいい」

無い胸張って何がかかってこいだ。オレもリトラもボロボロだっていうのに、天界式の特訓なんてやってられるか。

「逃げるぞリトラ！」

オレは少女の手を取った。

「えええッ!?　上司前逃亡は懲《ちょう》戒《かい》解《かい》雇《こ》ですよ！」

「なぁリトラ……飲み会感覚で死ぬような特訓を死にかけたオレらに強要するのってなーんだ？」

青い髪の少女が目を丸くした。

「それってれっきとしたヴァルハラです！」

大きく頷くとオレはリトラの手を引く。

「待て！　逃げるつもりか！」

「うるせぇ！　オレはオマエの部下じゃねぇぞ！」

幼女が吠える。

「だがリトラは我の部下だぞ？」

青い髪の戦乙女が立ち止まり振り返ってちょこんと頭を下げた。

「あの……これからもネクロさんの監視業務がありますので、本日は失礼します！」

次の瞬間――

オレの身体がふわりと浮き上がった。少女に抱き上げられて空へと逃れる。ぐんぐんと地上を離れ元々小さいオーディンの姿が、あっという間に豆粒になった。

「うおあああ！　いきなり飛ぶんじゃやねぇよびっくりするだろうが」

「あれ？　と、飛べてますね！」

やったオマエが驚いてるじゃねぇか。

身体に風を感じながらぽつりと呟く。

「オマエももう大丈夫そうだな？」

「はい？　なんですか？　風切り音でよく聞こえないんですけど」

「オレたちはもう大丈夫だって言ったんだよ！」

水平線と平野と山脈を見下ろしてオレは今、青い空の一部になった。

見上げるばかりの戦乙女と同じ視点を共有する。世界はどこまでも広くつながっているのだ。

「あとで絶対に怒られますよね」

「それで済めばいいけどな。おやつ係のリトラさんや」

「ああああ！　そういえばまだ不死者を倒してませんでした……あっ……もしかしてここで手を離せば……」

「やめろおおおおおおお！」

少女は「冗談ですよ♪」と呟く。まったく、上司が上司なら部下も部下だ。

次の不死者との戦いはすぐかもしれない。抱き上げられたままというのは格好がつかないが、今は風が頬にあたる冷たい感覚さえ心地よかった。

著作リスト

「英雄のヴァルハラがひどすぎる件」（ⅡV）
「女騎士さんは転職したい」（同）
「魔法学園〈エステリオ〉の管理人 ～最強勇者だった俺の美少女コーチングライフ～」（ダッシュエックス文庫）
「魔法学園〈エステリオ〉の管理人２ ～最強勇者だった俺の美少女コーチングライフ～」（同）
「魔王ＬＶ９９≒勇者ＬＶ１ ～モテすぎの俺は嘘で死ぬ？～」（同）
「こちらラスボス魔王城前「教会」」（エンターブレイン書籍）
「こちらラスボス魔王城前「教会」２」（同）
「はぐれ魔導教士の無限英雄方程式《アンリミテッド》 たった二人の門下生」（ファミ通文庫）
「はぐれ魔導教士の無限英雄方程式《アンリミテッド》２ 世界から彼女が消える日」（同）
「世界を救うまで俺は種族を変えても甦る１ トライ・リ・トライ」（レジェンドノベルス）
「世界を救うまで俺は種族を変えても甦る２ トライ・リ・トライ」（同）
「最強先生、褒めて伸ばしてボッチイキリヤンキー少女を更生させる①」（ノベリズム文庫）

本書は書き下ろしです。